MW01240917

La dama

y

el corsario

Becka M. Frey

Título: *La dama y el corsario*
© 2020, Becka M. Frey
De la edición y maquetación: 2020, Begoña Medina
Del diseño de la cubierta: 2020, Mónica Gallart
Corrección: 2020, RM Madera
Primera edición: Julio, 2020
Impreso en España
ISBN-13: 9798654904973

La dama

y

el corsario

Becka M. Frey

Dedicatoria

Para todas las mujeres que luchan por encontrar el amor verdadero.

Índice

En el amor y en la guerra todo vale.

Capítulo I

Diciembre del año 1687, Londres

La visita del tutor de *lady* Shannon no era habitual en la vida diaria de la jovencita, quien vivía ajena a la vida política de Inglaterra, muy revuelta últimamente tras el anuncio de Jacobo II de realizar un gobierno favorable a los católicos. Semejante anuncio había ocasionado que se pusieran en su contra el Parlamento, de mayoría puritana y, que Whigs[1]

---

[1] La palabra «Whig», como tal, tiene un origen gaélico escocés y era utilizada para designar, en un principio, a ladrones de caballos y, con el tiempo, para hablar de aquellos presbiterianos escoceses. Más tarde, el origen de este término fue utilizado para definir a aquellas personas que no se conformaban con la situación que vivían, que se rebelaban y que reclamaban el poder de tomar decisiones en cuanto a la Corona. En este caso, lo que se buscaba era poder elegir si un heredero podía seguir en la Corona o no. La fundación del primer partido Whig fue durante 1678, y sus participantes buscaban defender al pueblo contra la tiranía y crear y promover el progreso de su población. Consiguieron grandes cosas como, por ejemplo, la primacía del Parlamento Británico frente a la Corona.

y Tories [2], rápidamente, solicitaran la ayuda de Guillermo Orange-Nassau, gobernador general de las Provincias Unidas de Holanda. Hasta se rumoreaba que habían ofrecido el trono inglés a su esposa, María Estuardo, hija de Jacobo II.

Pero la llegada inminente de Guillermo III de Orange-Nassau a Inglaterra para solucionar dicha ofensa tenía a medio Londres en vilo. Era por eso por lo que los sirvientes pensaron que su visita estaría relacionada con aquellas noticias, aumentando la actividad de todos ellos con desasosiego y pensando lo peor.

Mary, la doncella de *lady* Shannon, envidiaba a la muchacha, que vivía en aquella mansión sin ser consciente de los peligros que acechaban fuera. No por eso estaba exenta de ellos y, aunque procuraban no hacer comentarios delante de ella para no preocuparla, la chica crecía, volviéndose cada vez más curiosa y atosigando a su doncella a preguntas.

Mary sentía que la desgracia la perseguía de alguna forma, habiéndose quedado huérfana tras un terrible accidente que segó la vida del matrimonio y, como consecuencia, el título nobiliario pasó a manos de William Berkeley, convirtiéndose en el actual marqués de Berkeley. Cuya responsabilidad de educarla había sido delegada en Stephen Jones durante su ausencia, pues se encontraba atendiendo unos negocios en Virginia y estos parecían haberse demorado por años. Esos hechos llevaban a Mary a protegerla con celo y a consentirla demasiado.

—*Lady* Shannon, ha de vestirse. Pronto llegará el señor Jones y querrá ver a una jovencita arreglada, no una criatura sucia y en camisón —la regañó Mary.

Shannon la adoraba. El carácter amable de su doncella no podía compararse con la institutriz que había contratado Stephen para enseñarle modales y a comportarse en sociedad, *lady*

---

[2] El término de «Tory» es utilizado para referirse a alguien cuya pertenencia o apoyo va dirigido únicamente al Partido Conservador que tiene representación parlamentaria dentro de los gobiernos de Gran Bretaña, Canadá, etc.

Harriet, una mujer entrada en años, muy seca y demasiado estricta.

—Está bien, Mary, pero después me quitaré el vestido y regresaré a mi dormitorio. Hoy no deseo bajar con *lady* Harriet —cedió, arrugando la naricilla pecosa con mucha gracia.

Mary se agachó y cogió la barbilla de la muchachita con cariño.

—Sé que *lady* Harriet es bastante dura y estricta en cuanto a las normas se refiere, pero no podéis contradecirla, eso es mucho peor. Si os portáis bien con ella, prometo prepararos un postre muy especial para después de la cena.

La muchacha, no muy convencida, prometió con voz cantarina no rebelarse. De sobra Mary sabía que *lady* Shannon replicaba cuando *lady* Harriet era injusta con los castigos, pues en la casa todos coincidían en que se portaba muy bien y era educada cuando ella no estaba. La institutriz no gozaba de mucha simpatía entre los sirvientes. Nadie veía con buenos ojos cómo trataba a la pobre muchacha, a la que humillaba constantemente y por cualquier motivo.

Mary recogió la dorada cabellera de *lady* Shannon, resaltando los preciosos bucles, y le ayudó a ponerse un vestido blanco con unas cintas de terciopelo azul a juego con los ojos, herencia de su madre. *Lady* Anne había trasmitido mucha de su belleza a su hija que, con el paso de los años, cada vez deslumbraba más.

—Ya estáis. Acordaos de saludar al señor Jones como corresponde —le indicó la doncella.

Mary acompañó a la joven hasta el salón del té y llamó a la puerta. Cuando el señor Jones les dio permiso, *lady* Shannon entró en la vasta habitación con timidez. El enorme piano que solía tocar *lady* Anne estaba abandonado en un rincón sobre una alfombra arabesca de colores vivos que ya se notaba pasada de moda. Los muebles de corte barroco y los cortinones granates conferían un aire austero que, asimismo, necesitaban una renovación.

—Buenos días, *lady* Shannon —la saludó el señor Jones.

—Buenos días, señor Jones. Buenos días, *lady* Harriet.

La muchacha se sentó en una de las sillas que había libres y esperó paciente a que le dijera el motivo de su visita. Mary se retiró, pues *lady* Harriet hacía de su dama de compañía. Stephen se colocó un mechón de la peluca blanca empolvada, que se le había salido, mientras daba un sorbo a su bebida. Era un hombre de mediana edad, con los ojos hundidos, la frente despejada y los labios finos, más bien orondo. Su mirada oscura se dirigió a la joven y esbozó una sonrisa cínica.

—Mi querida *lady* Shannon, vengo a traeros buenas noticias. El duque de Pembroke ha enviudado recientemente y busca una nueva esposa. Nos ahorraremos todos los trámites y bailes para presentaros en sociedad, pues está dispuesto a desposaros —explicó.

Lady Harriet asintió con una mirada de superioridad pendiente de la reacción de Shannon.

—¿Casarme? —Para Shannon fue como si le hubieran tirado una jarra de agua fría por la cara.

—Sí, *milady*. Ya estáis en edad de poder contraer nupcias. Es un hombre con mucha experiencia y que goza de un gran estatus. Creo que deberíais mostraros más agradecida —le regañó *lady* Harriet.

—¿Y *sir* William ha dado el visto bueno? —se atrevió a preguntar Shannon, ignorando deliberadamente a *lady* Harriet.

—Vuestro familiar ha delegado en mí todas las decisiones con lo que respecta a vos. Cuando vuelva, seguro que lo aprueba —le contestó tajante el señor Jones para no dar lugar a más réplicas por su parte.

Shannon se había quedado tan abrumada por la noticia que no reaccionaba. Reprimió las lágrimas de los ojos para no darle mayor satisfacción a *lady* Harriet, que parecía siempre disfrutar humillándola, y se comportó de forma muy sumisa.

Los dos continuaron ensalzando los títulos nobiliarios y la cuna de procedencia de su futuro prometido como si fuese del interés de la joven que, ausente como estaba, solo esperaba que le diesen permiso para poder salir de allí y refugiarse en su cuarto. Viendo que no les prestaba demasiada atención, y sintiéndose muy magnánimo, el señor Jones accedió a que marchara.

Una vez que estuvo cerrada la puerta del salón, olvidándose de los modales de una dama, Shannon se levantó el vestido y las enaguas por encima de los tobillos, y huyó a su habitación. Iba tan arrebolada subiendo las escaleras que por poco se tropieza con una criada que bajaba con la ropa sucia. Con los pulmones a punto de estallarle, Shannon cerró la puerta de su dormitorio y se tiró sobre la gran cama con dosel entre fuertes sollozos.

Al rato, los golpes de Mary en la puerta le hicieron levantar la cabeza.

—*Lady* Shannon, ¿puedo entrar?

—Sí, Mary.

Al descubrirla con los ojos enrojecidos y la cara hinchada, la doncella se sentó a su lado muy preocupada y le acarició el pelo como cuando era pequeña.

—¿Qué os ha dicho? —le preguntó.

—Me quiere casar con el duque de Pembroke.

—¡¿Qué?! Pero *sir* William ¿ha dado el consentimiento?

—Según el señor Jones, lo dará. No quiero casarme, Mary. Yo quiero hacerlo como todas las damas de la corte, en un debut. ¿Por qué tanta precipitación?

Mary cerró los ojos para ocultarle el horror que reflejaba en ellos. Las malas lenguas tildaban al duque de Pembroke como un hombre de muy mal carácter y bastante cruel con las mujeres. Algunos iban más allá e insinuaban que su esposa había muerto de una paliza y no de una enfermedad como habían querido hacer creer. La desesperación de *lady* Shannon por escapar de aquel terrible destino le desoló.

Los siguientes días, *lady* Harriet se los pasó instruyéndola en cómo atender a su esposo, lo que estaba minando el espíritu de *lady* Shannon, provocando a su vez que perdiera el apetito. Todos temían que enfermara de tristeza.

—No va a llegar viva a la boda si sigue sin comer —comentó Megan.

A la mujer pelirroja de mejillas sonrosadas le disgustaba tener que tirar la comida que *lady* Shannon rehusaba comer. Megan ya trabajaba como cocinera cuando Mary entró a trabajar para los señores de Berkeley. Sus guisos se podían considerar como los mejores de todo Londres.

—Nunca me gustó Stephen como tutor. Hay algo que no me agrada de él —comentó Mary.

Se colocó el moño y se pasó los dedos por las sienes plateadas. Para la doncella, *lady* Shannon era como su hija y se sentía impotente al no poder evitar aquella situación.

—No hay nada que puedas hacer —le replicó Megan.

En ese momento, entró Tom, cargado con los cubos vacíos de la basura e interrumpió la conversación que mantenían las dos mujeres entre susurros, algo que no le pasó desapercibido. Tom había sido relegado a lacayo por Stephen cuando siempre fue el hombre de confianza de *sir* Anthony, el padre de *lady* Shannon. Ambas mujeres sabían que podían confiar en él, pues siempre fue muy fiel al duque de Berkeley.

—¿Sigue la muchacha empeñada en no comer? —preguntó Tom al ver el plato lleno que pensaba tirar Megan para los perros.

—Se está consumiendo poco a poco —comentó Mary con lágrimas en los ojos.

Tom no dijo nada, simplemente, se marchó. Nadie en la mansión sabía a dónde se dirigía cuando salía fuera de aquellos muros. Era un hombre muy reservado y poco dado a relacionarse con el servicio. Tampoco es que tuvieran mucho que hacer. Desde que habían muerto los marqueses, ya no se celebraban fiestas ni recibían visitas, por lo que no se requerían sus servicios. La pobre *lady* Shannon estaba apartada de la sociedad y todos acusaban esa falta de movimiento en Navidades. Aun así, Mary creía que se lo pasaba en tabernas de mala muerte y podrían despedirlo. No podía evitar preocuparse, pues le caía bien ese hombre.

Shannon contemplaba con tristeza el magnífico jardín desde su ventana. Ni los amplios contrastes del verde y los ocres de los árboles, que tanto solía admirar en invierno, ahora conseguían animarla. Se puso una capa por encima y decidió salir un rato a dar un paseo. Notaba que las piernas le fallaban, pero necesitaba que le diese el aire. Mary se empeñó en acompañarla a una prudencial distancia. Cuando advirtió que los músculos de sus piernas le flaqueaban y la humedad del rocío traspasó las botas de cuero que llevaba, Shannon se dispuso a sentarse para descansar en un banco de hierro forjado. Escuchó cómo el viento movía las hojas de los árboles caducos y se impregnó de aquel maravilloso silencio que habitaba solo en invierno. Un vaho blanquecino salía por los orificios de su nariz y creaba formas.

Cuanto más contemplaba esa quietud, más se daba cuenta de que se había dejado derrotar por su tutor y *lady* Harriet. Ya no recordaba la última vez que hablaba sin parar ni reía. Esa indiferencia de William le había sorprendido. ¿Por qué dejarla a manos de aquel hombre? No tenía muchos recuerdos de él, pues siempre estaba de viaje cuando sus padres vivían, aunque ella quería recordarlo atento y cariñoso.

Se levantó de un salto y a punto estuvo de caer al suelo, pues un mareo le sobrevino producto de la debilidad. Mary se acercó corriendo y le tendió una mano.

—¿Estáis bien? ¿Os encontráis mal? —se preocupó.

—Creo que necesito comer —dijo Shannon.

El rostro de Mary se iluminó por completo. Para ella, era un buen síntoma que Shannon quisiera comer, pero lo que ignoraba era que la joven había tomado una determinación al analizar su situación. En cuanto subió a su cuarto, se deshizo de las ropas de abrigo y mandó llamar a Tom al salón del té. Ese día no tenía que soportar la presencia de *lady* Harriet.

—¿Me ha llamado, señorita? —dijo Tom al entrar.

—Sí, Tom. Cierre la puerta, por favor, y siéntese aquí a mi lado —le indicó Shannon.

Tom era un hombre corpulento, bastante alto, y que manejaba la espada con destreza. Prueba de ello era una cicatriz que afeaba su mejilla derecha. El pelo rizado y castaño lo llevaba recogido en una coleta. Vestía las ropas propias de lacayo. Se sentó incómodo en la silla que Shannon le había indicado y entrelazó los dedos algo cohibido.

—¿Desea salir a dar un paseo? ¿Quiere que le prepare algún caballo o, quizá, prefiere ir en una calesa? —Tom la observaba con interés, intentaba averiguar el motivo para el que le había llamado.

—No, Tom, este asunto es mucho más delicado. Y confío en su discreción, pues ni Mary sabe lo que le voy a pedir. Según tengo entendido, era muy fiel a mi padre, así que voy a depositar toda mi confianza en usted, y espero que no me defraude. —El hombre asintió esbozando una semisonrisa en su rostro, habitualmente serio, y se dispuso a escucharla, pues Shannon hablaba entre susurros—. Quiero que busque la forma de llevarme a Virginia. Quiero buscar a *sir* William. No pienso quedarme de brazos cruzados mientras el señor Jones se dedica a dirigir mi vida a su antojo. Como verá, estoy en un gran apuro y necesito de su ayuda. Eso sí, por favor, no se lo comente a nadie.

—Pero, señorita, ¿sabe usted lo que me está pidiendo? —Los ojos oscuros de Tom estaban completamente abiertos por la sorpresa que le supuso su extraña petición.

—Sí, Tom. Me voy a escapar y usted va a ayudarme. El cómo y el cuándo es cosa suya, pero necesito que sea lo antes posible.

—Creo que no entiende el tamaño de su requerimiento. En invierno no habrá ningún barco que quiera surcar el Atlántico y, mucho menos, con la guerra que se avecina. Es una locura. Y ya no digamos encontrar un capitán dispuesto a llevarla a usted.

—No pienso ir como una dama, si es lo que está pensando. Iré como un simple muchacho. Pensaba quitarle la ropa a James, el mozo de cuadras.

—Aun así, deberá esperar a primavera. No creo que haya ningún naviero hasta esa fecha —insistió.

—¡No dispongo de tiempo! Ese hombre puede venir cualquier día y desposarme. —Las lágrimas emborronaron la visión de Shannon que, en su desesperación, ya no sabía a quién más acudir.

—Está bien. Veré lo que puedo hacer. Pero prométame que no cometerá una locura. Me llevará su tiempo.

Desde que mantuvieron la conversación, Tom desapareció y nadie sabía nada de él. Para mayor escarnio, *lady* Harriet, cada día, se atrevía a tratarla con mayor desprecio y hasta llegó a levantarle la mano un día que Shannon ya no pudo aguantar más y le contradijo con insolencia. Parecía disfrutar, especialmente, torturándola con su futuro enlace, como si supiese la suerte que corría. Por fortuna, su prometido aún no había hecho intención de conocer a la futura novia ni tampoco se había dignado a enviarle ningún presente como dictaban las normas. En su lugar, únicamente, había recibido una sencilla misiva en la que le anunciaba que muy pronto contactaría con ella para fijar el día de la boda. Era tal la frialdad que percibía en sus actos que a Shannon se le revolvía el estómago. Arrugó el papel y lo lanzó a la papelera con asco. Estaba tan alterada con el tema de su enlace que tenía los músculos del cuello y de la espalda agarrotados por los nervios.

Mary entró como siempre para ayudarla a desvestirse. Le peinó el cabello como de costumbre y le ayudó a ponerse un precioso camisón bordado con hilo de oro. Sin embargo, Shannon no conciliaba el sueño. No paraba de dar vueltas en la cama. De repente, le pareció escuchar como si alguien estuviese llamando a la puerta. Se incorporó en la cama y escuchó. Entonces, comenzó a temblar al notar que el picaporte se movía. Se armó de valor y asió el candelabro de plata que había junto a la cama, dispuesta a defenderse.

—*Lady* Shannon, ¿está usted despierta? —susurró Tom.

Shannon expulsó el aire que había contenido todo ese tiempo y afirmó entre susurros. Se levantó de la cama y se acercó hasta el hombre que, al descubrirla en ropa de noche, se puso de espaldas a ella por decoro.

—Vengo a informarle de que ya he encontrado un barco. Aprovecharemos el día que libra *lady* Harriet para huir. Usted pida dar un paseo el martes, búsquese una excusa para usar el carruaje, pues deberá cambiarse dentro para el plan que le tengo reservado.

—Pero Mary se empeñará en acompañarme. No puedo ir sola con usted —le señaló Shannon.

—No se preocupe por eso. Déjelo de mi parte.

Shannon tendría que confiar en Tom. Era su única esperanza de encontrar un futuro más halagüeño para ella.

Tom salió igual de sigiloso que había entrado y Shannon se dispuso a regresar al abrigo de las sábanas. Se había quedado helada. Aun así, no creía que pudiese dormir hasta que no estuviese lejos de las garras de Stephen y de *lady* Harriet. Lo que más sentía era tener que alejarse de Mary. Había sido como una madre para ella y la iba a echar mucho de menos. Esperaba que el plan que tenía Tom funcionase.

Los días posteriores a la noche en la que acordaron lo del martes, Shannon no volvió a ver a Tom por la casa. Como *Lady* Harriet estaba muy insistente en llevarla a comprar ropa para impresionar a su prometido, pensó que esa sería la excusa perfecta para el martes. El servicio habría escuchado la conversación, por lo que a nadie le extrañaría que decidiese salir de compras. Mientras tanto, en un descuido del mozo, Shannon le quitó una camisa y un pantalón, y lo escondió en un fardo que hizo con su ropa. El único inconveniente con el que se topó fue conseguir unos zapatos de su tamaño, pues Shannon calzaba un número muy pequeño, así que pensó en utilizar unas botas que tenía de ante y que ya no usaba. Pero Tom ya había previsto ese impedimento y le había conseguido un calzado de muchacho que le mostró cuando subió al carro el día acordado. Shannon se quedó paralizada, pues lo dijo delante de su doncella, pero Mary le hizo un guiño con el ojo y cerró las cortinillas una vez que salieron de la mansión.

—He traído unas tijeras, no hay tiempo que perder —explicó Mary—. Espero que este plan vuestro dé resultado.

—Pero, Mary, ¿sabéis lo de mi huida? —se sorprendió Shannon.

—¡Cómo sino ibais a escapar! Alguien tendrá que ser testigo de la mentira que vamos a contar. Seré vuestra cómplice.

Mary la instó a darse la vuelta y pronto los rizos rubios cayeron al suelo; después, su doncella los recogió y lanzó por la ventana. A continuación, le ayudó a vestirse con la ropa de muchacho y le ensució la cara.

—Parecéis un pillastre de esos que deambulan por las calles. Ahora tendréis que dejar de hablar tan educadamente, *lady* Shannon. Eso os delataría. ¡Ay, espero que este plan dé resultado! ¡Me parece una locura! —Se sacó un documento y se lo entregó—. Guárdalos bien. Estos papeles demuestran quién sois.

El camino por el que iban era bastante solitario. En un recodo se toparon con un par de hombres a caballo con un aspecto muy siniestro. Uno de ellos sostenía la brida de otra montura. Tom paró entonces a su lado y Mary y Shannon bajaron del carruaje. Después, aquellos extraños les quitaron el cabezal y la barriguera a los caballos de tiro y los ahuyentaron a gritos. A continuación, destrozaron el precioso carro a hachazos y, por último, lo quemaron para simular un ataque. Uno de ellos izó a Mary en la grupa, mientras que el otro le entregaba la montura libre a Tom, en la que llevaría a Shannon y con la que huirían por los caminos.

—¡Buena suerte! —los despidió Mary con lágrimas en los ojos.

Así lo esperaba Shannon. No respiraría tranquila hasta que no se viese lejos de las garras de su tutor.

Capítulo II

La neblina cubría las calles londinenses creando sombras fantasmagóricas e impidiendo vislumbrar los edificios con claridad, que no se percibían hasta que no los tenían encima. Esa escasa visibilidad era bien aprovechada por dos fugitivos que se resguardaban bajo una gruesa capa y cuyas caras ocultaban con una capucha. El más corpulento miraba a ambos lados y le hacía una seña al más bajito.

Era de noche y hacía un frío espantoso, sobre todo, en el muelle. El olor a salitre se percibía desde la distancia, además de la humedad que calaba los huesos de los intrépidos prófugos. Bordearon dos calles más y alcanzaron el desierto muelle. No se veía ni un alma a esas horas. Los almacenes, que solían tener las puertas abiertas durante el día, ahora estaban cerrados con gruesas cadenas. Tan solo quedaba algún que otro barril diseminado y en mal estado.

Las dos figuras se movían sigilosas, introduciéndose la de menor tamaño en uno de aquellos barriles mientras su compañero se alejaba. Todas las precauciones eran pocas. Los asaltantes nocturnos eran gente muy violenta, que no dudaba matar por un par de monedas.

A lo lejos, solo había un murmullo apenas inaudible y del que no se entendía la conversación que mantenían dos personas. Al rato, unos pasos cerca del barril alertaron al que se encontraba en su interior.

—Ya puedes salir, chico —le dijo Tom.

De la cuba emergió un muchacho de no más de doce años, con el pelo corto, la cara sucia y de mirada asustadiza.

—Es demasiado enclenque. No servirá de mucho —observó un hombre con un parche en el ojo y una mirada sombría.

—Él viene conmigo. Ayudará en lo que sea. Ese fue el trato —replicó su compañero.

—Está bien. Subid al barco. Al capitán no le va a gustar —gruñó el marinero.

El muchacho les siguió casi corriendo, pues los hombres que caminaban delante de él tenían las piernas más largas y debía apresurarse si no quería quedarse rezagado.

Sobre la cubierta de un enorme galeón se percibía mucha actividad. Los marineros trajinaban para quitar los amarres mientras hacían señales a los hombres que subían el puente.

—Vamos, condenado crío —le regañó el marinero—. Los he visto más rápidos.

El muchacho subía admirando el imponente barco y cuyo mascarón lo tenía deslumbrado, pues nunca había visto el cuerpo desnudo de una mujer exhibido de esa forma tan peculiar, y el de aquella sirena le hizo sonrojarse. Intentó cruzar la pasarela más rápido, pero solo consiguió tropezar con uno de los maderos que hacían de escalones, cayéndose de bruces y estando, incluso, a punto de precipitarse al mar. Su grito fue sofocado por una mano gigante que lo cogió en volandas y lo lanzó a bordo sin mucha delicadeza, lo que originó risotadas y grotescas bromas. El crío se apresuró a sacudirse el polvo de sus ropas y buscó a su acompañante entre los hombres que ya habían izado la pasarela.

—Seguidme —les indicó el marinero que no aprobaba la presencia del muchacho.

Les hizo descender por unas escaleras de madera que daban a los camarotes principales. Dio un par de golpes en la puerta que pertenecía al del capitán y este les indicó desde dentro que podían pasar.

—Capitán, le presento a los nuevos.

—¡Que pasen, Gad! Quiero verlos a la luz de las velas.

Tom se adelantó y se quitó el gorro para que pudiera verle la cara mientras que el muchacho se quedó algo más rezagado detrás de él, cohibido al descubrir al formidable capitán y la gran altura que poseía. Su constitución era fuerte, de espalda ancha; llevaba la cabellera negra y leonina recogida en una coleta, sus rasgos eran hermosos y muy masculinos: de facciones cuadradas, nariz recta, frente alta y unos ojos verdes rodeados de espesas y largas pestañas que les escrutaban con dureza. Estaba apoyado en la mesa donde había un mapa y la tela se le ajustaba resaltando unos bíceps muy abultados.

—¿Qué demonios hace aquí un condenado crío? —exigió saber el imponente hombre, cuando reparó en su presencia.

—Es mi sobrino, capitán. Prometo que ayudará en lo que sea. Yo me encargo de él —contestó Tom.

—Ven aquí, muchacho —le llamó el capitán con voz grave.

Con pasos vacilantes, el niño de cabello rubio se acercó a la mesa y lo observó con la cabeza gacha sin atreverse a levantar la vista. El capitán frunció las espesas cejas y apretó los labios. Le cogió con rudeza del mentón y le levantó la cara.

—Supongo que tendrás un nombre, ¿no?

—Sí, *señó*, me llamo Sam.

—Bueno, no me viene mal un grumete hasta que estos músculos se fortalezcan. En cuanto a ti —dijo, dirigiéndose a Tom—, ¿qué sabes hacer?

—De todo, mi capitán, ya he navegado otras veces en barco. Además de saber luchar.

—Prefecto. Al menos tenemos otro hombre diestro en las armas. Gad, dile dónde dormirá. —El pequeño se dispuso a seguirle cuando una mano nerviosa le alcanzó por el cuello de la camisa y detuvo sus pasos—. ¿Adónde crees que vas, pequeño Sam? Tú dormirás aquí. Ahora tu deber será atender a tu capitán.

—Nos veremos por el barco, hijo, pórtate bien. —Tom le guiñó el ojo, algo que no tranquilizó al pequeño.

El capitán era bastante astuto, al que no le pasó desapercibido el temblor de aquellas menudas piernas que vestía unos pantalones que no se correspondían con su talla.

—No tengo por costumbre comerme a la tripulación, así que puedes estar tranquilo. No te voy a hacer nada. Toma —dijo, tendiéndole una hamaca—. Cuélgala en ese rincón de ahí. Es donde vas a dormir.

—Sí, *señó* —contestó.

—Llámame capitán Black.

El camarote tenía un gran ventanal con cortinillas a los lados. La mesa del centro estaba clavada al suelo, al igual que el gran sillón de estilo francés que usaba el capitán. En un lado estaba la cama, que parecía blandita y cómoda, mientras que la pared contraria estaba llena de armarios. Solo el rincón en el que dormiría Sam a partir de ese momento estaba libre de muebles. Tan solo un cuadro adornaba el panel de madera.

—¿Es tu primera vez en barco? —le interrogó.

—Sí, capitán Black.

—Entonces coge esa escudilla de ahí y póntela cerca. No quiero que me vomites el suelo. ¡Ah! Y otra cosa. Cuando tenga visita, no podrás permanecer dentro. De todas formas, ya nos iremos entendiendo.

Sam lo miró sin comprender. El barco llevaba en movimiento desde hacía rato, pues el balanceo constante obligaba al muchacho a cambiar de posición para mantener el equilibrio. Se dispuso a colocar la hamaca y cuando terminó, vio que el capitán se había sentado en el sillón y ojeaba un cuaderno de bitácora, ignorándolo por completo. Decidió sentarse en el suelo con las piernas flexionadas y se dedicó a observar el habitáculo. Después de media hora, ya lo había memorizado y comenzaba a aburrirse.

—Sam, súbete a la hamaca y duérmete —le ordenó.

—¿Y *usté*, capitán Black? ¿Cómo sabré cuándo necesita algo?

—Ya te lo pediré.

El muchacho se encogió de hombros y se tumbó de espaldas a él. Pronto, la rítmica y suave respiración le indicó al capitán que se había dormido. Al ver que temblaba de frío en sueños, gruñó por lo bajo.

«¡Maldición! No soy su condenado niñero».

Abrió el arcón y sacó una manta con la que cubrió al pequeño. Dormido, era todo inocencia. Conmovido, se dijo que tendría que instruirlo para enseñarle a defenderse. En alta mar los marineros podían ser muy rudos y solían pagarlo con el más débil. Tenía algo que le incitaba a protegerlo y no sabía bien por qué. Quizá, le recordaba a su hermano pequeño. Aquel al que no pudo salvar.

Shannon despertó con el estómago revuelto del vaivén del barco, ahora comprendía las palabras del capitán Black. Asimismo, se dio cuenta de que estaba arropada con una manta y se preguntó si habría sido él quien la había tapado. Como la luz no entraba aún a través del cristal, imaginó que era de noche. Sin embargo, tenía unas ganas terribles de hacer sus necesidades. Con mucho sigilo se levantó y buscó la bacinilla a tientas. Un movimiento brusco del barco la lanzó contra la pared llevándose la escudilla con estrépito y dándose un buen golpe en la cabeza.

—¡Por todos los demonios!

Shannon pensó que aquel exabrupto iba dirigido a ella, pero el capitán se levantó de la cama y pasó de largo. En su lugar, se cubrió con una capa para la lluvia y se dispuso a abandonar el camarote.

—¡No te muevas de aquí! —le advirtió.

Sin embargo, Shannon necesitaba realizar sus necesidades urgentemente, así que, según cerró la puerta del camarote, la abrió y se asomó. Se respiraba un ambiente frenético. El agua se colaba por la escotilla y, entre gritos, los hombres subían a cubierta para ayudar. Shannon supuso que se encontraban en medio de una de aquellas temidas tormentas de las que le había hablado Tom y que asolaban los océanos. Con tanto movimiento era imposible que atinase a hacer pis dentro de la bacinilla, de modo que bajó dando tumbos hasta las letrinas y en un rincón hizo sus necesidades. No fue consciente de su imprudencia hasta que atravesó la bodega y las enormes cubas comenzaron a moverse. Una de ellas se estrelló cerca de donde se encontraba, que a punto estuvo de aplastarla. Shannon dio un brinco del susto e intentó salir de allí, pero era demasiado tarde. El barco se balanceó con tal violencia que le fue imposible mantenerse erguida más de dos pasos; cayó contra el suelo de bruces y, dando un tremendo chillido, rodó como un barril más, aunque nadie lo escuchó, pues este fue sofocado por la feroz tormenta. Arrastrada por inercia, muerta de miedo, asió una soga cuando sus manos la tocaron al pasar. Se aferró a ella e intentó valerse de ese apoyo para alcanzar las escaleras. Cuando llegó al último tramo de escalones, estaba bastante mareada y asustada. De repente, alguien la cogió en volandas por el cuello de la camiseta y la elevó hasta un par de ojos enfurecidos.

—¿Qué parte de que no te movieras no has entendido? —le gritó el capitán Black.

—Te-tenía que-que hacer pis —musitó Shannon.

—¡Royce! Las velas se han rajado. —Era la primera vez que Shannon escuchaba el nombre de pila del capitán. Debía ser de su máxima confianza para atreverse a llamarlo así.

—Ya haremos recuento de los daños cuando pase la tormenta, Brenton. —El capitán se volvió hacia ella muy enfadado y la metió dentro del camarote de malos modos—. Ya hablaremos cuando vuelva.

Después, la encerró bajo llave ante la estupefacción de Shannon.

Cuando regresó, el capitán Black venía completamente empapado. Sin importarle que Shannon estuviese delante, se desvistió y permaneció desnudo mientras buscaba una muda por los cajones.

—¡Tú, pequeño gandul! Toma mis ropas y haz algo. ¡Espabila! Y ahora vamos a hablar de poner normas.

Shannon, muerta de vergüenza, cogió las prendas húmedas y las colocó por las sillas y la mesa. Le parecía muy indecoroso por su parte pasearse exhibiendo su desnudez. Aunque, claro, él no sabía que ella era una muchacha. A pesar de que Tom le había enseñado las costumbres propias de hombres y habían practicado un poco a hablar en un lenguaje más coloquial, nadie la había instruido en la anatomía masculina. Su sonrojo estaba fuera de lugar y esperaba que él no lo advirtiese, sin embargo, lo dudaba, debido al enfado que poseía. Una vez que vio que terminaba de ponerse la levita oscura por encima de la camisa blanca con chorreras, se atrevió a enfrentarlo.

—Norma número uno: cuando hay tormenta, ¡jamás bajes a la bodega! ¡Es el lugar más inseguro del barco! ¡Al menos que quieras suicidarte! —le gritó Black—. Norma número dos: ¡Que sea la última vez que me desobedeces cuando te doy una orden! Y norma número tres: solo estarás a salvo si no te separas de mí. ¿Te ha quedado claro, pequeño granuja?

Shannon tan solo asintió, impresionada por aquel desmedido arranque de mal humor de su capitán. Ahora comprendía el porqué de su preocupación, algo que la desorientó, pues lo consideraba indolente a cualquier tipo de afecto.

—Y otra cosa, baja a la cocina y tráeme algo de comer. Además, muy pronto te enseñaré a manejar un cuchillo.

—¿Para qué, *señó*?

—Para que aprendas a defenderte. —Royce decidió omitirle que los marineros podrían violarle por ser el más desvalido—. Venga, ve a la cocina.

Shannon salió del camarote para volver a abrir la puerta y preguntar:

—¿Y dónde está la cocina, capitán Black?

—Vete a proa. —Viendo que seguía sin saber a qué se refería, Royce se armó de paciencia antes de contestar—. Ahora estamos en popa, proa es al otro extremo. Y trae bastante comida porque mi lugarteniente compartirá mesa conmigo. Tú puedes comer en el camarote que queda libre al lado de este. Creo que será mejor que, a partir de ahora, lo consideres como tuyo.

El capitán salió y le abrió una puerta que había contigua a la suya. Encantada con su nueva ubicación, marchó rauda a la cocina. Para ello, tuvo que atravesar la zona destinada a la tripulación. El contraste era enorme. Mientras la suntuosidad y elegancia se respiraba en el camarote del capitán, allí reinaba la sencillez y el aglutinamiento. Las hamacas y camastros compartidos se sucedían a lo largo de esa zona, pues había muy pocos camarotes para todos los que eran. Antes de alcanzar la cocina, había un gran comedor donde se encontraba Tom terminando su almuerzo junto a otros marineros. Este, al verla, la saludó con la cabeza y esperó para interceptarla a que saliese con la comida para el capitán.

—¿Qué tal? —le susurró Tom.

—Bien, de momento.

—Suelo estar por la cubierta entre el timón y el mástil. Por si alguna vez me necesitas.

Shannon asintió y se despidió de él. No quería que se le enfriase la sopa de garbanzos que llevaba y ganarse otra regañina. Cuando entró, ya se encontraba allí el lugarteniente Brenton. Preparó la mesa siguiendo las indicaciones del capitán, pues aún no sabía dónde se encontraban los utensilios y, antes de abandonar el camarote, cogió la hamaca para acomodarse en su nuevo rincón. Podía considerarse muy afortunada, pues tenía mucho más espacio que cualquier hombre que se prestase de la tripulación y sin tener que compartirlo. Allí, al menos, le procuraría la intimidad suficiente que ella necesitaba. Shannon regresó a la cocina a por un plato y agua para ella, y de vuelta en su camarote, devoró la comida. Luego, se tumbó sobre la hamaca mientras esperaba a que el capitán la necesitase.

Brenton le informó de los daños, que, aun no siendo muchos, tendrían que reparar, sobre todo, las velas dañadas. Mientras comían, Royce aprovechó para preguntar por el nuevo.

—Funciona muy bien. Además, se ha integrado perfectamente con el resto de la tripulación. ¿Qué tal el crío? No parece muy desenvuelto.

—Ya aprenderá. ¿Acaso tú cuando tenías doce años eras más espabilado que ese?

—Venga, Royce, no hay más que observarle para darse cuenta de que ha debido estar protegido tras la falda de una madre.

—No es asunto tuyo. Ya me encargaré de eso. De todas formas, no dejes que nadie se meta con él.

Brenton asintió. Apuró su copa de vino francés y observó los rasgos de Royce.

—Te recuerda a tu hermano, ¿verdad?

—Puede. —Royce dirigió su mirada a la copa de cristal labrada y su juventud quedó patente cuando levantó la cara—. Era muy niño para morir y, mucho más, para hacerlo de esa forma.

—Siento mucho lo de Dick, pero tú no tuviste la culpa.

Royce golpeó la mesa iracundo, sobresaltando a su lugarteniente.

—¡Llegué tarde! ¡Maldita sea! No me digas que no fue mi culpa porque sí lo fue. —Cerró el puño con rabia alrededor de la copa y se la bebió de un trago—. Si le hubiese enseñado a luchar… ahora no estaría criando gusanos.

Era un tema que le afligía. Por ese motivo no dejaría que ese grumete corriese la misma suerte. Cada vez que tocaban ese tema, necesitaba algo de alcohol para olvidarlo. Así que sirvió dos copas de brandy para ambos y se sentó de nuevo.

—¿Piensas emborracharme otra vez?

—Bebe conmigo si quieres o lárgate si vas a sermonearme.

Brenton se terminó su copa y prefirió dejarlo a solas. Cuando se ponía melancólico no era buena compañía. No obstante, antes de que Brenton abandonase el camarote, le ordenó que avisara al crío para que recogiera los platos.

El muchacho no debía haber visto nunca a un hombre ebrio, a razón de cómo le observaba por el rabillo del ojo. Sabía que estaba sonriendo, producto del alcohol; se notaba la cabeza algo ladeada y los ojos vidriosos, sin embargo, eso no le daba derecho a quedarse mirándolo como si tuviese monos en la cara. Al final, le iba a costar una buena reprimenda.

—¿Qué miras, condenado crío? ¿Acaso nunca has visto a un hombre borracho? —le increpó.

—Pues claro que lo he visto, *señó*. ¿Va a querer que le deje la bacinilla cerca? —Se había tomado la libertad de cogerla y la sostenía en las manos con una mirada interrogativa.

—¿Tengo cara de no saber controlarme?

—En la taberna, los hombres vomitaban por doquier. Como *usté* ha dicho que quiere el camarote limpio, yo solo preguntaba.

Sorprendido por la insolencia del maldito crío, le arrancó la bacinilla de las manos y la estampó con violencia contra el suelo.

—¡Fuera! —rugió fuera de sí—. ¡Será posible!

Sam se dio a la fuga muy asustado. Demasiado tarde se arrepintió de haberlo pagado con el chico. En cualquier caso, no quería que lo viese así. Ya se disculparía más tarde, aunque, pensándolo mejor, debía aprender que allí mandaba él, que para eso era el capitán, y ese crío no era su hijo.

Bebió otro trago y vació la botella en su copa. Su brazo colgaba por un lado del sillón, mientras que con el otro intentaba alcanzar el brandy. Mareado, se dijo que ya había bebido demasiado. Se levantó dando tumbos, perdió el equilibrio y cayó de rodillas al suelo entre fuertes risotadas.

«¡Maldición! Creo que me he pasado con el alcohol».

Observó dónde quedaba la cama y alargó un brazo para apoyarse sobre ella. Con mucha torpeza, consiguió recostar el torso. Después, izó una de las piernas y consiguió subirse a ella. Pero cuando se tumbó boca arriba, la habitación empezó a darle vueltas y se sintió tan mareado que le dieron ganas de vomitar.

—¡Sam! ¡La bacinilla! —gritó al sentir los fluidos abrasivos subir por su garganta.

Como el condenado crío no apareciese, le iba a dar una buena tunda. Royce notó a tiempo cómo alguien le ayudaba a poner la cabeza sobre la escudilla y le sujetaba el pelo mientras vomitaba. Cuando terminó de echar todo lo que tenía en el estómago, apoyó la cabeza sobre la almohada y el frescor de un paño húmedo sobre su frente le calmó, consiguiendo que el sueño lo venciera al instante.

Capítulo III

Antes de embarcarse en aquella aventura, Shannon pasó varios días en una taberna. Tom quiso instruirla un poco en el vocabulario de la gente sencilla y en sus formas de actuar. Durante esos días, anduvo escandalizada por el comportamiento tan indecente de las prostitutas y de su indecorosa manera de vestir, que provocaban a los hombres enseñando más carne de la necesaria sin importarles si las manoseaban delante de todos. Shannon se daba cuenta de que no sabía nada acerca de la vida. Había estado recluida en una jaula de oro, y a pesar de lo mucho que le disgustó estar en aquella pensión de mala muerte, fue el lugar idóneo para observar y aprender a comportarse como uno de ellos.

Pero una cosa era verlo desde fuera como una mera espectadora y otra era sufrirlo en carne propia. Acostumbrada a ser tratada con educación, que una dama de su alcurnia recibiese ese trato tan indigno era humillante y eso aumentaba su resquemor contra su tutor por obligarla a huir de esa forma. Aunque, visto por otro lado, si *lady* Harriet hubiera podido observarla en esos precisos instantes habría puesto el grito en el cielo, lo que le sacó una sonrisa maliciosa. Todo le habría escandalizado, desde el trato tan indecoroso por parte del capitán Black, el vocabulario tan soez de la tripulación o esas costumbres tan bárbaras que había observado desde que habían subido, por no hablar de la ropa que usaba ahora y que tanta libertad de movimientos le procuraba. Al no tener que estar pendiente de la postura propia de una señorita o de cuidar su vocabulario, cada día que pasaba se desinhibía un poco más y se comportaba como uno de ellos, hasta el punto de comenzar a creerse el papel que representaba.

Shannon cogió un trapo húmedo y limpió con suma delicadeza la boca de Royce manchada de vómito mientras observaba los rasgos masculinos. Parecía más joven así, tan desvalido y sin fruncir el ceño. La camisa entreabierta dejaba a la vista un bello oscuro sobre unos abultados pectorales. Acalorada por encontrarlo tan atractivo, desvió la mirada de aquella parte de su anatomía. Lo encontraba muy interesante si no fuese por ese endemoniado carácter que tenía. Se preguntó si se comportaría de igual forma con una dama.

Dejó la palangana con el agua a un lado y abrió la ventana para ventilar un poco el habitáculo. El olor a bilis mezclada con alcohol le había revuelto el estómago. De paso, volcó al mar el contenido de la bacinilla.

«¡Qué asco! ¡Y todavía se jactaba de que sabía controlarse!».

Shannon renegó del capitán Black una y mil veces.

Cuando terminó de limpiar el camarote, en vista de que el capitán seguía durmiendo, subió a cubierta y buscó a Tom. Lo encontró ayudando a reparar las velas. Coser era algo que sí le habían enseñado, así que se sentó junto a los marineros y se dispuso a ayudarlos. Tras observar cómo daban ellos las puntadas, los imitó y, viendo que era muy diestra en ello, los marineros le felicitaron, ganándose de ese modo su respeto. Como Shannon era una curiosa innata, se interesó en los quehaceres del barco y consiguió que le enseñaran a hacer nudos marineros. Así fue como la encontró Royce, sentada de piernas cruzadas junto a uno de sus hombres y practicando. Estaba tan absorta que no lo vio llegar.

—Bien, veo que, por lo menos, haces algo útil. —El comentario tan despectivo del capitán le dolió.

Shannon arrugó el ceño y decidió tomárselo como un desafío. Le iba a enseñar a ese rufián lo válida que podía llegar a ser.

Los días posteriores, se los pasó subiendo a cubierta en cuanto el capitán la liberaba de sus quehaceres, aprendiendo a escalar por las velas y, como era la más menuda de todos, para ella era fácil colarse en cualquier lugar que necesitasen. Tanto ejercicio, al que no estaba acostumbrada, le hacía caer en los brazos de Morfeo rápidamente al caer la noche.

—Sam, súbete al trinquete —le ordenó Brenton una mañana—. El timonel quiere soltar las velas.

La sensación de ser útil dentro de aquel barco la llenaba de orgullo. No ocurría así con Royce, que siempre tenía que buscarle alguna pega. Aquel día que la pilló en lo más alto del mástil, discutió con su segundo al mando. Una vez que terminó de ayudar a soltar la vela y bajó, la obligó a estar encerrada en el camarote haciéndole compañía. La excusa: por si necesitaba algo. ¿El qué? ¿Mirarle la cara? Le daban ganas de rebelarse, pero debía aguantarse. Seguía siendo el último mono, por mucho que le hubieran hecho un hueco dentro de aquellos pendencieros hombres.

—¿Vas a estar todo el rato haciendo ruidos? —le regañó Royce molesto con su tamborileo de dedos.

—¿O qué? ¿Me va *mandá limpiá* el suelo en el que no hay *ná*?

—Esa boca, condenado crío. Cada día hablas peor.

—*Usté* dijo que me iba a *enseñá* a no sé qué y yo veo que *to* el día me lo pasó acá. Tanta parla para *ná*.

—He dicho que cuides esa boca. A mí me hablas en un idioma correcto.

—¿Me va a *decí* que ahora soy alguien? Se olvida que yo no soy *ná* aquí. No soy de su categoría —escupió Shannon.

—Y yo te digo que no me gusta que te juntes con el resto de la tripulación. Su influencia te está afectando muy negativamente.

Asombrada de que se preocupase por sus modales, solo hizo que quisiera llevarle aún más la contraria.

—A ver, gallito. En vista de que tienes una lengua muy afilada, te voy a enseñar a defenderte con una condición: que no vuelvas a usar ese vocabulario conmigo.

Royce sacó dos cuchillos de madera y le tendió uno. Le mostró cómo manejarlo y le obligó a atacarle. Furiosa como estaba se lanzó como una fiera. Pero, obviamente, era como atacar a un tigre. Ella era una presa fácil y Royce pronto la inmovilizó e hizo como que la degollaba. Cuando le hubo hecho esa demostración de superioridad, se volvió hacia ella y le dijo:

—Y ahora que he cumplido con mi parte, tú harás lo propio con la tuya.

A Shannon aquello le pareció una encerrona. Regresó a su rincón y le dirigió una mirada de profundo odio.

El que su grumete le retara y quisiera ser útil dentro del barco, le enorgullecía, algo que procuraba no demostrar al muchacho. Necesitaba que se fortaleciera si quería ser uno más. Aun así, no podía evitar cuidar de él como si se tratase de su propia sangre. Tenía algo que le hacía parecer vulnerable a sus ojos, aunque debía de ser el único que se percataba de ello. Por eso, lo mandó bajar de las velas aquel día. No deseaba verlo estrellado contra la cubierta.

Cuando, días más tardes, avistaron un barco español, Royce se aseguró antes de encerrar a su pequeño grumete. No quería que se metiera en líos. Sabía lo desobediente que podía ser. Era increíble, pero era el único que se atrevía a desafiarlo.

El barco español venía cargado, por lo que era raro que se atreviesen a surcar los mares en esa fecha y eso era señal de riquezas. Deseoso por asaltarlos, Royce dio la orden de izar la bandera pirata e ir tras ellos. Bajó a su camarote a ajustarse un trozo de tela negra alrededor de la cabeza, desenfundó la espada y se situó al lado de su timonel cuando subió a popa.

—¡Vamos! ¡A los cañones! Quiero lanzar un aviso —les gritó.

Sus hombres prepararon la primera bola de hierro tras introducir la pólvora en el cañón. Encendieron la mecha y se apartaron hacia los lados. El cañón reculó hacia detrás y tuvieron que volver a colocarlo en su posición. El galeón español iba cargado de cañones y respondió al ataque.

—Parece que no quieren darse por vencidos, mi capitán.

—Bien, pues, entonces, los abordaremos —gruñó Royce.

La diferencia con el galeón español es que el suyo era muy ligero y pronto les darían alcance. Intentarían no dañar el barco para no hundirlo, pero la tripulación española no se daba por vencida, empeñado en repeler el ataque para tratar de huir de ellos.

Cuando Royce le abrió la puerta, era ya de noche. Lo primero que hizo fue preguntarle si podía tirar sus necesidades por la borda. Después, fue a por la cena para ambos. Cuando entró, dispuesta a marcharse lo antes posible, se sorprendió al verse obligada a compartir mesa.

—Pero, capitán Black, yo no estoy limpio —se excusó Shannon.

No quería ensuciar las ricas telas con las que habían tapizado las sillas. Se sentía indigna y, por primera vez, deseó estar aseada.

—Siéntate ya —demandó Royce.

Como no había puesto cubiertos para ella, no se atrevía a comer con las manos. Al descubrir el origen de su apuro, Royce se levantó y le puso un tenedor y un cuchillo para ella.

—¿Sabes usarlos?

Aquella pregunta le ofendía, pero, por otro lado, era más que comprensible si pensaba que Shannon procedía de una familia humilde.

—Creo que sí —disimuló.

Shannon tenía un problema. Tom le había advertido en muchas ocasiones que debía ocultar sus exquisitos modales. Por el momento, parecía que había sabido salir airosa, exceptuando cuando alguien se chocaba contra ella que siempre se disculpaba.

En vista de que empezó a coger los cubiertos y a mirarlos como si fuesen de un cristal muy raro para ver de qué forma los tomaba y así no descubrirse, exasperado, Royce lanzó la servilleta a un lado y frunció el ceño.

—¿Vas a dejar de mirarlos y comer? Se pincha así.

No comprendía por qué quería que comiese en su mesa. Y replicó furiosa:

—Pues es que tanta finura no es lo mío. ¿Por qué tengo que comer con *usté*?

—Porque me da la gana. ¿Algún problema?

Shannon se mordió la lengua y trató de masticar en silencio. Pero Royce la observaba de reojo, consiguiendo incomodarla.

—¿Tengo monos en la cara o qué? —El carácter explosivo de Shannon saltaba como la pólvora con aquel hombre.

—En realidad, quería decirte que vas a permanecer encerrado en tu camarote todo lo que dure el abordaje —le informó Royce.

—¿Abordaje? Creía que nos estaban atacando. ¿Sois un pirata?

Royce se rio de su inocencia.

—No me ofendas. Nosotros somos corsarios —explicó—. Atacamos barcos enemigos bajo la autorización de nuestro rey para frenar las riquezas y la expansión por Europa del Imperio español. En fin, no sé para qué estoy explicándote esto a ti si tú no entiendes de política.

—¿Va a durar mucho el abordaje?

—Seguramente. Pero no te preocupes, en cuanto nos hagamos con el botín, volveré a soltarte, porque, como he observado que tiendes a desobedecerme y contradecirme muy a menudo, no quiero que seas un estorbo en la batalla.

Saber que iban a asaltar un barco le erizó el vello y un escalofrío recorrió la espalda de Shannon. Sufría por el destino de aquella gente a pesar de ser enemigos, porque daba por hecho que Royce saldría vencedor, aun así, intentó disimular el pavor que la dominaba mostrándose indiferente.

—Si es por eso, no hace falta que me encierre. Prometo portarme bien.

—El problema es que no confío en ti. —Royce se limpió el bigote refinado con la servilleta y se levantó a consultar las cartas—. Cuando nos hayamos hecho con todo y tomemos rumbo hacia las Islas Caimán, entonces podrás salir.

—¿Pe-pero su destino no era Virginia? Mi tío me dijo que ese era al lugar adonde viajábamos —se sobresaltó Shannon.

—He cambiado de parecer, pequeño grumete. No estaba dentro de mis planes encontrarme con semejante botín. Quizá, el año que viene. Ahora no podremos arriesgarnos a que nos persigan.

Shannon se derrumbó al comprender que estaría ligada a aquel barco por tiempo indefinido. Descubrir que Royce era un corsario la desoló. Las islas a las que se dirigían estaban infectadas de piratas, lo sabía porque se lo había oído comentar a los marineros. Aquello era un gran contratiempo que tumbaba sus planes de tomar tierra y escapar indemne. ¿Por cuánto más tendría que seguir con aquel engaño que ella y Tom habían urdido? Todos le hacían un chico de unos doce años. ¿Qué pasaría si pasaban los años y no crecía en altura ni le salía barba? Su vida e incluso su virtud peligrarían.

Sin embargo, no podría hablarlo con Tom hasta que Royce no la liberase de aquel encierro al que la había abocado. Mientras tanto, estaba en un sinvivir, puesto que lo del asalto la tenía completamente aterrorizada. No quería ser apresada, morir ahogada o, peor aún, perder a Royce o a Tom, pues con ellos se sentía segura.

Por fin, una mañana Shannon despertó al grito de «al abordaje» de la tripulación entre terribles cañonazos. Sabía que Royce había ideado una original e inteligente maniobra de despiste. Sirviéndose de la espesa niebla navegaron camuflados muy cerca, para después rodear un islote y aparecerse justo delante del galeón español y pillarlo por sorpresa.

Por lo que había escuchado, Royce había sido todo un caballero y, tras rendirse, les perdonó la vida e incluso invitó a los altos mandos a comer en su mesa mientras le robaban el botín, lo que se ganó el respeto y la admiración de Shannon por semejante gesto. No opinaban igual los españoles que, profundamente humillados, prometieron colgarlo de la horca por aquel agravio a su Imperio.

Dos interminables y largos días fue lo que tardaron en robarles la mercancía, mientras tanto, Shannon se aburría como una ostra. Comenzaba a causarle claustrofobia aquel camarote. El notar que el barco se movía y cambiaba de rumbo le hizo poner especial atención a cualquier movimiento del otro lado de su puerta.

Sin embargo, las voces del capitán se colaron en su pequeño compartimento a través de un agujero muy pequeño disimulado bajo la cama de Royce para su frustración. Lo que significaba que seguiría encerrada. No obstante, Shannon ya se había asegurado de que él no conocía la existencia de ese diminuto orificio. No quería que pudiese mirar a través de él y descubrir su secreto. Fue así como se enteró de que ese asalto al barco español le iba a proveer los honores que necesitaba para vengarse de una mujer que, por lo visto, le había rechazado por ambicionar unas posesiones que, en ese momento, no podía ofrecerle. Como la conversación le resultaba muy interesante, pegó el oído al agujero para escuchar mejor.

—Entonces, ahora que puedes ¿no piensas desposarla? —le preguntó Brenton.

—¿Te has vuelto loco? ¡Ni borracho! Esa ramera con cara de ángel no volverá a jugar conmigo. Para mí, las damas de la corte son todas iguales: unas furcias. No. No quiero saber nada de gente de su clase.

—Tarde o temprano tendrás que comprometerte con alguien de los suyos —continuó Brenton.

—Antes me caso con una nativa —replicó Royce—. Y, de hacerlo, escogería a una mujer sumisa que se encargase de la casa y de los niños mientras yo mantengo relaciones extramatrimoniales con otras mujeres. No soportaría a una mujer celosa que quisiera retenerme a su lado. Eso se acabó. Ya no vuelvo a entregar mi corazón a otra zorra.

A Shannon le sorprendió mucho que hablase con ese desprecio de las mujeres de su clase, tanto, que se ofendió. A pesar de que él no podía verla, alzó el mentón con orgullo y se cruzó de brazos con la espalda envarada, ahogando los bufidos que amenazan con salir de su boca. Ganas le daban de entrar y decirle cuatro cosas, pero, por desgracia, no podía.

«Y pensar que lo había encontrado atractivo...», se enfadó consigo misma.

Cuando Royce la mandó llamar para recoger el camarote, no pudo evitar comportarse con frialdad e, incluso, contestarle con bastante desprecio cuando se interesó por sus avances en el manejo de los nudos marineros.

El capitán arqueó una ceja sin comprender su actitud y la paró a medio camino, bloqueándole la puerta con su cuerpo.

—Pequeño Sam, ¿no crees que le debes un poco de más respeto a tu capitán? —le preguntó.

Cuando fruncía el ceño y la observaba de esa forma, no podía evitar rebelarse.

—¿Acaso ahora me va a *decí* que un pituco como *usté s'preocupa* de mí?

—¿Ya volvemos a hablar mal? ¿Todo esto es porque te he mantenido encerrado en el camarote?

El que Royce sonriera burlón aumentó su enfado. Shannon no le veía la gracia por ningún lado. Intentó esquivarle, pero Royce se movía, imposibilitándole la huida.

—Empiezo a pensar que esta insubordinación por tu parte se merece un par de azotes en el culo —consideró Royce.

Shannon alzó la mirada aterrorizada y, sin atreverse a replicar, estudió cada movimiento de Royce.

—Vaya, parece que ya tengo toda tu atención. Estoy esperando una disculpa —exigió.

Con rabia contenida, Shannon masculló a regañadientes:

—Mis disculpas, capitán Black.

—Eso está mucho mejor.

—Entonces ¿puedo abandonar el camarote? Ya he cumplido con todas mis obligaciones —preguntó.

—No. Necesito que me ayudes a lavarme. Prepárame agua caliente en el barreño. Quiero que me restriegues la espalda. Me duelen todos los músculos —le ordenó Royce.

En un principio, salió de allí furiosa, pero cuando cayó en el alcance de su orden, se ruborizó hasta las pestañas. ¿Es que también le iba a tener que contemplar desnudo? Aquello era un castigo divino por haberse escapado. Ahora no tenía duda de ello. Gimió para sus adentros y regresó con un cubo de agua caliente y la cabeza gacha como si fueran a ahorcarla.

—Sam, dile a Ronny que te ayude. Como comprenderás, si quiero lavarme con agua caliente, para cuando tú termines de traerla, ya se habrá enfriado —profirió Royce.

Shannon obedeció sumisa y rezó para que cayese un rayo del cielo e interrumpiera esa odiosa tarea. Pero, por lo visto, su Dios no la escuchaba y cuando llenó el último cubo, gruñó. Gesto que no le pasó desapercibido al capitán.

—Imagino que a ti te da alergia el agua, pero estoy pensando que tú también deberías lavarte un poco. Pronto arribaremos a tierra y deberías ir decente.

—¡*Que'se* lejos de mí! ¿Eh? Yo no entro ahí ni muerto. Eso lo dejo para pitucos como *usté*.

Su cara de horror le sacó una carcajada a Royce.

—Comienzo a pensar que solo hablas mal cuando te enfadas —se rio Royce.

A Shannon siempre se le dieron bien los idiomas e imitar la forma vulgar de hablar de los marineros era algo que había interiorizado y que le salía con absoluta naturalidad, y, más, tras la conversación que había escuchado a escondidas: era imperante que no descubriera su secreto. Ahora estarían en una isla y debía desviar la atención de los piratas sobre ella.

Capítulo IV

25 de septiembre de 1689, Islas Caimán

Tom vigilaba la cala a punta de pistola mientras Shannon se aseaba. Empezaba a anochecer y lo normal era que a esas horas la playa estuviese desierta. De día se advertía su silueta a la perfección, así como las mantas rayas que surcaban el suelo arenoso, ya que el agua del Caribe era cristalina y de un azul verdoso increíble. Su desnudez le produjo un cierto cosquilleo entre las piernas y cierta vergüenza por disfrutar de aquel baño tan placentero. Una vez que terminó, Shannon se ocultó entre unas plantas y palmeras, y se ajustó una banda alrededor de los pechos para disimularlos. Como le había crecido el pelo, se lo ajustaba con una coleta detrás, que tiraba de sus facciones y disimulaba su feminidad. Cuando terminó la odiosa tarea de ensuciarse la cara y ponerse aquellas andrajosas ropas, Shannon se sentó cerca de la orilla y observó la costa.

—¿Cuándo crees que vamos a salir de esta maldita isla, Tom? —se quejó a su inseparable escolta.

—No lo sé. El capitán parece no tener mucha prisa —le contestó. Tom abrió un coco y le ofreció un trozo.

—No, si de eso ya me he dado cuenta. Se lo pasa borracho y de furcia en furcia —replicó Shannon, torciendo la boca con disgusto.

Le dio un mordisco a un trozo de coco y bebió del agua de aquella exótica fruta, que Tom había colado previamente. Llevaban dos largos años malviviendo en aquella isla de mala muerte. Desde su llegada, a Shannon le llamó la atención el estado tan deplorable de algunas mujeres. Enterarse de que habían sido capturadas en los asaltos a los barcos y consideradas como parte del botín, le revolvió el estómago. Eran obligadas a ejercer la prostitución y por sus camas pasaban un regimiento de hombres malolientes y a cuál más cruel.

El mal cuerpo que se le ponía a Shannon le recordaba la fragilidad de su situación y le enervaba los nervios. No le ayudaba el hecho de haber cumplido dieciocho primaveras el diecisiete de septiembre. Lejos de celebrarlo, comenzaba a temer por su disfraz.

—Los hombres comienzan a cansarse. No creo que tardemos mucho más en tomar rumbo hacia Virginia —le informó Tom mientras mascaba tabaco.

Shannon no dijo nada. Siguió sumida en sus propias cavilaciones y en las que temía que *sir* William se hubiese marchado de Virginia cuando por fin alcanzaran las colonias, complicando así más su posición. No podía regresar a Londres sin antes haber aclarado su situación.

Las grotescas risotadas de una mujer les alertó y les obligó a esconderse. Una pareja caminaba haciendo eses hacia la orilla del mar, lo que significaba que estaban ebrios. Shannon observó a la figura masculina y le resultó muy familiar, pero desde donde se encontraba no podía asegurar si se trataba de Royce.

La prostituta continuó besuqueando al hombre, que tropezó y cayó al suelo, algo que a ella le resultó divertido, y se tumbó a su lado para retozar con él. En ese punto, Shannon se levantó dispuesta a marcharse, pero Tom la obligó a permanecer quieta a pesar de su enfado. Estaba cansada de verlo pasar de mujer en mujer y ella no quería presenciar otro bochornoso espectáculo. Desde que habían atracado, parecía que se hubiese olvidado de su grumete. En un principio, lo agradeció, pero verlo en brazos de cualquiera picó su vanidad. Cada día que pasaba, encontraba a Royce más atractivo. Al igual que el cuerpo de Shannon se había llenado de curvas, el de Royce se había vuelto más musculoso, duro y muy viril. Los veintisiete le habían sentado muy bien y era algo que no podía obviar. Odiaba su disfraz. Quería que la mirase como a una mujer y no como al grumete que él pensaba que era.

De repente, la prostituta echó un juramento y se levantó indignada.

—¡Será bastardo! En mi vida se había quedado dormido un hombre con mis besos. Ahí te quedas.

La mujer se arremangó el vestido rojo y se dispuso a marcharse sin importarle el destino que pudiera correr su amante. Pero antes, se tomó la libertad de registrarlo para quitarle las monedas de oro que llevaba encima. Tom y Shannon se quedaron observando sin saber qué hacer. Ninguno se atrevía a dejarlo abandonado a su suerte. Cuando la silueta de la prostituta se perdió entre la vegetación, Tom y Shannon se apresuraron a llegar junto al cuerpo tendido, pues la marea subía muy deprisa y temían que se ahogara.

—¿Y ahora qué hacemos con él? —Shannon comprobó que se trataba del capitán Black.

Tom lo cogió por un brazo y se lo cargó a los hombros como a un saco de harina.

—Le llevaremos al barco y te quedarás allí para cuidarlo —le indicó.

Indignada, Shannon bufó. De solo pensar en que tendría que limpiar otra vomitona se le subió la bilis a la garganta. Estaba cansada de hacer de fregona.

Caminaron hasta el muelle y cuando divisaron el barco, avisaron a los marineros que lo custodiaban para que soltaran un bote y fuesen a por ellos.

Subirlo a bordo fue bastante complicado. Primero, tuvieron que amarrarlo con cuerdas para que los marineros pudieran tirar de él con facilidad. El cuerpo de Royce se balanceaba peligrosamente y Shannon temía que cayera al agua y se ahogase. Contuvo la respiración y se mantuvo en tensión todo lo que duró el izamiento. Una vez que estuvo a salvo, fue su turno para subir.

Ya en el barco, Tom volvió a cargar con el capitán hasta el camarote, donde lo dejó sobre la cama para que Shannon pudiera atenderlo.

Shannon observó furibunda el rostro ebrio del capitán, iluminado por la claridad que entraba a través del ventanal, y como Royce seguía inconsciente, le tocó a ella la ardua tarea de quitarle las botas y desabrocharle un poco la camisa para que pudiese respirar. No encendió las velas, ya que había luna llena; se soltó el pelo y cogió un trapo húmedo para limpiarle la cara. Al acercarse, el brazo del capitán la rodeó por la cintura y la apresó contra su cuerpo.

—No me has dado un beso de buenas noches, preciosa.

Shannon temió por un momento que hubiera descubierto su disfraz, tensó el cuerpo e intentó deshacerse de su abrazo, pero solo consiguió que él la sostuviera con más fuerza.

—Estate quieta, amor mío, no voy a hacerte daño. Solo quiero besarte —gruñó Royce.

Shannon comprendió que no sabía lo que hacía ni donde estaba. La fuerza de él era superior a la de ella y temiendo que la forzase, se quedó lánguida en sus brazos a la espera de cualquier renuncio por su parte para desembarazarse de aquel impuesto abrazo. Sin embargo, cuando Royce atrapó sus labios, encendió una parte de su cuerpo que no conocía, las mariposas revolotearon en su estómago y una traicionera y, a la vez, dulce sensación se instaló en su bajo vientre. Nadie la había preparado para esas reacciones tan primitivas con las que su cuerpo respondía con absoluta indecencia. Los labios duros de Royce la besaban con tal ardor que Shannon perdió contacto con la realidad y dejó que la lengua de él explorase cada rincón de su boca. Su cuerpo se amoldó al de Royce y, con un suspiro de resignación, la lengua de Shannon fue al encuentro de la de él con morbosa fascinación. El embriagador sabor de Royce, una mezcla de ron y canela, la incitó a recorrer el contorno de aquella boca masculina mientras notaba el urgente empuje de la lengua de él invitándola a explorarle de la misma forma, consiguiendo que una sacudida de placer la asaltara por dentro y derribase sus defensas.

Sin embargo, cuando la mano de Royce la atrapó por las nalgas y la otra buscó un pecho, Shannon se asustó. No pensaba entregarle su virginidad y, mucho menos, borracho. Deslizó la mano al suelo y alcanzó la bacinilla, que estampó con energía contra la cabeza de Royce. Sentía haber tenido que usar la fuerza para inutilizarlo, pero no pensaba convertirse en su furcia.

Con la respiración agitada, Shannon se alejó del cuerpo del capitán y lo contempló como si fuese el mismísimo diablo. Salió silenciosa del camarote y se refugió en el suyo, no sin antes haberse asegurado de no haberle hecho sangre. Los remordimientos le reconcomían por dentro, pero por miedo a que la violase, la balanza se había inclinado a favor de preservar su honor intacto.

Rezaba para que Royce no recordase nada al día siguiente.

Royce despertó con una terrible resaca. Se quitó la ropa que apestaba a alcohol y se puso una muda limpia. Se había levantado de un pésimo humor y no sabía ni el porqué. Buscó las monedas de oro que llevaba en la levita y soltó un juramento al encontrarla vacía. Trató de recordar y solo consiguió que le doliera más la cabeza. La imagen brumosa de una preciosa mujer, que parecía un ángel, era lo único que recordaba. Se la había pasado soñando con aquel misterioso rostro y no recordaba haberlo visto en toda la isla. Hoy se pasearía por el burdel. Tenía que comprobar que esa beldad existía.

—Sam —le llamó, abriendo la puerta de su camarote—, ¿dónde demonios te has metido, holgazán?

El chico asomó la cabeza en la puerta con migas en la boca.

—Mi capitán, ¿quiere desayunar?

Royce hizo un movimiento afirmativo y el muchacho salió presto a por algo de comida para él. Cuando regresó con un plato, hizo ademán de marcharse y Royce lo detuvo.

—Grumete, no tengas tanta prisa. Cuéntame cómo llegué anoche y con quién. —Peló el plátano que había cogido de la bandeja de plata que le había traído y le dio un mordisco mientras esperaba a que Sam respondiera.

Su grumete arqueó las cejas con sorpresa y se quedó mirándolo con esa expresión ceñuda que tanto le caracterizaba cuando se aturdía. Reconocía que lo había dejado en manos de su tío al llegar a la isla y se había desentendido de él, pero estaba al tanto de sus progresos. Le había encomendado a Tom la tarea de enseñarlo a defenderse con un sable. Esas islas estaban infectadas de alimañas y rateros.

—Al barco vino solo, mi capitán. Tom y yo lo encontramos en la playa tirado.

—¿No vine con ninguna mujer al camarote?

—No, mi capitán. Debe haberlo soñado. Aquí no hay nadie como verá.

El chico se agachó a mirar por debajo de la cama como si pensara que una mujer pudiese estar agazapada ahí.

—Supongo que me habré confundido. Anoche debí beber demasiado ron. —Sam murmuró algo así «como de costumbre» y su reproche le cayó como una jarra de agua fría. Aquel crío tenía una lengua muy afilada y, como siguiera así, tendría que darle su merecido—. No creo que tenga que darte a ti, precisamente, explicaciones.

—Por supuesto que no, mi capitán, pero creí que *usté* era diferente al resto de los demás piratas. Ya veo que no.

Royce estuvo a punto de gritarle, pero se controló. Realmente, el chico tenía razón. Llevaba una vida bastante desordenada desde que habían llegado y no quería un motín. Varios de sus marineros comenzaban a cansarse de estar en la isla.

—Ve a buscar a Brenton. Va siendo hora de que nos movilicemos —terció en su lugar.

A sus hombres les llevaría varios días llenar de provisiones el barco y prepararlo todo para zarpar. Pensó que, mientras, podía dar una vuelta por la isla y comprobar si aquella mujer realmente existía o había sido producto de su imaginación. Pero él tenía un recuerdo muy vívido de unos labios carnosos que sabían a coco.

Lo primero que hizo fue buscar a la prostituta con la que anduvo la otra noche. Kristen se llamaba. La mujer rubia y de curvas generosas casi se ahoga al verlo entrar.

—Si viene por las monedas de oro es justo que me las llevase —se defendió antes de escuchar lo que tenía que decirle.

—Puedes quedártelas. No he venido a eso. ¿Estuve anoche con otra mujer?

Kristen se carcajeó de forma obscena y le dio un codazo a una de sus compañeras.

—¡Con otra dice! Una servidora fue la única en entretenerle anoche, y muy bien, por cierto. —Abriéndole la levita negra, Kristen posó un dedo sobre el primer botón de la camisa e hizo intención de desabrochárselo—. Hubiera obtenido su premio si no se hubiese quedado dormido.

Royce apartó la mano de ella para rechazar su invitación y la prostituta torció la boca con una mueca de disgusto. Se apartó de él con un exagerado contoneo de caderas bajo aquel vestido tan vulgar mientras se alejaba directa a la barra y se preparaba una copa. Era bonita, pero solo para pasar una noche. Royce se dedicó a escudriñar al resto de las prostitutas y convino que no estaba la mujer que buscaba.

Los siguientes días se los pasó de una punta a otra de la isla buscando el rostro de aquella misteriosa joven que lo había atormentado en sueños, pero tuvo que desistir, pues tenía que organizar la partida. Estaba claro que no se encontraba allí, pues de lo contrario ya la hubiese descubierto. Mandó quitar las amarras y poner rumbo hacia Virginia. Allí se había comprado una plantación de tabaco y le vendría bien supervisar sus negocios.

Luego, tendría que distribuir el tesoro para hacer llegar una parte a la corona inglesa. Mientras cavilaba sobre esos y otros asuntos, se sirvió una copa y, al rato, decidió abrir la ventana y verter el contenido de aquel líquido en el mar. Era hora de mantenerse sereno.

Royce pensó que si había soñado con aquella extraña mujer era por culpa del ron. No tenía otra explicación que lo hubiera sentido tan real, como si hubiese recorrido con sus manos aquel cuerpo delgado y tibio, y hubiese saboreado la inocencia de unos besos que solo una mujer inexperta daba. O sea, una virgen. No podía negar que le había marcado y que hubiese querido saber quién era la dueña de aquella dulzura. Pero ya era demasiado tarde para seguir soñando con algo así. Quizá, era su mente traicionera la que mezclaba los besos de *lady* Amber, que una vez creyó como propios, con los de una criatura que no existía. La traición de aquella «dama», si es que la podía llamar así, le dolió mucho. Le había dejado en completo ridículo. Apretó el puño y rugió de rabia.

Consternado, salió del camarote y subió al timón. El mar estaba en calma. La espuma salpicaba el mascarón y algunas gotas incluso alcanzaban la cubierta. Se detuvo a observar los delfines que saltaban cerca de la quilla mientras se imaginaba que eran bellas sirenas que lo querían atrapar para llevarlo al fondo del mar.

—Mi querido Royce, ¿se puede saber qué te roe por dentro? Me da miedo cuando te encuentro tan taciturno.

Brenton le ofreció tabaco para mascar, que Royce rechazó, y se asomó por la barandilla.

—No es nada. Es solo que hace unas noches creí que me estaba besando con una mujer inocente. A veces, pienso si es mi mente la que me traiciona y quiere hacerme creer que mis primeros encuentros con *lady* Amber eran así cuando la realidad era otra.

—Eso es el alcohol, querido amigo. Te has pasado ahogando las penas en él. Me preocupas, hijo. Eres demasiado joven para caer tan hondo. Deberías alejarlo de ti.

—Eso he hecho. A partir de hoy, no pienso probar ni una gota.

Brenton le devolvió una sonrisa sincera y le palmeó la espalda con afecto.

—¿Vamos a quedarnos mucho en Virginia? —preguntó a continuación.

—Tengo negocios que atender por allí. Puede que sí.

Royce tenía que pensar qué iba a hacer con el pequeño Sam. Virginia no era lugar para que un chico como él callejeara. Claro, que las Islas Caimán eran peor lugar y, aun así, el muchacho se las había apañado perfectamente sin él. Podía buscarles a su tío y a él algún trabajo en la plantación, así les tendría entretenidos y controlados. Decidió que los próximos días los dedicaría a indagar qué había hecho por la isla. Estaba algo cambiado, pero poco para ser un chico de catorce años, era como si por él no hubiera pasado el tiempo. O, quizá, es que no se había fijado lo suficiente.

Con esos pensamientos, se despidió de Brenton y bajó a su camarote. Sam no estaba en el suyo, por lo que se marchó a buscarle. Lo encontró junto a su tío ayudándole a tejer una red para pescar.

—Sam, ¿puedes venir, por favor? —Royce habló con voz enérgica.

El chico, que se encontraba de espaldas, dio un respingo y dejó lo que estaba haciendo de inmediato. El muchacho caminaba detrás de él, lo que le imposibilitaba observarlo, así que le cedió el paso cuando entraron a su camarote.

—¿Pasa algo, mi capitán? —preguntó Sam con desconfianza.

—No. Solo que tienes muy descuidado mi camarote y quiero que lo limpies.

—¿Otra vez? Pero si lo limpié antes de embarcarnos —se quejó.

—Pues me da igual. Yo lo veo sucio, así que ve a coger algo para limpiarlo más a fondo.

Royce decidió sentarse en su mesa y estudiar el mapa. Tenían que evitar ciertas corrientes marinas, así que se dispuso a hacer las mediciones mientras Sam regresaba con el cubo, jabón y varios trapos. Su rostro enfurruñado casi le saca una sonrisa, pero la disimuló.

—¿Tengo que limpiar algo en especial? —inquirió Sam algo mordaz.

—Estaría bien que empezaras por los cristales. Se ven muchas telas de araña —observó Royce.

Sam arqueó las cejas y observó la ventana con escepticismo. Murmuró algo así como «pero si están limpias» y se puso a repasar los cristales con ahínco.

—¡Ah! Por cierto, puede que tengamos que compartir camarote para dormir —le advirtió repentinamente.

—¿Y eso por qué? —El descaro de aquel chico siempre le sorprendía. Era incapaz de obedecer sin replicar.

—No he dicho cuándo, tranquilo. Tengo que recoger a una dama en Jamaica y necesitará su propio dormitorio. No es decoroso que duerma con el capitán, ¿no crees?

No quiso darle más detalles y se abstrajo en el mapa que tenía enfrente, aunque eso no le impidió oír un leve bufido de indignación.

Capítulo V

Shannon no entendía los cambios tan drásticos de humor que se originaban en el capitán Black. Pasó de ignorarla en la isla a, prácticamente, no quitarle la vista de encima desde que volvían a estar en el barco. Cualquier excusa era válida con tal de retenerla en su camarote, lo que estaba agobiándola bastante. Era demasiado consciente del atractivo de Royce, de cualquier roce fortuito de sus cuerpos al chocar en aquel reducido espacio o cuando la mano masculina cogía la suya para mostrarle cómo se manejaba el sable. Sentía que se enrojecía y le molestaba aquel contacto tan íntimo, así que permanecía con la mirada gacha. No se atrevía a levantarla por miedo a que viera reflejado el deseo en sus ojos.

Shannon tenía la extraña sensación de que esos roces no eran casuales. Era como si ella hubiese pasado a ser la distracción de Royce durante ese viaje y ambos se dedicaran a jugar al gato y al ratón, siendo ella, claramente, la presa y quien tenía las de perder.

Oír su voz era motivo suficiente para que todo su cuerpo se tensara.

—Sam, ¿no me has oído? —volvió a llamarla Royce.

Shannon abrió la puerta de su camarote con el ceño fruncido.

—Sí, mi capitán.

Salió de la paz de su refugio y se dirigió al lugar de sus tormentos. Lo encontró con el torso desnudo y en calzones.

—Ayúdame a vestirme —solicitó.

¿Desde cuándo había pasado a ser también su ayudante de cámara?

—¿Los pantalones también? —preguntó Shannon con un gemido ahogado.

La mirada verde oliva de Royce la observó con un brillo especial.

—No. Sácame los pantalones de nanquín de ese cajón —le ordenó.

A Shannon no le gustaba tener que ayudarle. ¿Por qué ese repentino interés? Se dirigió al armario y se giró para tendérselos, pero chocó con el pecho desnudo del capitán.

—Pe-perdón —se disculpó azorada.

¿Por qué estaba tan cerca de ella?

—No hay nada que perdonar, pequeño Sam.

Los labios sensuales de Royce se curvaron con una mueca divertida. Comenzaba a creer que aquello le resultaba muy gracioso. Como la obligaba a sostener sus ropas, Shannon se vio obligada a observar el cincelado y perfecto cuerpo del capitán Black. En cuanto notó que se ponía la chaqueta y no se abrochaba los botones de la camisa, Shannon se giró con la excusa de acercarle un bote de perfume para no seguir observando ese torso tan definido.

—Sam, ayúdame, gandul. Ve abrochándome los botones.

Furiosa, Shannon comenzó a hacerlo de mala gana y, por las prisas, se equivocó, lo que le ocasionó otra regañina.

—Empiezo a pensar que no me eres muy útil en esto —opinó Royce.

—Discúlpeme, mi capitán. No acostumbro a vestir hombres —replicó Shannon entre dientes.

—Doy fe de ello, pero tu deber es ayudarme, no retrasarme, muchacho.

Los dedos de Shannon temblaban por tener que rozar la piel masculina. Le ardía la cara. Cuando terminó con aquella tortura, se alejó a una distancia prudencial y esperó a que le diera otra orden. Royce estaba demasiado elegante. No entendía para qué se había puesto sus mejores ropas.

—¿Ya puedo marcharme? —Shannon esperaba que la dejase tranquila hasta la hora de comer.

—No. Únicamente me he vestido para comprobar si me queda bien este traje. Quiero estar presentable cuando reciba a la dama que voy a llevar hasta Virginia.

Shannon no sabía si se trataba de su prometida, si era hermosa o quién era en realidad, pero no podía evitar odiarla sin conocerla. Sintió que los celos se adueñaban de ella desde el primer momento que la mencionó. Ella no había conocido a ningún hombre, ya que Stephen se había encargado de no presentarla en sociedad, así que no podía comparar al capitán con otros, sin embargo, a ella le parecía el hombre más viril y atractivo que había conocido hasta el momento. Y el que tuviese que compartir sus atenciones con otra no le agradaba en lo más mínimo.

—Entonces, ¿se va a poner otra ropa ahora? —gruñó molesta.

Cuando Royce afirmó frente al espejo, Shannon se dirigió al baúl y cogió unos pantalones más desgastados y una camisa que solía usar cuando subía a cubierta.

—¿Así está bien? —dijo, mostrándole la ropa.

Royce asintió y comenzó a desvestirse, para disgusto de Shannon. Solo que esta vez, según le iba tendiendo las prendas, ella las iba guardando para no tener que mirar el cuerpo desnudo del capitán.

—Bien, ahora que ya estoy más cómodo, vamos a hablar sobre tu comportamiento delante de ella.

Shannon no pensaba ser cortés con ella. Ni hablar. Ella solo atendía al capitán, no a esa remilgada de dama que seguro la miraría con desdén.

—Estoy seguro de que la distinguida señora llevará a su propia doncella. No creo que tenga que atenderla en nada —se adelantó Shannon con rebeldía.

Royce frunció el ceño y las facciones masculinas se tornaron duras.

—Seguramente, pero cuando te mande servir la comida o la cena para mis invitados, quiero que sepas atenderla como corresponde y dictan las normas. Primero, se ofrece el plato a las damas y después, a los caballeros. El orden va por edad, de mayor a menor.

A Shannon le daban ganas de gritarle que sabía perfectamente las normas, pero tenía que simular que las ignoraba. Si se equivocaba, no era culpa suya, pensó con malicia. Esbozó una sonrisa inocente y asintió dócil. Ya se vengaría después de aquella odiosa mujer.

—¿Algo más? —comentó con voz neutra.

—Sí, tendrás que lavarte esa cara y ponerte ropa limpia para oler bien.

La observación del capitán le ofendió. Estaba tan morena del sol que llevaba tiempo sin añadirse capas de suciedad y el que no lo notase le enfureció. Sin embargo, Shannon se olió las axilas con disimulo para comprobar si hedía y pensó que el capitán exageraba, no desprendía ningún tufo. Un carraspeo le hizo volver la cara en dirección de Royce y le pareció que trataba de contener una carcajada. Irritada, apretó la mandíbula hasta que le rechinaron los dientes. Aquel hombre era insufrible.

—Bien, pues si ya está todo aclarado, con su permiso, mi capitán, me marcho —anunció Shannon en vista de que Royce parecía más enfrascado en la carta de navegación que tenía delante que en ella.

—Me temo que no. Haz la colada y no tardes —le dijo, sin levantar la vista.

Indignada, Shannon cogió la ropa sucia del capitán y aprovechó para lavar también la suya, pensaba demorarse solo por fastidiarlo. Después, se dirigió hacia las letrinas, el lugar habilitado para tal fin y que olía a perro muerto. Allí se topó con otros marineros haciendo lo mismo. Royce exigía llevar unos mínimos de higiene en sus hombres. Los cuales se tenían que afeitar una vez a la semana, peinar cada día para eliminar los parásitos, lavarse los pies a menudo y cambiar de camisa dos veces a la semana (normalmente los domingos y los jueves). Shannon echaba de menos el olor a agua de rosas con las que solía asearse por las mañanas o el aceite de enebro que usaba para hidratarse. Era normal que sus ropas apestasen. Tenían que usar el agua del mar y esta olía a moluscos y pescado muerto. Primero, lavó sus propias ropas a propósito y con parsimonia. Y a continuación, las de Royce.

Sus cavilaciones se vieron interrumpidas, repentinamente, cuando un marinero irlandés llamado Kirk se acercó a Shannon y le quitó la camisa de Royce, que en esos momentos estaba lavando.

—Pero ¿qué demonios haces? Esa camisa es del capitán —le increpó Shannon de malos modos.

Shannon se la arrancó de las manos y recibió otro empellón del marinero.

—No me interesa la estúpida prenda, condenado crío —contestó Kirk con una sonrisa siniestra.

Shannon se retiró y observó las caras de los demás hombres que observaban la escena atónitos.

—¡*Que'te* atrás! —Rápidamente, Shannon echó mano a la daga que Royce le obligaba llevar siempre entre sus ropas y le amenazó—: ¡O te rajo la tripa!

—¡Uh, qué miedo! —se burló—. Baja eso que puedes hacerte daño. No me lo pongas más difícil. Hace mucho que no estoy con una mujer, muchacho, y tú me vas a servir para desahogarme.

Las intenciones del marinero le produjeron verdadero asco. Shannon esperó a que algún hombre la defendiera, pero el mutismo que recibió provocó que entrase en pánico.

—¿Es que ninguno va a decir *ná*? —les increpó Shannon de malos modos al resto de los hombres, sin desviar la mirada de aquel peligroso marinero.

Kirk rompió a reír.

—Quizá es que los muchachos quieren unirse a la fiesta, ¿no es así?

Le repugnó que ninguno se atreviera a contradecirle. En su lugar, se quedaron mirando como si de un espectáculo se tratase. Shannon trastabilló hacia detrás cuando le vio sacar una daga. Nunca había tenido que enfrentarse a un individuo hasta ese momento y a pesar de que Tom le había enseñado a defenderse, la realidad se imponía con crueldad. Un sudor frío, provocado por los nervios, le escurría por la sien.

—No tienes *ná* que hacer conmigo, chico. ¿No ves que yo soy un marinero muy curtido? Tú estás aún muy verde. Suelta ese cuchillo ya —se jactó Kirk.

Ambos se movían en círculo con los brazos extendidos sin perder de vista los movimientos del contrario. De pronto, Kirk se adelantó con un movimiento brusco que Shannon evadió de un salto y respondió atacándole. Le había infringido un buen corte en el brazo.

—¡Qué me aspen! Parece que te han enseñado bien, pequeño bastardo. —El marinero se lamió la sangre y le dirigió una mirada inyectada en odio.

Shannon ya se había demorado demasiado tiempo. Sin embargo, no podía contar con la oportuna aparición de Royce. Era más que probable que ese asunto tuviese que resolvérselo ella sola. ¡Maldijo a Royce por mandarla a hacer la colada! Solo un milagro la salvaría de aquel miserable.

De nuevo, Kirk se abalanzó contra ella y se vio obligada a rodar, a levantarse rápidamente para defenderse y usar un barril como barrera.

—¡Ven aquí, gallina! —profirió a gritos Kirk con el rostro desencajado.

Las risotadas de los otros marineros solo estaban cargando más el ambiente. El pánico se apoderaba de Shannon con cada segundo que pasaba, que notaba impotente cómo el brazo le temblaba. Aun así, no pensaba rendirse sin antes luchar.

—Se acabó. Ya me he hartado. —Kirk saltó el barril con agilidad y Shannon echó a correr en zigzag como un gamo en dirección a la salida.

En ese punto, los hombres se levantaron entre protestas y obstruyeron su escapatoria para evitar que se fuese. Las lágrimas de impotencia de verse rodeada por tantos hombres se le agolparon en los ojos y se vio obligada a recular, pero Kirk la alcanzó y le atizó un buen golpe en la cara que la tiró al suelo. Muy aturdida, intentó huir, pero no le dio tiempo. El muy bastardo se abalanzó sobre ella y le retorció un brazo para obligarla a que se pusiera boca abajo, mientras le tapaba con un trapo la boca y le ataba las manos a la espalda. El sabor metálico de la sangre entró por su garganta de golpe y le produjo escozor. Quiso toser, pero el trapo se lo impedía y creyó que se ahogaría con su propia sangre.

—¡Y ahora, cuando te baje los pantalones, espero que disfrutes! —le susurró Kirk.

Shannon pataleó presa del terror a la vez que trataba de respirar. Cuando descubrieran que era una mujer, sabía que la violarían uno detrás de otro. Sin embargo, la presión que ejercía Kirk se vio mermada y un silencio terrible se hizo en las letrinas. Al levantar la cabeza, descubrió unas botas que solo podían pertenecer a una persona: a Royce.

—¿Sabes, Kirk? Cuando yo mando a realizar a mi grumete sus tareas, lo único que pido es que mis hombres le dejen en paz. —La voz, excesivamente calmada de Royce, no presagiaba nada bueno.

A su lado se encontraba uno de los marineros que antes formaban parte del grupo y que ahora le ayudaba a levantarse y la liberaba de la mordaza. Shannon comenzó a toser ruidosamente mientras cogía bocanadas de aire para llenar sus pulmones.

—Mi capitán, no es justo que sea solo para su uso y disfrute —respondió Kirk.

Royce se acercó a él con las facciones muy tensas.

—¿Me estás retando? —preguntó. Los ojos verde jade eran dos rendijas que llameaban peligrosamente.

Kirk, viéndose perdido, se abalanzó hacia el capitán Black de improviso, pero Royce fue más rápido y sacó una daga del pantalón con un movimiento rápido y se la clavó en el pecho. La cara de aquel mugriento marinero se contrajo por la sorpresa, y cayó al suelo con un grotesco golpe seco. Después, Royce se volvió hacia el grupo de hombre y les gritó:

—¡¿Alguno más quiere desafiar mis órdenes?! —Ante el silencio de aquellos hombres, Royce se guardó la daga y les advirtió—: No voy a tolerar un motín en mi barco. El que no respete a mi grumete, no me respeta a mí y, por tanto, solo le espera esto: la muerte. ¿Ha quedado claro? —Ante el asentimiento de sus hombres, Royce señaló el cuerpo inerte de Kirk—: Y ahora lanzad este cadáver al mar. Hoy los tiburones se darán un festín.

Los marineros asintieron con la cabeza gacha y Royce tiró del brazo de ella sacándola de allí en volandas. Cuando cerró la puerta del camarote tras ellos, seguía con la mandíbula apretada. A Shannon le daba miedo cuando se ponía así. Sin embargo, cuando le apartó un mechón de pelo para examinar su cara magullada lo hizo con mucha delicadeza.

—Te va a salir un buen moretón en la cara —observó, posando el pulgar en su mentón con ternura.

Shannon tenía la garganta irritada y le costaba hablar. No pensaba llorar delante de él. El susto ya había pasado. Ahora solo tenía que seguir adelante y hacer como que aquello no había pasado.

—A partir de ahora, irás a hacer la colada acompañada de Tom. ¿Es tu tío o también me has mentido sobre eso?

Las palabras de Royce consiguieron que un nudo se le hiciese a la altura del estómago y se le quedaran las palabras atascadas.

—¡¿Qué?! —exclamó Shannon con un gemido ahogado.

—Sí, querida. Sé que eres una mujer. Y muy bella, por cierto —reconoció Royce con un brillo ladino en sus ojos—. Durante un tiempo conseguiste despistarme con eso de que lo soñé. Pero el chichón que tenía en la cabeza me hizo recelar de que hubiese sido irreal. Tus largas y rizadas pestañas, tus rasgos tan finos y la ausencia de barba no es propio de un chico de tu edad.

—Así que lo sabía y estaba interpretando un papel delante de mí. Todo eso de limpiar era una excusa, ¿verdad? —Los ojos de Shannon relampagueaban de ira viéndose descubierta.

—Necesitaba comprobar que no había soñado ese beso. Deduje por tus sonrojos que eras muy inocente.

Royce hizo intención de acariciar su rostro, pero Shannon se apartó de él aterrorizada.

—¿Piensa violarme?

—Jamás haría algo tan despreciable. Solo usan la violencia aquellos hombres que no tienen los suficientes recursos como para conquistar a una mujer con respeto. Ahora la pregunta es: ¿querrías ser mi amante?

Shannon casi se atraganta. Apretó los dientes con rabia contenida y le dirigió una mirada asesina.

—¿Es que me ha visto como a una fresca o qué? Me acaba de insultar —replicó Shannon muy ofendida.

—Vamos, querida, tampoco pido nada tan descabellado. Soy un hombre que puede mantenerte con todas las comodidades del mundo. Tú no eres una dama. Y esta no es vida para una mujer.

—Antes, me caso con un campesino que con un patán como usted —se exaltó Shannon.

—Bueno, eso ya lo veremos. Tenemos toda la travesía por delante —repuso Royce con sorna.

—¿Piensa delatarme a sus hombres? —quiso saber Shannon.

—No. De momento quiero que sigas con tu disfraz. Ya cuando lleguemos a mi hacienda, te regalaré bonitos vestidos.

Shannon curvó sus labios con malicia y no replicó. Disponía de tiempo suficiente para ponerle en su sitio. Si creía que iba a caer rendida a sus pies, ya le demostraría que con ella no se jugaba. ¿Amantes? Shannon salió del camarote con la espalda envarada y se encerró en el suyo. Se tumbó sobre la hamaca y se tocó la mejilla. La notaba muy hinchada. Se alegraba de que Royce le hubiese dado su merecido al desgraciado de Kirk. Era lo único que le agradecía al capitán. Pero ahora que había descubierto su disfraz, no pensaba tolerar que se propasase con ella ni un pelo. Esperaba que se comportase como un caballero y supiese encajar una negativa porque, ahora que había descubierto las verdaderas intenciones del capitán, Shannon no pensaba alentar esa faceta suya de conquistador nato que había visto que usaba con las prostitutas. Sería virgen, sí, e inocente, pero no tonta. Había visto demasiado para su corta edad.

No creía que fuese tan difícil resistirse a Royce. Sí, la había besado y ¡menudo beso! Pero no pensaba mancillar su virtud y arruinarse. No había hecho ese viaje para quedar relegada a una mujer de vida alegre. Ella quería casarse, ser feliz como lo habían sido sus padres y tener hijos dentro de un matrimonio honrado. Tampoco creía que pidiera tanto. Asumía que los de su clase no se casaban por amor, pero qué menos que emparejarse junto a un hombre que la respetase, no a un corsario de mala muerte. No sabía los motivos para que la otra mujer le hubiese despreciado, pero estaba tan molesta por su deshonesta propuesta que empezaba a creer que Royce se lo merecía, ya que Shannon estaba convencida de que no sabía tratar a una dama y, muy probablemente, la habría insultado al igual que a ella.

Tenía que mantener como fuese su honor intacto hasta que desembarcaran en Virginia para desembarazarse del capitán. Luego, ya podría desaparecer para buscar a *sir* William. En cierta manera, se le iba a hacer muy largo ese viaje en barco.

Capítulo VI

Descubrir que su grumete en realidad era la mujer con la que se había besado aquella noche de alcohol le resultó adorable. Había de reconocer que su disfraz era muy bueno, puesto que lo había despistado todo ese tiempo, pero no por mucho más, y al igual que a él, muy pronto sus hombres comenzarían a preguntarse por qué no se generaban cambios físicos en ella, tal y como le correspondía a un chico de su edad. Ahora que lo sabía, era evidente que aquella estructura delicada de sus huesos, la curva pecaminosa de su boca y aquellas pestañas largas y rizadas no se correspondían con la fisionomía de un muchacho. Y constituiría un problema si alguien descubría su secreto. No obstante, la protegería de otros, pero no de él, que pensaba conquistarla a base de provocaciones. El problema era que, al ser tan inocente, notaba su reticencia.

«¡Vírgenes!».

Eso y su carácter rebelde. Era la única que se había atrevido a desafiarlo durante todos esos años. Royce pensó que, quizá, se lo había permitido por el cariño que le profesó al considerarlo un niño desvalido como su hermano, pero la realidad era que le atraía como mujer y estaba deseando tenerla en sus brazos. Era todo un reto y cuanto más se oponía, más la deseaba.

Que el bastardo de Kirk hubiese intentado forzarla le llenó de rabia. Si no llega a avisarle Jim, jamás se lo habría perdonado. Ella no merecía que un desgraciado la tratase con esa violencia en su primera vez. Era una florecilla dulce e ingenua que necesitaba un trato gentil y bonito, y no el recuerdo de un animal. Detestaba a los hombres que no sabían comportarse como debían con las mujeres, le recordaban a su padre. Desechó esos amargos pensamientos y pasó a otros más apetecibles. El viaje en barco se iba a convertir en una dulce tentación.

Royce subió junto al timonel y decidió observar a sus hombres. Era tangible que se había corrido la voz de lo que había sucedido en las letrinas, pues todos le saludaron con profundo respeto. Los que no socorrieron a Sam habían sido azotados y ahora cumplían su castigo con honor. Se necesitaba mano dura para dominar a esos pertrechos marineros, ya que muchos de ellos eran pendencieros y de dudosa honorabilidad. Les devolvió el saludo y se sacó el catalejo para observar el horizonte.

—¿Me habías llamado, Royce? —le preguntó Brenton.

—Sí. Me gustaría hablar sobre la ruta que vamos a tomar. Tengo que recoger a mi tía en Jamaica, está visitando a una amiga a la que han traslado a vivir allí. La verdad es que no creo que pueda soportarla yo solo. ¿Puedo pedirte el favor de que me acompañes en la mesa?

Brenton rompió a reír. Por él, sabía que era una mujer soltera y muy dominante, según sus propios comentarios. Era una verdadera tortura aguantar su incesante charla. Pero su contramaestre tenía mucha labia y era el único que podría entretenerla durante su estancia en barco.

—No hay problema, muchacho. No hace falta que me lo pidas. Cuenta con ello.

Antes de partir de Inglaterra recibió una carta de ella en la que le pedía que fuera a buscarla. Inmediatamente, Royce le escribió para advertirle que tardaría un poco en llegar, pero que en cuanto su patria le dejase libre, iría por ella encantado. Si alargó su estancia en las Islas Caimanes en parte fue porque no deseaba recogerla. Muy probablemente quisiera quedarse con él y Royce no era muy sociable. Odiaba las reuniones y las fiestas que tanto les gustaban a las mujeres y, en concreto, a su tía. Estaba seguro de que lo primero que le propondría sería montar una reunión e invitar a las personas más influyentes cercanas a su plantación.

Decidió preocuparse más adelante y disfrutar del viaje y la libertad de la que gozaba en esos momentos. Bajó a su camarote y decidió llamar a su grumete. Seguía llamándole Sam, ya que de momento no sabía su verdadero nombre, algo que le intrigaba mucho.

Cuando la muchacha entró, se quedó a una distancia prudencial.

—No voy a comerte, querida —señaló con sorna.

—No pensaba dejarle —contestó muy confiada.

—Bien, ¿puedo saber qué hace una mujer disfrazada en mi barco? Porque la verdad es que nuestra conversación de ayer se quedó a medias.

Se acercó a ella y al notar que reculaba, no paró hasta que la arrinconó. Cogió un mechón de pelo y lo aspiró. Olía a mar. Fue su perdición, ese perfume le embriagaba y le hacía desearla con más fuerza.

—No es de su incumbencia y, ahora, apártese de mí —ordenó, empujándole con una mano sobre el pecho.

—Pues, sinceramente, no estoy de acuerdo. —Viendo que su mirada se llenaba de terror con su cercanía, Royce optó por dejarla y ganársela poco a poco—. ¿Buscas encontrar fortuna en América? ¿Es eso? ¿Una oportunidad?

Se giró sobre sí mismo y caminó por el camarote para poner una distancia prudencial entre los dos.

—Tengo familia allí. Seguro que se ocuparán de mí. Digamos que en Londres ya no tenía nada que me retuviese.

La cara de la muchacha se contrajo de dolor. ¿Qué recuerdos tan desagradables serían los causantes de ensombrecer su mirada? Como Royce era un caballero, no pensaba interrogarla acerca de ello. Estaba convencido de que cuanto más la presionase más se alejaría de él, aunque no por ello estaba exento de curiosidad.

—Lo siento. En cualquier caso, yo puedo ocuparme de ti. —Royce se acercó de nuevo a ella y, tomando su mentón con el pulgar, lo acarició con cariño.

—Yo no soy una cortesana, mi capitán, creo que se confunde bastante.

—Royce, por favor —rogó con un susurro.

—Creí que quería que le llamase «mi capitán» —replicó.

—No en la intimidad. Tu nombre, no me gusta llamarte Sam.

—Es mejor así. Podría ponerme en peligro si alguien lo escuchase llamarme por mi verdadero nombre, ¿no cree? —Su forma tan particular de regañarle le causó gracia.

Royce tuvo que reconocer que llevaba razón. Ya habría tiempo cuando llegaran a Virginia. Mientras tanto, se tendría que conformar con la escasa información que obtenía de ella.

Al posar su mirada sobre aquellos labios carnosos del color de las cerezas ya maduras fue demasiada tentación para Royce. Se pasó la lengua por los suyos y tragó saliva con dificultad.

—Sam de ¿Samantha? —La risa cristalina que brotó de los labios femeninos le cautivó aún más. Una parte de él se llenó de orgullo por haber logrado que sonriera. Sus facciones se dulcificaron y dejó de lado esa mirada huraña que solía destacar cuando estaba en su presencia.

—No. Y no pienso responder.

—Estás mucho más guapa cuando sonríes.

Sam frunció la boca con un gesto que le resultó muy provocativo a Royce y que le costó horrores no lanzarse a por ella. Con un suspiro de resignación, acercó el rostro a su oído y le susurró:

—Creo que tenemos un problema: eres tan hermosa que sospecho que no eres consciente de ello. Yo solo soy un hombre atormentado que añora tus besos.

—No pienso caer en su trampa de seducción.

Royce la cogió por la cintura y le pegó a él.

—Menos mal. Porque mientras no peligre tu voluntad, yo no caeré en esos labios tan pecaminosos que tienes.

Sam tragó saliva y se quedó observándolo con una extraña mirada. Unos golpes en la puerta interrumpieron su cortejo. Malhumorado, contestó:

—¿Quién es?

—Soy yo, Tom.

Con cara de fastidio se alejó de Sam y le abrió la puerta. Había olvidado que lo había mandado llamar para que la acompañara a hacer la colada. No quería otro estúpido altercado. Y, por supuesto, Sam aprovechó la oportunidad que se le brindaba para huir de su lado. Si no les hubiesen interrumpido, estaba casi seguro de que habría podido derribar sus defensas y besarla.

Shannon puso pies en polvorosa. Su extraño comportamiento desconcertó a Tom que la observó con cautela.

—El capitán no te estará incomodando, ¿verdad? —le preguntó.

—No —mintió. No quería preocuparle. Era asunto suyo tratar de esquivarle—. Es solo que odio hacer la colada desde aquel día. Quiero acabar cuanto antes.

Tom se quedó conforme con la respuesta y se dispuso a mascar tabaco mientras ella realizaba su tarea.

—Ten por seguro que si otro se acerca, le cerceno la garganta.

Sabía que Tom lo haría. Era muy buen hombre y se preocupaba de verdad. Quería llevarla sana y salva ante *sir* William, pero Royce no colaboraba. Su traicionero cuerpo deseaba que la volviera a besar como aquel día. Pero si caía en sus brazos, el capitán no se conformaría con unas migajas, lo querría todo y era algo que ella no podía darle.

De regreso, suspiró aliviada al encontrar el camarote vacío. Se despidió de Tom y se dedicó a guardar la ropa. Después, se volvió a su reducido espacio y no fue hasta la cena que lo volvió a ver y, otra vez, insistió en que comieran juntos. Por más excusas que buscó, Royce no se abstuvo a razones.

—Debes aprender a comer bien, Sam —le reprendió como a una criatura.

—Ya sé comer bien.

—Me refiero a que tengas modales refinados —insistió.

—Está bien. ¿Si le demuestro que sé comportarme me dejará marchar?

Royce arqueó una de sus espesas cejas y esbozó una sonrisa sarcástica.

—Adelante, quiero ver ese despliegue de demostración —se burló, creyendo que no sería capaz.

Esa poca falta de tacto le molestó a Shannon, la cual se dispuso a darle una lección que nunca olvidaría. Adoptó un porte que creía olvidado y comió como correspondía a alguien de su clase, dejando sin habla al capitán. Sonrió orgullosa al ver que fruncía el ceño.

—Dime, querida, ¿cómo debo interpretar tus repentinas y educadas maneras? ¿Debo pensar que has aprendido observándome a hurtadillas o cómo explicas que, de repente, sepas desenvolverte como alguien de buena cuna? —El que Royce le alzase la voz le sorprendió. No entendía el motivo de su repentino enfado, pensó que le enorgullecería ver que era capaz de cenar con buenos modales. Cuando él se levantó de la silla, dejando la servilleta a un lado con ímpetu y se acercó hasta ella con pasos elásticos, Shannon se estremeció de pies a cabeza—. Nadie aprende de la noche a la mañana. ¿Eres una dama?

Su tono acusatorio le recordó que las odiaba.

—No-no. Trabajé como doncella en una casa —se apresuró a contestar.

Su explicación pareció calmar a Royce por el momento.

—Eres una caja de sorpresas. ¿Algún día vas a contarme de quién huyes? ¿Robaste?

Las aletas de la nariz del capitán se movían aprisa debido a las profundas inspiraciones que daba. Los ojos verdes eran dos pozos oscuros que le escrutaban con frialdad.

—Pues claro que no. ¡¿Cómo se atreve?! —se indignó, levantándose con brusquedad de la silla.

—Está bien. Te creo. Espero que no me lleguen noticias desde Londres. El mundo es un pañuelo y si me has engañado, lo averiguaré. —En esa última frase, Royce la cogió del antebrazo con fuerza y le clavó los dedos.

—Me estáis haciendo daño. Yo ya he cumplido con mi promesa. ¿Puedo regresar a mi camarote?

De mala gana, el capitán asintió y aflojó el agarre sin soltarla.

—Te recuerdo que sigues siendo mi grumete y te corresponde a ti la tarea de recoger la mesa —le señaló con aspereza.

Shannon no replicó. Lo hizo con suma diligencia y se apresuró a escapar de su vista una vez que hubo terminado. Los constantes cambios de humor de Royce le causaban desasosiego. Ya en la tranquilidad de su camarote, cuando se tumbó sobre la hamaca, seguía sin entender por qué se había molestado. Pero el constante balanceo del barco la acunó como a un bebé y pronto Shannon sucumbió al sueño.

Los susurros de una voz muy cautivadora se introdujeron en los sueños de Shannon y le sacaron de su descanso.

—¿Quién eres realmente?

Notaba como una mano acariciaba su cabello con cariño. Somnolienta como estaba, gruñó y se arrebujó en la manta para continuar durmiendo. El rostro de su madre se apareció confuso ante ella. Ambas se parecían mucho y sonrió en sueños contenta de sentir sus caricias. Se encontraba acostada en su cama en High Street en Burford. Su madre paró de acariciarle el pelo y le dio un beso en la mejilla. Shannon se negaba a ser una simple espectadora, por lo que intentó llamarla, pero era como si no dispusiera de voz. Tuvo que conformarse con seguirla por la casa cual fantasma. La actitud de *lady* Anne era muy extraña: se había maquillado frente al tocador una docena de veces, algo le preocupaba. De repente, el sonido de una campana le hizo cambiar de actitud, se tensó y bajó a recibir a su visita. Cuando abrió la puerta, Shannon despertó de golpe entre gritos de auténtico terror. Sin embargo, no estaba sola, la silueta de Royce estaba allí, observándola como un pasmarote mientras la abrazaba pensando que había sido él el causante de su pavor.

—Lo siento, Sam. No quería despertarte. Siento si te he asustado —se disculpó.

Shannon no lo apartó. Al contrario, se abrazó fuerte a él para ahuyentar aquellas imágenes que tanto le aterraban, pero que no lograba recordar. ¿Quién era esa visita qué tanto miedo le daba? Pero el olor a alcohol que desprendía el aliento de Royce le echó para detrás.

—¿Estáis borracho? —Shannon no necesitaba una respuesta afirmativa. Era innegable.

—Sí, la culpa la tienes tú.

—¿Yo? —Shannon casi se ahoga con aquel tono acusatorio.

—Sí, me porto como un caballero contigo y tú ¿cómo me lo agradeces? Echándome de tu lado como a una rata. —Su tono lastimero le causó gracia.

—¿Que yo le echo de mi lado? No entiendo.

—¿Es que no comprendes que solo deseo tu compañía? —dijo con la voz enronquecida.

—Capitán Black...

—Royce, querida, llámame por mi nombre de pila.

—Royce, ¿se puede saber qué hace a estas horas de la noche en mi camarote y borracho?

—Vine a disculparme por mi comportamiento de antes. Te grité y no debí hacerlo. Creo que me pasé un poco con el ron y quizá me desorienté con la hora. Es un poco tarde, ¿verdad?

Su tono sincero le ablandó el corazón.

—¿Solo lo cree? —se burló Shannon.

—Está bien. Puede que me tomara más de media botella de ron y me demorase más de la cuenta. No debí entrar.

—Acepto sus disculpas. Ya puede retirarse —repuso Shannon categóricamente.

—¿Ya está?

—¿Y qué más quiere?

En tan estrecho abrazo, y del que hasta ahora no se había deshecho, sintió el calor del torso desnudo de Royce. El pelo negro como el carbón y leonino le caía por la cara dándole un aspecto salvaje. Aquellos ojos verdes la observaban con auténtica adoración, era la mirada de deseo que solía echar un hombre a una mujer. Cuando Royce posó los labios hambrientos contra los suyos, Shannon quiso resistirse, pero su cuerpo ansiaba sentir una vez más aquellos besos. Royce recorrió su boca con salvaje pasión, magullando sus labios y enrojeciéndolos. Los sentía hinchados, sin embargo, Shannon no se quejó, al contrario, le correspondió con el mismo ardor. Cuando Royce se subió a la hamaca y acopló su cuerpo al de ella, fue como si Shannon hubiera sido modelada para encajar a la perfección con él. Pero, al sentir cómo una de las piernas robustas se colaba entre las suyas, Shannon temió que aquella noche acabara con su reputación. Se separó de él entre jadeos y le suplicó:

—Por favor, Royce, parad. Yo… no puedo estar con usted.

Notó cómo el cuerpo del capitán se tensaba.

—¿Es que hay otro esperándote en Virginia?

—Sí. Estoy prometida a otro hombre.

Como a una tonta se le encogió el corazón. Era una verdad a medias, lo único que se le ocurrió para alejarlo de ella, porque no se sentía con fuerzas para rechazarlo. Cuando la besaba, despertaba sensaciones dentro de ella que no podía explicar.

—Sam, seguro que yo puedo mantenerte mejor que ese hombre —suplicó Royce.

—Usted solo me quiere como amante, ese hombre será mi esposo. No puedo, Royce, por favor, marchaos.

Con la respiración agitada, Royce se levantó y salió, dejándola muy confundida. Ella era una dama y debía casarse con alguien de su alcurnia, había hecho lo correcto, pero ¿por qué se sentía tan mal? *Sir* William nunca aprobaría un enlace con Royce. Lloró desconsolada ahogando los hipidos.

Royce aún tenía la cabeza embotada producto del alcohol, pero no tanto como para permanecer indolente ante el rechazo de Sam.

«Otro hombre», pensó despechado.

Él conseguiría que le olvidase. ¿Por qué las mujeres solo pensaban en el maldito anillo? Royce no quería una mujer que se enamorase de su riqueza, pero lo que sí tenía claro era que no pensaba entregarla a ese condenado hombre, antes se casaba con ella. Sam tenía algo que le atraía de una manera casi enfermiza y ni bien sabía el porqué.

Con furia, dio un manotazo a la botella de ron y esta cayó al suelo haciéndose añicos. Se arrepintió de su mal humor en el mismo instante que vio el estropicio que había organizado en el suelo de su camarote. Al agacharse a recoger los pedazos de cristal se cortó con uno de ellos y de la herida comenzó a manar bastante sangre. Acostumbrado a curarse las estocadas de batalla y, a pesar de que le sobrevino un mareo de debilidad, cortó un trozo de lienzo y se lo anudó alrededor de la mano para cortar la hemorragia.

Tendría que hablar seriamente con Tom, pensó con determinación. Quizá le podría pillar en algún renuncio y poder así desenmascarar a Sam. Y si se negaba a contestarle, le amenazaría con sacárselo por la fuerza y delante de ella si era necesario. Ebrio como estaba no pensaba con mucha claridad, aun así, se hizo la firme promesa de averiguar quién era el hombre que la esperaba en Virginia de una forma u otra.

Cuando terminó de poner en orden el camarote, se fue dando tumbos a la cama y fue cuando la descubrió en el vano de la puerta.

—¿Estáis bien? —Su tono de preocupación aumentó su malestar.

—¡Lárgate! A no ser que vengas a calentar mi cama —señaló con crueldad.

Sam cerró la puerta con una mirada triste. De nuevo, la bebida sacaba lo peor de él. Mañana pensaba trasladar a la bodega todas las botellas de su camarote y no volver a probar ni una gota. Él no era así. No tenía perdón de Dios. Se mesó el pelo contrariado y estuvo a punto de ir a su camarote para disculparse, pero desechó la idea. Por esa noche ya lo había estropeado suficiente y no creía que ella fuese a recibirle de buen agrado, y con razón.

Capítulo VII

Los siguientes días, Royce le dio un respiro. Se disculpó de nuevo con ella por su comportamiento y no volvió a molestarla. Al contrario, procuró dejarle espacio. Pero aquella indiferencia era peor que la calma del mar. Dolía.

Tan taciturna solía estar que Tom comenzó a sospechar. Así que una tarde que subió a la borda para hacerle compañía, comenzó a interrogarla.

—Pequeña, a mí no me engañáis. Este viejo ha visto demasiado en la vida y conozco esa mirada tan abatida que le dedicas al capitán. ¿Ha sucedido algo entre vosotros?

Compungida, se retorció las manos con nerviosismo.

—Descubrió mi disfraz y ahora que el capitán sabe que soy una mujer quiere tener una aventura conmigo, pero yo le he dicho que me espera un prometido en Virginia. He tenido que inventarme que soy una doncella. Creo que si se entera de que soy una dama, me tiraría a los tiburones. Odia a las mujeres de mi clase por culpa de una mala experiencia con otra aristócrata —explicó.

Tom apretó la mandíbula y sopesó la información que le había dado.

—Pero él cree que tiene una posición más elevada que la vuestra y puede obligaros a que seáis su amante. Deberíais decirle cuál es vuestra verdadera posición, debe respetaros —le susurró.

—No. ¿No me habéis escuchado? Sería mucho peor.

—¿Y si me pregunta? Tenéis que decirme todo lo que le habéis contado para que las versiones coincidan. Royce no es tonto.

Shannon ya se había dado cuenta de que los ponía a ambos en una posición bastante delicada, así que armaron toda la vida ficticia de ella con pelos y señales. Se suponía que Tom la acompañaba en su viaje para casarla con el dueño de unas tierras que había emigrado a América en busca de un futuro mejor y que, previamente, el padre de Shannon y hermano inventado de Tom había contactado, pues la familia para la que trabajaban quería obligarla a ser la amante del señor, un hombre casado y bastante mayor. Como Tom la adoraba y no quería ese destino para su sobrina, la había ayudado a huir y se había sacrificado por ella. El problema radicaba a la hora de buscar un culpable para todo aquello y, ahí, era dónde hacían aguas sus argumentos.

—Seguro que conoce a todos los hombres influyentes de Londres —comentó Shannon desolada.

—Conozco a algunos hombres ricos que tienen muchos trapos sucios y que nos pueden servir. Podemos usar a uno de ellos —propuso Tom.

—Está bien. ¿Cuál entonces?

—Usaremos a Thomas Boyle. Pertenece a la familia aristócrata del conde de Cork y es conocido por asuntos muy turbios, incluso, una vez escuché en la taberna que fue acusado de intento de asesinato a su propio hermano para heredar el título.

Resuelto su pasado ficticio, Shannon creyó que de esa forma podrían contestar cualquier pregunta de Royce.

—Y mi verdadero nombre será Anne. —Shannon resolvió usar el nombre de su madre.

Aclarado cada punto, los repasaron juntos para asegurarse de que no les quedaba ningún fleco suelto.

Había decidido darle el espacio que creía conveniente. Algo que le estaba suponiendo una tortura, pero, mientras tanto, fraguaba una nueva forma de acercarse a ella. Royce no tenía muchos libros. Pero había notado que de su biblioteca desaparecían para volver a aparecer misteriosamente a su lugar a los pocos días. Con una sonrisa sardónica, ideó un plan y esperó a que diera resultado. Sam se presentó compungida con el libro en la mano.

—Así que sabes leer, pequeña ladronzuela —le dijo cuando la vio aparecer con él en la mano.

Royce había metido en todos ellos una nota en la que le instaba a devolverlo de inmediato a su biblioteca si no quería recibir un severo castigo.

—Sí, no quería olvidarme. Era únicamente para practicar. Juro que no estaba husmeando entre sus cosas —se defendió.

—Tendré que confiar en tu palabra. Te dejo que los leas a cambio de algo. ¿También sabes escribir?

La muchacha asintió con desgana.

—Perfecto. Entonces me ayudarás a hacer inventario.

Era una tarea tediosa y que serviría como excusa para retenerla, así podría sonsacarle algo más. La obligó a sentarse en el escritorio y le tendió varios papeles para que traspasara los datos a los libros donde llevaba el control de todo lo que se gastaba dentro del barco.

Mientras ella escribía con auténtica desidia, Royce se dedicó a observarla. Aquella desgarbada ropa no le hacía justicia a ese rostro tan armonioso. Se la imaginó con ropas de mujer y bien peinada, y casi podría afirmar que causaría estragos entre los de su mismo sexo. Sin embargo, no pensaba compartir su belleza con nadie. Aquella extraordinaria hembra sería únicamente para deleitarse él en privado.

—¿No echas de menos ponerte ropa femenina? —le interrumpió.

—No.

—¿No? —se sorprendió Royce.

No parecía reparar en su extraordinaria belleza. Era de las pocas mujeres que conocía que no era engreída. Sam era muy natural y ese toque ingenuo cautivaría a cualquiera.

—Supongo que no pensarás presentarte ante tu prometido de esa facha —volvió al ataque.

—Por supuesto que no. Todo lo que ha ahorrado Tom lo gastaremos en un sencillo vestido —replicó sin levantar la mirada de su tarea.

Estaba claro que no la agasajaría con ropa. No parecía darle importancia a la moda ni a la riqueza. Era extraño viniendo de una mujer.

—Dime, Sam —Royce se levantó y se situó a su lado—, ese prometido tuyo ¿te conoce?

La muchacha levantó la mirada ceñuda.

—Pues claro que no. Nadie se casa por amor —replicó.

—Y si cuando llegues, ¿se ha casado con otra?

—No lo hará. Estará esperándome —respondió vehemente.

—¿Cuánto hace que lo contactaste? ¿Tres años? Nos hemos demorado mucho en las islas Caimán. ¿No crees que puede haberse cansado de esperarte?

—Pues me buscaré otro marido —resolvió con descaro.

—Vaya, detecto que el amor no está dentro de tus planes. Entonces, cualquiera puede optar a ser tu candidato. ¿También yo?

Royce se sorprendió haciéndole esa sugerencia. No tenía pensado casarse con ella, pero cada día le agradaba más la idea.

—Usted es el último hombre de la Tierra con el que me casaría —replicó casi al instante.

Herido en su orgullo, Royce frunció el ceño.

—¿Y eso por qué? ¿Qué tiene de malo casarse con alguien como yo? ¿Acaso no soy suficiente para una simple doncella? Hablas como una dama —contestó despectivo.

Sam dejó la pluma a un lado y suavizó su expresión.

—Precisamente, por eso: soy yo quien no es suficiente para usted.

—Eso, querida mía, soy yo quien lo tiene que decidir, ¿no crees? —Se acercó hasta ella y sus manos volaron a esa preciosa cabellera trigueña, que acarició con suavidad. Bajó la cabeza y le susurró—: Claro que podemos arreglarlo de otra forma. Podemos ser amantes y, quizá, sea más satisfactorio para ambos.

Sam envaró la espalda muy tiesa y se volvió a mirarle con la cara lívida de rabia.

—Usted es un descarado y un sinvergüenza. ¿Cómo se atreve? Seré plebeya, pero muy honrada.

—*Touché*. Estamos en paz —respondió Royce sarcástico.

Le costaba admitir que estaba muy molesto con sus continuos rechazos. ¿Por qué prefería casarse con un simple granjero antes que con él, que podía ofrecerle mucho más?

Salió del camarote, prácticamente, dando un portazo y fue en busca de Tom. Lo encontró alimentando al cerdo que tenían en la bodega. Los animales eran imprescindibles si querían sobrevivir. Se acercó a él como un felino y lo abordó sin dar rodeos.

—Dime, Tom, ¿sabes que conozco el secreto que guarda Sam? —La pregunta formulada no pareció inmutar al marinero, que asintió sin dejar de realizar su tarea. Confirmaba sus sospechas de que entre ellos había bastante comunicación—. Entonces, no tendrás inconveniente en decirme si ese hombre que aguarda a Sam en Virginia realmente existe.

—Claro, mi capitán —aseguró sin mirarle a los ojos.

—No me gustan los mentirosos. Aunque, por alguna extraña razón, intuyo que os debéis a ella y antes que delatarla, os dejaríais matar. —El hombre fornido le observó con cautela, aun así, Royce no percibió ni un atisbo de miedo—. ¿Qué puedes contarme?

—Mi capitán, en alta mar nadie hace preguntas sobre el pasado de nadie. ¿Por qué os interesa tanto todo lo relacionado con Sam? Nunca os ha preocupado hasta ahora.

—Cierto. Pero ahora me interesa. ¿De qué huye?

—Capitán Black, está metiendo las narices donde no le llaman. Si huimos una vez porque ella se sintió amenazada, le advierto que no me quedaré de brazos cruzados si intentáis ultrajar su honor. Es una advertencia.

Aquel hombre curtido tenía agallas para atreverse a amenazar a un superior, puesto que estaba considerado como un motín y bien podía castigarle. Nadie le iba a disuadir de conseguir su objetivo.

—Eso ya lo veremos. Además, no estáis en disposición de amenazar a un superior. Quiero que os quede claro algo, Tom, solo espero que no seáis un impedimento porque juro que no vacilaré en mataros si me desafiáis. Comienza a desembuchar nombres, la ciudad donde vivíais… Todo. Porque no me creo que ella sea tan inocente.

—Todos los hombres ricos sois iguales, creéis que podéis tomar por la fuerza a una mujer de clase inferior como amante.

Mi capitán, si aceptáis un consejo, deberíais olvidarla. Ella nunca podrá perteneceros, creedme. Os veréis en un serio apuro si lo hacéis.

—¿Es eso lo que le ocurrió? Por desgracia, es algo muy habitual. Y, sinceramente, vuestro ultimátum está fuera de lugar. El nombre de ese aristócrata para el que trabajaba y del que huye —ordenó, perdiendo la paciencia.

—Puede que yo no os asuste, pero yo no me involucraría en los asuntos concernientes a ella. Saldréis muy mal parado. Thomas Boyle.

Aquel aristócrata era muy conocido en los círculos en los que ambos se movían. No sería de extrañar que quisiese obligar a una doncella a compartir su cama. Era de lo más normal en esas esferas. Sin embargo, de él se escuchaban otras cosas bastante inquietantes. Royce bien podría defenderla de semejante sujeto. Ya se había batido en bastantes duelos. No obstante, en ese momento se veía obligado a tomar una decisión con respecto a Tom. No dejaría que se entrometiese entre Sam y él. Aquel hombre parecía más su escolta. De momento, no actuaría. Dejaría que pasaran los días. Quería comprobar cuánta camaradería había entre ellos.

Los días que Shannon pasó junto al capitán lo hizo entre continuas disputas por cualquier cosa. Las constantes provocaciones de este eran una tentación, aun así, no podía evitar deleitarse la vista cuando se paseaba con el torso desnudo o en calzones.

Sin embargo, Tom le había contado la extraña conversación que había mantenido con el capitán y creía conveniente huir en la primera parada que hiciera el barco. Pronto tomarían tierra para ir a por más agua y provisiones, y a Shannon le embargan las dudas. Había un largo camino que recorrer hasta llegar a Virginia. Se verían obligados a buscarse otro barco, ya que los peligros por tierra serían mayores. Al lado de Royce se sentía segura y no quería exponer su vida más de lo que ya lo había hecho.

La tristeza de pensar en que no podría ver más a Royce era algo que se había negado a confesarle a Tom. Sí, le gustaba Royce. Lo encontraba muy varonil, a pesar de que siempre estaba encima de ella, y era bastante dominante. Casi no le daba ni un respiro. Y a Tom le estaba costando bastante hacerle partícipe del plan que tenía en mente, pues pensaba que corría más peligro cerca de él. El caso era que estaba hecha un lío.

—Hoy estás muy callada, Sam —observó Royce con una mirada astuta—. ¿Te preocupa algo?

—¿Eh? No. No sé por qué lo dice —se apresuró a contestar. Su apatía era evidente y él no era tonto.

—Me pareció notarte ausente. Espero que te cambie ese humor cuando tomemos tierra. Jamaica es un lugar muy hermoso. Seguro que te encantará. Yo tengo unos asuntos que resolver allí antes de recoger a la dama que nos acompañará durante el resto del viaje, por lo que puedo enseñarte la ciudad.

La tristeza la asoló por dentro, pensando que sus caminos se separarían al arribar en Jamaica. Se limitó a negar con la cabeza y a seguir con la tarea que Royce le había asignado.

—Sam, ¿puedo saber el motivo de esa negativa? —insistió.

—Si no es mucha molestia, preferiría quedarme en el barco —respondió muy seca.

—Querida, creo que no me he explicado bien. Tú te vienes conmigo.

—Pero Tom y yo pensábamos aprovechar para comprarme un vestido antes de llegar a Virginia. No puedo aparecerme de esta guisa ante mi futuro esposo —se resistió Shannon.

—Lo siento, pero me temo que eso no será posible. Si quieres comprarte un vestido, yo mismo puedo llevarte. No obstante, deberías aprovechar y vestirte de mujer. No creo que a tu futuro marido le guste encontrarse una esposa que maldice con tanta ligereza.

¿Para qué iba querer ir de muchacha si luego iba a tener que volver a huir? Le sería mucho más fácil pasar inadvertida vestida de chico. Nadie repararía en ella y no llamaría la atención. Royce siempre tan autoritario. Tendría que hablarlo con Tom. Les iba a ser difícil despistarlo.

—Está bien. Si me voy con usted y veo un vestido, ¿después puedo regresar al barco?

—No —respondió Royce inflexible.

—Pensaba que podía quedarme con el resto de la tripulación —protestó.

—No. Tú te vienes conmigo. Puedes ir como un muchacho o como mujer. Tú decides.

En el fondo no le disgustaba pasar unos días a solas junto a él. En lugar de hacer a Tom partícipe de los planes del capitán, se aprovechó de las circunstancias y como nunca coincidían ya, no le comunicó los cambios. De todas formas, le extrañó no ver a Tom por la cubierta. Parecía que Royce le había asignado nuevas tareas.

Cuando llegaron a Jamaica, Shannon seguía sin tener noticias de Tom. Por lo que se vio obligada a tomar tierra junto a Royce. El capitán alquiló un carruaje que los llevaría a un hospedaje, pero antes obligó al conductor a hacerles una pequeña visita por la ciudad. Shannon observó admirada el ajetreo y los preciosos vestidos de las mujeres que paseaban por sus calles. Al cruzar por delante de una tienda en el que había un hermoso vestido en el escaparate, Royce mandó detener el vehículo.

—¿Ese es de tu gusto?

—Es muy elegante, pero no me lo puedo permitir.

—Eso tiene arreglo. Te lo regalo. Me encantaría que lo lucieras, Sam.

—No puedo consentirlo. Seguro que es carísimo. Además, una doncella no va vestida como una dama.

—Insisto, por favor. Quiero verte con él. ¿Me harías ese favor? Nadie te conoce en esta ciudad. Hazme el honor de pasearte con él.

Shannon no era vanidosa, pero no le desagradaba la idea de que Royce la viese con uno de esos vestidos. Aunque reacia, se dejó convencer.

La modista atendió a Royce con una sonrisa deslumbrante. No fue así cuando se dirigió hacia ella. La mirada horrorizada que le dedicó no le gustó y estuvo tentada a contestarle con una vulgaridad. Le hizo sentirse muy mal, pues comprendió que la dependienta estaba convencida de que Shannon era la amante del capitán y le mostraba vestidos demasiado abiertos por el escote. Cuando ella eligió otros más recatados, la mujer no aprobó su elección.

—A los hombres les gustan que las mujeres como usted vistan algo más ligeras, usted ya me entiende —señaló con maldad.

Pero Royce no solo aprobó su elección, sino que, además, añadió unos bonitos zapatos de seda blancos y toda la ropa íntima necesaria para vestirla adecuadamente. Cargaron los paquetes en el coche y el conductor los guio hasta la posada.

—¿Ha ocurrido algo en la tienda? Parece que hubieses salido bastante molesta.

—Esa mujer me hizo sentir como a una prostituta —le confesó Shannon disgustada.

Royce apretó la mandíbula y acarició su mentón con el pulgar.

—No te preocupes por lo que piense esa mujer de ti. No la volverás a ver jamás. He pedido un baño caliente para ambos.

Pero su sorpresa fue en aumento al descubrir que Royce había pedido una habitación de recién casados, solo había una cama de matrimonio.

—Tuve que mentir —se excusó Royce—. Dije que eras mi esposa. Tu honor no quedaría muy bien si mañana piensas salir vestida con esas prendas.

A disgusto se dejó conducir a otra habitación donde la posadera la bañó y peinó. Pensando que era su primera noche, le puso el bonito camisón que le había regalado Royce. Cuando Shannon se pasó por encima la preciosa prenda, suave y delicada al tacto, se sintió rara, extrañaba su vida de antes, que, en esos momentos, se le antojaba muy lejana. Viendo que estaba muy distraída y poco dada a la charla, la mujer la dejó acomodarse en la cama y se marchó, no sin antes ofrecerse a ayudarla para el día siguiente. Shannon supuso que Royce le había ofrecido buenas propinas por ayudarla.

Al rato, se reunió con ella en el cuarto con un pijama de seda que le sentaba muy bien. El pulso de Shannon se aceleró y notó cómo sus mejillas se sonrojaban al advertir la mirada apreciativa que le dirigía Royce, lo que hizo que dudara de sus buenas intenciones.

—Prometió que no seríamos amantes —repuso Shannon con la boca seca.

Royce se metió a su lado y le dirigió una mirada furtiva a su escote. Los pezones de Shannon se endurecieron al instante y se mostraron sin pudor a través de la tela. La vergüenza la asoló y quiso que la tierra se la tragara en ese mismo instante.

—Eres mucho más hermosa de lo que me imaginaba, Sam —masculló con voz grave.

—Gracias —contestó ruborizada y muy halagada.

—Prometí que no haría nada que te incomodase, pero no sé si voy a poder comportarme como un caballero. No lo soy. ¿Lo sabes? —Shannon asintió, tragando saliva con dificultad—. Será mejor que te cubras si no quieres que te bese.

Reaccionando con rapidez, Shannon apagó las velas y se acurrucó en un rincón. La respiración fuerte de Royce y sus movimientos bruscos no le dejaban conciliar el sueño. Pensaba que la noche iba a ser muy larga, pero, alegrándose de que no hubiese hecho intención de tocarla, se dio la vuelta y le susurró:

—Gracias.

—No me las des —gruñó—. Puede que mañana cambie de parecer y crea que es mejor que pasemos una noche de pasión.

—¿Sin mi consentimiento? —preguntó asustada.

—¡Dios! No soy un bastardo. Pero sí puedo ser muy convincente y hacerte cambiar de idea si me dejas intentarlo —le provocó el muy bribón.

—Estoy prometida, Royce.

—¿Acaso crees que eso va a detenerme? No, Sam. Creo que eres muy inocente si piensas que algo así me hará desistir. Eres una tentación demasiado fuerte, muchacha.

Shannon se giró furiosa hacia él y masculló indignada:

—Pero lo prometió.

—Nadie habló de no intentarlo. Desde que nos besamos, no puedo dejar de pensar en ti. Me vuelves loco. No ayuda el que tú también me desees.

—Eso no es cierto —repuso ofendida.

—Será mejor que te duermas y no tientes tu suerte, Sam. Agradece que hoy esté de buen humor. Y tu cuerpo no dice lo mismo.

Shannon sabía que se refería a la reacción tan indecorosa que había sufrido tras su mirada. No replicó. Era mejor no averiguarlo.

Capítulo VIII

Por la mañana, Royce la despertó temprano. Shannon tenía los ojos pegados.

—Pero ¿no es muy pronto? —se quejó somnolienta.

—Vamos, perezosa. Tengo muchas cosas que hacer.

La posadera la ayudó a peinarse y vestirse. La fina muselina del vestido color azul resaltaba sus facciones delicadas. Se anudó la cinta de gasa de color blanco alrededor de la cintura y se miró al espejo. Ya no quedaba nada de la niña que dejó atrás. Ahora veía a una mujer muy atractiva. La mesonera le recogió el cabello rubio en un sencillo moño que le sentaba muy bien. Cuando entró para que Royce la viera, lanzó una exclamación que le inundó de placer.

—Sam, eres mucho más hermosa de lo que yo imaginaba. ¿Puedo llamarte por un nombre un poco menos masculino o tengo que inventarme uno?

—Anne.

—Está bien, Anne. Ya he pedido un coche. —Royce le ofreció el brazo y Shannon lo agarró para salir a dar un paseo.

Royce iba también bastante elegante. Se había puesto encima de la camisa blanca una chaqueta de ante y un sombrero de ala ancha. Los pantalones de vestir de color marrón se ajustaban a las robustas piernas, rematando el atuendo con unas botas de cuero que le daban un aire sofisticado al conjunto.

Cuando bajaron las escaleras de la posada, varios hombres se quedaron mirando con envidia al capitán y a ella con admiración, lo que provocó que Shannon se sonrojase, no estaba acostumbrada a ser el centro de atención.

El cochero les abrió la puerta y Royce le tendió una mano para ayudarla a subir. El contacto con aquellos dedos ásperos fue electrizante.

—¿Adónde vamos? —preguntó Shannon para distraer su mente de aquel hombre que levantaba pasiones en ella.

—Tengo que llenar el barco de provisiones. Iré a hablar con un hombre que puede suministrarnos todo lo necesario para el viaje.

Por el camino, Royce le explicó los diferentes tipos de especies de árboles que había en el condado de Jamaica. Las palmeras, el mangle, el ébano o la caoba eran los más abundantes. De aquellos bastos bosques sacaban la madera para los astilleros o los muebles coloniales.

Cuando llegaron a un edificio enorme en cuyo interior se advertía un almacén, Royce la ayudó a bajar y la guio dentro. El dueño era un hombre bajito y muy agradable.

—Una hermosa mujer, muchacho. —Le besó la mano con educación y la invitó a sentarse—. ¿Quiere un té? En Inglaterra toman muy a menudo.

—¿Tiene? —se sorprendió Shannon.

—Pues claro, jovencita. Martha, sirve a la señorita un té.

Shannon hacía mucho que no probaba esa deliciosa bebida. Cuando le trajeron una taza, acercó su nariz para impregnarse del delicioso aroma que desprendía la infusión y lo paladeó con deleite, lo que agradó al señor Wickynson.

—Está delicioso —comentó Shannon.

—Traído de la india directamente y solo para visitas especiales —explicó el comerciante, guiñándole el ojo—. Y bien, capitán Black, ¿en qué puedo ayudarle?

—Necesito provisiones para mi barco.

—Tengo un cargamento de cacao y jengibre recién llegado. ¿Va a querer también? —Como buen negociante, el señor Wickynson sabía cómo vender las propiedades de aquellos productos.

Mientras Royce arreglaba todo lo necesario para llenar la bodega del barco, Shannon se dedicó a observar la planta de Royce. Era esbelto pero fuerte. Bien sabía ella, de las veces que lo había contemplado en la intimidad del camarote, que bajo esa camisa almidonada había una espalda bien formada. Los andares de Royce poseían cierta gracia innata que le resultaban muy sensuales. Le recordaban a los de una fiera, que permanecía relajada en apariencia, pero que cuando se notaba amenazada, todos sus músculos se tensaban y se flexionaban a un ritmo vertiginoso. Los hombros anchos y la masculinidad de la que hacía gala allí sentado tenían embobada a Martha, que se había quedado cerca para observarlo. Cuando el señor Wickynson se dio cuenta de su descaro, arrugó el ceño y se levantó disimuladamente para descorrer unos visillos y procurarles cierta intimidad. Shannon mitigó la sonrisa que amenazaba por escapársele y se compadeció de aquella pobre infeliz a la que le habían impedido disfrutar del atractivo capitán.

Una vez que cerraron el trato y Royce le pagó una buena suma de dinero, se despidieron de su amable anfitrión y regresaron al coche.

Royce, quien no había perdido de vista la piel cremosa de Sam y la dulzura que exhibía el bello rostro de ella, la observó con una sonrisa ladina. Aquel traje resaltaba el elegante busto, al que le faltaban unas joyas para adornar y completar el conjunto.

—Dime, querida, ¿ha sido el paseo de tu agrado?

—Sí. Muy interesante. El té estaba buenísimo.

—He ordenado que nos preparen la comida en nuestro dormitorio.

El aliento cálido de Royce estremeció a Shannon al notarlo tan cerca de su cuello. El traqueteo del coche les obligaba a permanecer demasiado juntos, forzándola, incluso, a agarrarse para no caer, detalle que no había pasado inadvertido para Royce, quien aprovechó para sujetarla por la cintura y acercarla a su cuerpo. Sabía de las intenciones deshonestas del capitán, pero ¿cómo ingeniárselas para rechazarlo si hasta el vaivén del coche parecía conspirar contra ella?

—¿No estás cansada? —le preguntó.

Si iba con segundas intenciones, Shannon lo ignoraba, pero, ciertamente, tenía los pies doloridos de los zapatos. Aun así, negó con la cabeza.

—Bueno, ya hemos llegado —le señaló el capitán.

Cuando le quitó el brazo, Shannon sintió un alivio momentáneo. De lo nerviosa que la traía el continuo contacto del capitán, se preparó para bajar del coche casi a continuación de él. Con las prisas e impaciencia que la caracterizaban, a pesar de haberse sujetado la falda del vestido, los zapatos le jugaron una mala pasada y hubiera caído si no llega a ser por Royce, que la cogió a tiempo en brazos y le evitó una caída bastante embarazosa. El rubor coloreó sus mejillas al instante.

—Querida, si querías lanzarte a mis brazos, podías haber esperado a llegar a la intimidad de nuestro cuarto —le susurró Royce con picardía.

Shannon casi se ahoga de la rabia. Intentó zafarse de su abrazo, pero Royce la sujetó con más fuerza.

—Ya podéis bajarme. Puedo andar por mí misma —solicitó con voz melosa y con una sonrisa fría para no montar un espectáculo, ya que varios transeúntes se habían aglutinado al verla precipitarse del carruaje.

Royce la bajó, demorándose más de la cuenta y sin disimular lo mucho que le divertía la situación. Mientras pagaba al cochero, Shannon irguió su porte con el orgullo herido y se colocó el vestido con ímpetu. No se había lanzado a sus brazos a propósito si eso era lo que pensaba. Con la espalda envarada entró en la posada y subió con pasos enérgicos sin esperarle, pero, al llegar a la puerta de la habitación, recordó que él tenía la llave y no podía entrar. Para su disgusto, se vio obligada a esperar y aguantar otra mirada socarrona de Royce.

Entraron sin dirigirse la palabra. Royce se quitó el sombrero y lo dejó sobre el mueble recibidor colonial que había en un costado mientras Shannon se acomodaba en la descalzadora que había a los pies de la cama y se quitaba los zapatos. Se masajeó los pies doloridos y al levantar la vista, lo pilló observándola sonriente.

—¿Os divierte algo? —preguntó molesta.

Royce no pudo evitar reír a carcajadas, lo que aumentó el enfado de Shannon.

—¿Qué os resulta tan gracioso? —inquirió, poniendo los brazos en jarras.

—No te enfades, Sam. Pero el vestir tan formal no es lo tuyo.

—¿Me estáis diciendo que no soy digna de llevar un vestido así?

—Se nota que no acostumbras a llevarlo a diario. Deberías practicar más a menudo. Tu prometido va a notar que las costuras te hacen llagas —se burló.

Shannon lo fulminó con la mirada.

—¿Y qué sugerís? ¿Que me pasee así por el barco?

—Puedes practicar conmigo siempre que quieras. —Se acercó hasta ella y cogió el mentón suave de Shannon con el pulgar—. Sigo pensando que cometes un error.

La extraña mirada que Royce vertió sobre ella la desconcertó, sin embargo, unos golpes en la puerta rompieron aquel contacto tan turbador. Royce fue a abrir, dejándola pensativa. ¿A qué se referiría con lo de que cometía un error?

La posadera entró con una sonrisa alegre y dejó el almuerzo sobre la mesa. El olor tan delicioso que salía de las bandejas le abrió el apetito. Royce retiró una silla como buen caballero para que ella se acomodase con más facilidad y él se situó enfrente. Le quitó la tapa a una de las bandejas y le sirvió un poco de puré de guisantes. En la otra, la carne guisada con verduras era todo un festín después de haber estado comiendo tan precariamente en el barco.

No notó que la posadera le había deslizado una nota entre la comida hasta que lo vio abrirla. La cara de Royce se ensombreció.

—¿Malas noticias? —preguntó.

—Depende de para quién —contestó, cerrando la nota con la mandíbula tensa.

—No entiendo.

—Supongo que te alegrará saber que puedes volver a vestirte como mi grumete. Se acabó lo de ir como una dama. Pronto tendremos la visita de la mujer que te comenté que se embarcaría con nosotros. Pero antes, nos cambiaremos de posada, así que date prisa en comer —le urgió Royce.

Le extrañó las prisas con las que la despachaba tras haber pasado un día con él de lo más entretenido. Apenada, se le quitó el hambre y picoteó un poco de tarta de manzana con desgana. Se puso las ropas de muchacho y salió por la puerta trasera para que nadie reparase en ella.

Royce la recogió en el callejón y le llevó a otra hospedería. Después de haber vestido con ropas tan elegantes, volver a ser invisible e incluso tratada con poca educación, cual rata callejera, por parte del propietario que regentaba la nueva posada, le dolió. Se había hecho la ilusión de pasar unos días a solas con él y los planes habían cambiado abruptamente.

—¿Por qué nos hemos cambiado de posada? —preguntó Shannon con el ceño fruncido.

—No quiero que le lleguen rumores a *lady* Leonore de que estuve acompañado de una mujer —contestó huraño.

A Shannon le rechinaron los dientes. Se quedó con ganas de soltar un par de improperios, pero se contuvo porque conocía el pronto del capitán y temía las represalias. No debía olvidar que él dominaba la situación y podía comprometerla. No por eso, pudo evitar que la respiración se le agitase e, incluso, resoplase muy indignada.

—Sam, no me montes una escenita. Créeme que esto me sienta peor que a ti, pues no esperaba que esta mujer averiguase tan pronto que me hallaba en la ciudad. Y eso que he evitado avisarla deliberadamente. Mi intención era solucionar mis asuntos sin su interferencia —confesó taciturno.

A pesar de apreciar en su tono de voz un cierto rechazo hacia esa mujer, no podía compararse con la animadversión que sentía Shannon en esos instantes. Por su culpa, se había quedado sin poder acompañar al capitán vestida de mujer. Le hubiera gustado continuar con ese trato tan caballeroso al que no le tenía acostumbrada.

—Entonces, ¿dónde debo quedarme ahora? ¿Aquí encerrada en la posada? Para eso me vuelvo al barco —replicó.

—Tú te vienes conmigo y no se hable más —zanjó tajante Royce.

—¿Voy a tener que ir cuando esté acompañado de esa mujer? —preguntó sin dar crédito a lo que escuchaba.

—Sí. Y más vale que te comportes, porque te juro que entonces puede que tengamos una conversación privada.

Los ojos de Royce no mentían. Tendría que tragarse el orgullo y poner buena cara si no quería enfadarle. Se imaginó a esa dama como una mujer caprichosa, que la miraría por encima del hombro y la trataría con despotismo. La imagen que recreó de ella en su cabeza no era muy halagüeña. Se ajustó el pelo con una goma y el pantalón de muchacho que amenazaba con perderlo mientras una idea cruzó por su cabeza.

—¿Puedo hablar mal? Se supone que soy un grumete y un ignorante —le pinchó Shannon con descaro.

Royce entrecerró los ojos, frunció el ceño y la fulminó con la mirada, dando así por respondida la pregunta. Shannon tuvo que contener la carcajada que amenazaba con escapársele. Encantada por haber conseguido molestarle, le dio la espalda con un gesto que parecía inocente y evitó que le viera sonreír.

Al rato, el posadero llamó a la puerta para entregarle una nota. Shannon no perdía detalle de las reacciones de Royce.

—Tenemos que irnos. Mientras yo hablo con ella, tú te quedarás con el servicio. Compórtate —le advirtió.

Shannon hizo un movimiento afirmativo con la cabeza y le siguió. El cochero les llevó hasta una hacienda repleta de palmeras y exóticos árboles. Cuando bajaron, el mayordomo les recibió y Shannon se dirigió a la puerta de servicio. Era la primera vez que entraba por allí. Los sirvientes le ofrecieron pasar a la cocina y esperar. Algunos de ellos estaban ayudando a servir unas pastas acompañadas de leche recién ordeñada y café. Shannon supuso que serían para Royce y esa odiosa mujer.

La cocinera le ofreció un vaso de agua para refrescarse, algo que agradeció, y se sentó en un rincón. Pasado un rato, se olvidaron de que estaba ahí y continuaron con sus labores mientras hablaban entre ellos. Esperó escuchar algún cotilleo mordaz sobre la dama o algún comentario criticándola, pero no hubo tal cosa, lo que aumentó la curiosidad de Shannon por verla. Cuando un sirviente le avisó de que se marchaban, salió rauda hacia el carruaje con la intención de espiar su porte. Pero, para su decepción, encontró a Royce solo.

—¡Una reunión demasiado fugaz! —se sorprendió Shannon.

—Solo era una visita formal. Se reunirá con nosotros en el barco, así que hemos de darnos prisa para prepararlo todo —le informó.

—Entonces, ¿ya no regresamos a la posada?

—Por supuesto que sí. Aún tenemos compras por delante. Tengo que hacerme con un ajuar femenino. *Lady* Leonore me ha pedido que me asegure de proveerla de ciertas comodidades, tanto para ella como para su doncella.

Shannon pensó para sus adentros que eran unas remilgadas. Sentía que aquello no funcionaría y, en algún momento, su disfraz sería descubierto por no poder mantener la boca cerrada. Se le iba a hacer insoportable aquel viaje.

Tuvieron que hacer una visita a un mercader que vendía ricas telas de cama y cabeceras de plumón de pato. Compraron también varias mantas y un biombo. Shannon no entendía dónde pretendía meter tantas cosas en el camarote que ella usaba para dormir. En tan estrecho lugar las dos mujeres no podrían ni moverse.

—Esta hamaca me vendrá muy bien para dormir, es bastante grande y puede albergar dos cuerpos —comentó Royce, desorientando a Shannon.

—¿Para qué va a necesitar una hamaca? Si tiene su propia cama.

—Ellas dormirán en mi camarote. No caben en ese cubículo. Tú y yo dormiremos en el tuyo.

Shannon abrió la boca en exceso, cogida por la sorpresa.

—Yo no voy a dormir con usted —replicó.

—Nadie ha dicho lo contrario —se rio Royce.

—Acaba de decir que esa hamaca es para dos personas. Aún no estoy sorda.

—Eres de lengua demasiado rápida, Sam. Cierto. Nunca se sabe, pero hay que estar preparado para toda clase de imprevistos.

Royce se volvió hacia el mercader y Shannon se sintió ridícula por su atrevimiento. El capitán le señaló todos los artículos que se llevaban y le facilitó el nombre del barco al que debían entregarlos. A Shannon no le pasó desapercibido el modo en el que le pidió que los transportaran bien envueltos y en buen estado. Las molestias que se tomaba con aquella mujer le estrujaron el corazón y le ensombrecieron el carácter.

Royce notó que el viaje de vuelta a la posada lo pasó callada y mirando a través de la ventanilla. Era consciente de que se estaba comportando muy descortés, pero no quería que pudiese averiguar sus verdaderos sentimientos. Sabía que su cara era un mapa fácil de leer para Royce.

Una vez en la posada, advirtió que solo había una cama y, esta vez, era muy estrecha. Buscó con la mirada algún lugar cómodo y limpio, y se dirigió hacia un pequeño rincón en el suelo.

—¿Piensas dormir ahí? —le preguntó Royce con el ceño fruncido.

—La cama es solo para una persona —le señaló molesta.

—No tenían otra cosa, pero podemos compartirla. Ya hemos dormido juntos otras veces.

—No en una cama y, menos, en tan poco espacio. Además, ¿no soy su grumete? Pues duermo aquí.

Shannon se mantuvo inflexible. Cogió una esterilla que había por el suelo y aceptó la colcha que Royce, divertido, le ofrecía. Al ver que le daba las buenas noches y se ponía de espaldas a ella, se enfadó. Pero, testaruda como era, no pensaba replicar.

Sin embargo, el suelo era demasiado duro y le dolían todos los huesos. Por más vueltas que daba buscando una postura, no conseguía conciliar el sueño. De pronto, notó cómo los brazos del capitán la recogían del suelo y la metían en la cama.

—¿Qué hace?

—¡A callar! No me dejas dormir con tanto ruido que organizas.

Quizá, había esperado que tratase de seducirla, pero, para su asombro, Royce se metió a su lado de espaldas a ella. ¿Por qué entonces sentía una amarga decepción? Debería alegrarse de que él no insistiera. Shannon no podía comprenderse. Sin embargo, estaba tan cansada que se arropó. Entre la comodidad del colchón y la calidez que le trasmitía el cuerpo duro y musculoso de Royce, pronto le pesaron los párpados y se dejó caer en los brazos de Morfeo.

Capítulo IX

La noche fue una auténtica pesadilla para Royce. No era inmune al cuerpo esbelto y grácil de Sam. Aquella muchacha le volvía loco de deseo. Quería probar su miel, pero quería que se le entregase por voluntad propia. Con la reticencia y los rechazos que mostraba hacia él le obligaba a ser cauto y a analizar otras posibilidades. Aunque el hecho de poder dormir con ella todas las noches en el barco quizá fuese la ocasión para conquistarla. Esperaba que su tía no se entrometiese en sus quehaceres diarios.

Eso sí que le iba a dar verdaderos quebraderos de cabeza. Al enterarse de que había estado acompañado por una joven, muy atractiva según ella, quería saber si algún día iba a sentar cabeza. Con lo casamentera que era, daba gracias de que no supiese que su grumete era esa mujer.

Se levantó y fue a asearse un poco. Sam se removió en las mantas, pero no se despertó. Al observar su rostro con la boca entreabierta, los tentadores labios carnosos de ella le sacaron un jadeo. La imagen que presentaba descansando era de lo más cautivadora. Dormida, desprendía inocencia, y su instinto protector se activó, llevándole a querer preservar intacta esa ingenuidad que la caracterizaba. Recordar que otro hombre la esperaba en Virginia le hizo fruncir el ceño.

Lo que le recordaba que tenía que tomar una decisión con respecto a Tom. Aunque sus hombres le habían interrogado, no había conseguido que le desvelase mucho acerca de su anterior vida. De momento, lo había encerrado en la bodega del barco, pero si Sam lo descubría, nunca se la ganaría. Aun así, no quería dejarla sin su protector. Ese hombre era fiel a ella y daría su vida por defenderla.

De repente, se agitó en sueños. Parecía que estaba teniendo una pesadilla. Se acercó para despertarla cuando, muy asustada, pronunció a la perfección: «¡No, eso es una falacia!». Abrió los ojos de golpe y lo miró completamente desorientada.

—Has tenido una pesadilla —la tranquilizó Royce, pero Sam le apartó la mano que había acercado a los hombros de ella, bellamente torneados, y se acurrucó lejos de él mientras se pellizcaba las mejillas como queriendo asegurarse de que ya estaba despierta.

—No te acerques, por favor.

Sorprendido por su extraña reacción, Royce esperó paciente junto al borde de la cama y le dejó unos minutos para que se repusiese de aquel mal sueño.

—¿Va todo bien? —preguntó al ver que miraba a su alrededor, quizá para situarse donde estaba.

—Perdón, parecía tan real… Creí que me haría daño a mí.

—¿Era yo el que te asustaba en el sueño? —Esperaba que no fuese el autor de su malestar nocturno o no se lo perdonaría.

—No. Es que era algo muy extraño. Juraría que estaba aquí, pero en realidad era mi antiguo hogar… —recordó Sam.

—¿Entonces? ¿Alguien del pasado?

Royce no sabía qué perturba a Sam, pero recordarlo parecía importante para ella.

—Supongo, aunque es imposible que haya pasado de verdad. Solo ha sido un mal sueño. No es nada —le aseguró más tranquila.

Había algo que no le contaba. Sin embargo, no insistió. Era mejor dejarlo estar por el momento, tenía otras cosas más importantes en las que pensar.

—Pues si ya estás mejor, espabila. Tenemos mucho que hacer.

Sam se levantó sin protestar y marcharon para el centro de la ciudad. Royce la llevó a un tugurio de mala muerte en una zona donde los criminales campaban a sus anchas, pues tenía que cerrar un trato y aquel lugar era el indicado para no levantar sospechas. Sin embargo, un hombre vestido con ropas tan ricas como las que llevaba él desentonaba y llamaba la atención.

—No te separes de mí, ¿de acuerdo, Sam?

Ella asintió. Como aparentaba ser un muchachito, ninguno de los hombres reparó en ella, aun así, Sam permaneció muy cerca de él.

Un tipo con el pelo negro como el ala de un cuervo, la barba descuidada y un pendiente de aro en la oreja se acercó hasta ellos. Llevaba unos pantalones a rayas bastantes amplios, una camisa remangada y unas botas de cuero. Royce pidió una jarra de vino y bajó la voz.

—¿Tenéis el barco preparado? —le preguntó al hombre de la piel aceitunada.

—Sí, capitán. Está todo listo. Solo pendiente de sus órdenes.

—Perfecto. —Royce se sacó de la solapa interior de su chaqueta un documento y se lo tendió al hombre—. Aquí tienes el salvoconducto que debéis entregar al almirante para cuando mis hombres te entreguen la mercancía.

Una vez cerrado el trato, cada uno se fue por su lado. Sin embargo, Sam comenzó a girarse varias veces.

—Nos siguen —le dijo al rato.

—Está bien. Cuando yo te diga, corre como si te fuese la vida en ello —le pidió.

La llevó por las calles y en un callejón, le dio un empujón. Dieron la vuelta al edificio a toda carrera. Royce la metió por una puerta trasera que trabó y cruzaron el local ante la estupefacción de los trabajadores. Salieron por la puerta principal y no encontraron ni rastro de sus perseguidores. Aun así, Royce tomó bastantes precauciones todo el camino de vuelta al barco.

—Brenton —saludó a su lugarteniente—, ¿llegaron todos los artículos que compré?

—Sí, capitán. Lo de las señoras lo he dejado en su camarote.

—Perfecto. Manda a un hombre a esta dirección para avisar a nuestra viajera de que tiene que embarcarse ya. Ayudadle a subir los baúles que traiga consigo —le ordenó.

—Creí que no partiríamos aún. ¿Qué te ha hecho cambiar de idea? —le preguntó Brenton.

—Ha surgido un imprevisto.

Brenton entendió y salió a cumplir sus órdenes. Los marineros prepararon las velas y la actividad cundió por toda la embarcación. Seguido de Sam, bajó al camarote y ambos comenzaron a preparar la habitación para la dama y su doncella. Después, cogió la hamaca que estaba destinada para él y la amarró al lado de la de Sam en el camarote de al lado.

—Perfecto.

Sam no parecía muy contenta de compartir el habitáculo con él, pero Royce no estaba para sus arrebatos.

Se subió a la cubierta y esperó para recibir a su tía. A media mañana, arribó con varios baúles que pesaban como si llevase piedras dentro, acompañada de su doncella, una muchacha bastante despierta que lo observó con descaro. Las saludó a ambas y esbozó una sonrisa de dientes perfectos en su dirección. La doncella pareció complacida con las atenciones que recibió del capitán.

—Será mejor que bajemos a mi camarote. Estaréis más cómodas mientras mis hombres quitan las amarras y salimos a mar abierto. —Royce le ofreció el brazo a su tía y se armó de paciencia para aguantar una de sus peroratas.

—Hijo, debo quejarme por esta prisa que te ha entrado a la hora de partir. Todos estos años esperando a que te dignaras a aparecer y cuando lo haces, casi ni me dejas empacar mis cosas con tranquilidad ni de despedirme de mi amiga Elisabeth como corresponde. Espero, al menos, que nos hayas procurado las comodidades que te pedí.

—Por supuesto, querida tía. Espero que todo sea de vuestro agrado.

Le abrió la puerta y una deliciosa fragancia les recibió. Había ordenado a Brenton que trajeran flores recién cortadas en un jarrón. Su tía estudió el camarote, inspeccionó el biombo y concluyó que estaba satisfecha.

—Susan, por favor, desempaca mis cosas. Necesito refrescarme un poco.

—Bien. Os dejo para que os instaléis con comodidad —dijo Royce.

—¿Dónde vas a dormir, sobrino? —se interesó su tía.

Royce le señaló el camarote de al lado. Llamó a la puerta y Sam se asomó con cara de aburrimiento.

—Sam, te presento a mi tía, *lady* Leonore, y a su doncella, Susan. —Sam abrió los ojos desmesuradamente y estudió a las dos mujeres con interés. A continuación, hizo una pequeña reverencia acompañado de «un placer» bastante exagerado—. Si necesitáis algo, mi grumete os puede ayudar, ¿verdad?

Sam sonrió como un pilluelo y asintió.

Royce no entendía qué era lo que tanto le divertía. Tendría que preguntárselo a la noche.

—Encantada, hijo —dijo su tía, observando con ternura a Sam—. Bien, pues vamos a instalarnos. ¿Dónde te buscamos cuando termine?

—Estaré por la cubierta.

Shannon había enmudecido cuando Royce le presentó a *lady* Leonore. Para su sorpresa, resultó ser familiar del capitán. El aspecto de aquella mujer era afable, aunque se notaba que estaba entrada en años, pues su pelo era completamente plateado, aun así, conservaba un porte elegante y no por ello carente de energía. Le había caído bien al instante.

No podía decir lo mismo de su doncella. Curiosamente, ella la había observado muy altiva y con un rictus demasiado seco. No era bonita, pero, en conjunto, se le podía considerar atractiva. De cabello castaño y ojos grandes. Quizá, la boca era demasiado pequeña para esa barbilla tan puntiaguda, pero no le afeaba, más bien al contrario, le daba personalidad.

Aunque en esos momentos tenía otras preocupaciones más importantes como para perder el tiempo en la impresión que le había causado Susan, prefirió concentrarse en aquella pesadilla que había sufrido y que la había despertado completamente desorientada. Por más vueltas que le daba no hallaba una explicación lógica. Su madre se había referido a ella con otro apelativo familiar. ¿Por qué ocultarle algo así si hasta el personal de servicio la consideraba su heredera? No tenía sentido. A eso había que añadirle que le preocupaba no saber el rostro que había al otro lado de la puerta. La cara de ese hombre siempre estaba borrosa cuando apresaba a su madre. ¿Cabía la posibilidad de que hubiera presenciado aquella escena de niña? ¿Y por qué le atormentaban esos recuerdos precisamente ahora?

Tenía la sospecha de que había hecho bien en irse de esa casa. Se le había ocultado algo y tenía la intención de averiguarlo. Quería preguntarle a Tom, pero este parecía que se hubiese evaporado del barco. Cuando llegase a Virginia, iría directamente a buscar a *sir* William e indagaría en su pasado. Tenía derecho a saber.

Sin embargo, sus cavilaciones se vieron interrumpidas con la aparición de Royce en el camarote.

—Tráenos la comida.

La mirada de advertencia, recordándole que se comportase, le molestaba. Tras haber conocido a *lady* Leonore ya no sentía necesidad de provocar una escena. Marchó a la cocina a por un puchero y le sorprendió encontrar la mesa puesta a su vuelta. Supuso que Susan la había preparado.

—Ya me encargo yo de servir —la despachó la doncella sin mucho tacto. Estaba claro que no le agradaba tratar con ella.

Antes de cerrar la puerta, advirtió cierta languidez de pestañas de ella, que le enervaron, dirigidas a Royce. Por supuesto, Shannon no estaba invitada a la mesa, lo que aumentó su enfado. Salió de allí bastante disgustada. Mientras ellos cenaban, Shannon comió en su camarote. En ningún momento, Royce la había requerido.

«Para eso ya está la buena de Susan», pensó con retintín.

Se tumbó en la hamaca y se quedó mirando la puerta, como si por ello fuese a aparecer Royce por ella. Por lo que parecía, la cena estaba siendo muy entretenida para el capitán y llena de risas cómplices de la doncella, Shannon se arrebujó en una manta y se dispuso a dormir. Le vendría bien descansar.

—¡Sam! ¡Sam, despierta!

Le costó reconocer la voz del capitán. Parpadeó un par de veces y se incorporó somnolienta.

—¿Ya es de día? —preguntó, bostezando.

—No. Aún es muy pronto, pero estabas llorando y gritabas «dejadme». Pensé que te pasaba algo.

Había vuelto a tener pesadillas. Notaba la frente perlada en sudor.

—Lo siento. No me he dado cuenta —se disculpó.

Se tocó la mejilla y la notó húmeda al tacto. Pero Royce no pareció quedarse conforme con su respuesta. La cogió en brazos y la metió en su hamaca mientras la acunaba como a un bebé.

—¿Qué te pasa, pequeña? —le susurró, acariciándole el pelo.

De repente, Sam se puso tensa. Esa misma pregunta se la había formulado otra persona mucho tiempo atrás.

—Esa pregunta, vuelve a hacérmela, por favor —pidió para extrañeza de Royce.

Al oírla de nuevo, sintió que su cabeza quería recordar, pero, como siempre, las lagunas le impedían rememorar hechos del pasado.

—¿Qué sucede? —le preguntó Royce.

—A veces, tengo la sensación de que mi mente no quiere rescatar de mi memoria ciertos recuerdos y no sé por qué.

—Quizá es que son muy dolorosos y por eso no quieres recordarlos —comentó Royce más para sí.

—¿Alguna vez le ha pasado? —preguntó, sorprendida de que algo pudiera atormentarle.

—Sí. Durante un tiempo me negué a aceptar la muerte de mi hermano pequeño. Algunas noches me atormentaban sus recuerdos.

Como se quedó callado, Shannon levantó la cabeza del pecho del capitán y trató de mirarlo en aquella oscuridad.

—¿Qué le pasó?

—Le mataron —fue su única respuesta.

—Lo siento.

—Fue hace mucho. Hubo un tiempo en el que traté de mitigar el dolor con el alcohol, pero es una pésima idea.

—Me alegro de que ya no beba. No se comporta como un caballero cuando lo hace —masculló Shannon.

Shannon se sobresaltó al notar el pecho vibrar producto de una carcajada.

—¡Por todos los rayos! No desaprovechas ninguna oportunidad para echármelo en cara, Sam. Tienes una lengua muy afilada. —Por suerte para ella, en aquella oscuridad, no pudo advertir que se había sonrojado hasta la coronilla. Pero para mayor bochorno, se le escapó un bostezo—. Será mejor que durmamos.

Al notar que Royce los tapaba, Sam se envaró.

—Tengo mi propia hamaca. Además, esa doncella con la que parecía que estabais tan complacido con su compañía puede descubrirnos y pensar lo que no es —replicó resentida.

—¿Celosa? No me importa lo que ella pueda pensar —repuso Royce muy cerca de su oído.

—Puede que a usted no, mi capitán, pero a mí sí. Y lo mismo a su tía tampoco le haría gracia.

—No metas a mi tía. Esto es un arreglo que solo nos incumbe a nosotros —le dijo, mientras aspiraba el olor de su pelo—. Hueles muy bien, Sam.

Las manos de Royce acercaron su rostro al de Shannon y, como por descuido, los labios masculinos rozaron los suyos. Un suspiro de auténtica frustración se escapó de su boca.

—No está bien que durmamos juntos. No es correcto —insistió Shannon.

—¿Qué es lo que temes, Sam? ¿Que te bese y que no me rechaces? ¿Es eso lo que te preocupa? —le preguntó con la voz ronca.

Shannon permaneció callada con la respiración agitada. No era inmune a las caricias de Royce. Era demasiado consciente del lugar en el que estaban posados los dedos masculinos en su espalda. Como si de témpanos de hielo se tratasen, cada vez que los movía, le erizaba la piel: sus pezones se tensaban con un agradable hormigueo y provocaba que se estremeciese de pies a cabeza.

—No es un beso lo que me preocupa. Es lo que quiere hacerme después —confesó Shannon.

Demasiadas noches había escuchado los gemidos y los roces de tela de otras mujeres. Sabía que Royce era muy diestro en el arte de amar y temía que le gustase tanto que luego ya no pudiese vivir sin él. Ella no soportaría que la repudiase como había hecho con otras.

—Sé mi amante, Sam —suplicó Royce, posando su boca sobre la suya.

—No puedo —gimió.

Sin embargo, Royce acalló sus súplicas atrapando sus labios húmedos y entreabiertos, convirtiendo su mundo en un revoltijo de sensaciones. La dulzura con la que la lengua juguetona de Royce recorría el contorno de sus labios le conmovía el alma y le arrancaba un latido de más. Buscaba la suya en un baile frenético, incitándola a saborearle, explorar sus dientes y aquellos confines más ocultos de su boca.

Royce recorrió con caricias lentas y de auténtica devoción el cuello de Shannon con una mano. Con la otra bajó hacia sus caderas para pegarlas a las suyas y hacerla notar la excitación bajo sus pantalones. Para más estupor, lejos de sentir rechazo, Shannon experimentó un inusitado placer en su vientre que le desconcertó.

Sus caderas se arquearon y salieron al encuentro del miembro endurecido de Royce con movimientos desvergonzados, arrancándole más de un gemido. Los musculosos muslos de él se restregaron con movimientos seductores contra las piernas bien torneadas de ella, que se movían frenéticas de manera inconsciente bajo el peso masculino, moviendo la hamaca entre crujidos.

—¡Royce! ¡Parad! —suplicó, completamente encendida.

—No me pidas que me detenga justo ahora, cuando tú también lo deseas —rogó Royce, arrastrado por la ola de pasión.

—No use esos argumentos, sabe muy bien cómo encender a una mujer. Yo solo soy una marioneta en sus manos —se quejó Shannon.

—Deja que te ame como un hombre, Sam.

—Esto es lujuria y es pecado —se escudó Shannon en las palabras que usaba el sacerdote en misa.

Su comentario le sacó una carcajada a Royce.

—No digas tonterías, Sam. Desearse es algo bonito y lleno de sensaciones placenteras. No hay nada de malo en ello. No metas a Dios en esto.

—A lo que usted llama amor es querer satisfacer los deseos más ocultos.

Shannon se valió de sus piernas para hacer palanca y quitarse a Royce de encima, y a punto estuvo de lanzarlos a los dos al suelo.

—Está bien, fierecilla. Harás que nos matemos con ese genio sin control —admitió con resignación.

Royce sujetó la hamaca y se hizo a un lado.

—Puedes marcharte si es lo que tanto quieres. Pero pregúntate si es lo que deseas de verdad.

Shannon se precipitó fuera de su alcance y se tumbó en su hamaca furiosa. Sin embargo, se incorporó de nuevo, fulminando con la mirada en dirección de Royce.

—Sois un grosero. No respetáis ni a Dios —espetó.

—¿Ahora quieres discutir sobre la fe? —se burló—. Soy un hombre de carne y hueso, Sam, que desea enseñarte los placeres de la vida. Si esa es tu excusa para negarte ese gozo, allá tú.

—Lo que yo veo es que sois un caradura y un cínico. Es más fácil apartarse de la fe para que no se le remuerda la conciencia cuando seduce a jovencitas inocentes —le reprochó.

—No me vengas con absurdeces. No tienes derecho a juzgarme. Si Dios no me hubiese abandonado el día que se llevó a mi hermano, puede que todavía creyese que existe alguien bueno ahí arriba, pero me lo hizo. Aun así, tengo mi propio código de honor y no me gustan que lo cuestionen. Y te repito que esto no tiene nada que ver con la fe. No quieras mezclar las cosas. Descansa. Al menos, uno de los dos dormirá con la conciencia tranquila —repuso con sarcasmo.

Shannon se arrebujó con la manta y gimió para sus adentros. Ya no sabía qué hacer para evitar los envites de Royce. En sus manos se volvía gelatina. Puede que sus excusas fueran patéticas para él, pero era lo único que la estaban salvando de entregarse al capitán.

Capítulo X

Royce maldijo el día que puso dos hamacas. Por la mañana, se levantó temprano y dejó a Sam durmiendo como un ángel. En cubierta, le recibieron los molestos gritos de las gaviotas. Malhumorado, se sacó tabaco envuelto en una bolsa de cuero de debajo de su chaqueta y se dispuso a mascarlo. Sintió que aquello le relajaba.

—Esos bicharracos no paran desde que sale el sol —le dijo su timonel como si hubiera leído su mente.

—Cierto. ¿Quieres?

Royce le tendió el tabaco y el marinero aceptó encantado.

—Hoy habrá que cubrirse. Se avecina lluvia —observó el timonel.

A pesar de que el mar estaba en calma, barruntaba tormenta a lo lejos.

Royce se demoró toda la mañana con sus hombres para asegurarse de que el temporal no les pillara por sorpresa. De repente, el vigía gritó:

—¡Capitán, barcos españoles a babor!

Royce fue a por un catalejo y observó a través de él. Iban cargados de cañones dispuestos a cazarle. Empezaba a creer que no había sido casualidad que aquellos hombres les persiguieran en Jamaica. Los españoles andaban tras sus pasos, tal y como prometieron.

—¡Rápido! ¡La vela mayor, extenderla! —ordenó.

—Pero, mi capitán, la tormenta puede rajarla —le advirtió un marinero.

—¿Prefieres ser alcanzado por los españoles? ¡Hacia la tormenta!

El problema era no asustar a las mujeres, pues el fuerte temporal bamboleaba la nave con fuerza. Sin embargo, en esos momentos no podía hacer nada por ellas, salvo avisar a Sam.

—Brenton, baja y dile a Sam lo que ocurre, que se encargue de atender a las mujeres —ordenó.

—Sí, mi capitán. ¿Qué le comento a las damas?

—De momento, nada. Que se ocupe Sam de eso. Adviértele de que permanezcan en su camarote y que no salgan bajo ningún concepto.

Con un poco de suerte, podrían despistarlos. Lo bueno era que se conocía esos mares como la palma de su mano. El inesperado ataque les iba a obligar a dar un gran rodeo, pero no les quedaba otra si no querían ser alcanzados.

El timonel giró rumbo hacia las nuevas coordenadas que Royce le había indicado, mientras que los barcos españoles les perseguían incansables. De momento, estaban en territorio español, pero esperaban alcanzar pronto aguas inglesas.

Aunque el viento azotaba con fuerza el pelo de Royce, permanecía indolente al temporal, pues su atención estaba puesta en sus perseguidores. Todos los hombres, e incluso las mujeres, dependían de él para sacarlos de aquel peligro que les acechaba.

Agarró una de las cuerdas que sujetaban las velas y notó que los nudillos se le ponían blancos. No pensaba dejar que les pasara nada. Las protegería con su vida.

A pesar de que Susan había dejado claras sus intenciones y no disimulaba el desagrado que ella le producía, Shannon se pasó por el camarote principal para preocuparse por su estado. Ella ya estaba acostumbrada a los vaivenes del temporal y a los abordajes. No obstante, quería asegurarse de que no les faltaba nada y no porque el capitán se lo hubiese pedido. Lo hubiera hecho igualmente, pues la situación era alarmante y se puso en la piel de aquellas mujeres.

Dio unos golpes en la puerta con los nudillos y Susan abrió con la cara descompuesta.

—¿Todo bien, señoras? ¿Necesitan algo? —preguntó.

Susan parecía que no quería que *lady* Leonore tuviese contacto visual con ella, ya que se había parado en medio de la puerta y le bloqueaba la entrada para impedir que se acercara a su señora.

—Pasa, jovencito —pidió *lady* Leonore.

—Ya le atiendo yo si quiere, *lady* Leonore.

—Déjale entrar, Susan, querida. Él ya está acostumbrado a estas tormentas. Necesito preguntarle un par de cosas.

Ante la insistencia de la anciana, no le quedó más remedio que dejarle pasar al interior. La mujer mayor tenía mala cara. Estaba pálida como la cera y con síntomas de estar mareada. No paraba de abanicarse.

—¿Sabes cuánto durará este temporal? —preguntó.

—No, señora. Puede durar días. Pero no se preocupe, el capitán es muy diestro y pronto saldremos a aguas más tranquilas. Ya lo verán. —Shannon trató de sonar convincente, aunque, por una vez, no las tenía todas consigo debido a que la amenaza de los españoles, empeñados en colgar a Royce por sus crímenes, le preocupaba.

—Supongo que mi sobrino no bajará.

—No, señora, tiene que ocuparse de guiar el barco. Pero para cualquier cosa que necesiten me tienen a mí —se ofreció.

—Muchas gracias, muchacho. Yo no sé si voy a poder probar bocado con tanto movimiento.

De repente, el sonido atronador de un cañón alarmó a las dos mujeres, que gritaron asustadas.

—¡¿Qué es eso?! ¿Nos atacan?

—No lo sé. Permanezcan en sus camarotes y no salgan. Serán piratas. El mar está infectado de ellos.

—Joven, sé que mi sobrino es un corsario, ¿no me estarás mintiendo y ahí fuera estamos siendo perseguidos por el enemigo? ¡Ay, Dios mío! Susan, necesito rezar.

—Tranquilícese, señora, no se alarme. Verá cómo el capitán los repele —la calmó Sam.

Sin embargo, las dos mujeres se abrazaron asustadas.

—¿Quiere que les prepare una infusión? —ofreció.

—¿Cómo puedes estar tan calmado? —le increpó Susan de malos modos.

—Porque confío en la destreza del capitán. Llevo muchos años a bordo y nunca nos ha decepcionado.

La mujer mayor la observó admirada y se separó del agarre de Susan.

—Entonces, si tú estás tan tranquilo, nosotras debemos hacer lo propio, Susan. Gracias, jovencito. De momento, no creo que pueda ser capaz de beber nada. Esperaremos un poco.

Cuando Shannon salió de allí, rezó para creerse sus propias palabras. Al menos, *lady* Leonore parecía haberse tranquilizado un poco.

Los españoles llevaban bergantines bastante rápidos, así que a Royce no le quedó más remedio que defenderse con los cañones. Ya le quedaba menos para llegar a las Antillas menores y, allí, sería más fácil despistarlos a pesar de ser territorios dominados por el Imperio español. Comenzaron a sortear algunos islotes, cuando una neblina cubrió el mar. La escasa visibilidad que les proporcionaba, además de la noche, les beneficiaba. Sabía que aquellos barcos no se meterían entre las rocas. Era un suicidio y era justo lo que iba a hacer Royce.

Se arriesgaban a encallar, pero era la única forma de despistarlos.

—Brenton, mira por babor el mar y dime si ves rocas. ¡Gad! A estribor conmigo.

Aminoraron la velocidad y comenzaron a mover la barcaza entre colonias de afilado coral. El mar parecía querer arrastrarlos contra ellos. Royce notó cómo una gota de sudor frío le escurría por la sien. Poco a poco, se alejaron de sus perseguidores. No obstante, no pensaba bajar a dormir hasta que hubiese pasado el peligro. Quería rodear otra isla y salir a mar abierto un poco más adelante.

Lentamente, avanzaron y rodearon un islote en el que solo la fauna voladora podía alcanzar lo más alto. Siguieron surcando el mar y viraron con fuerza para no estrellarse contra un banco de rocas. El ruido del mar que chocaba con fuerza contra ellas le provocaba un escalofrío.

Un ruido en el casco los hizo aminorar.

—Comprueba daños.

Uno de sus hombres, bajó a la bodega y subió al rato.

—No entra agua, mi capitán. Debemos haberlo rozado.

—¿Qué hacemos, capitán?

—Seguir.

Rezó para que el casco no se abriese y, por fin, salieron a mar abierto.

—Royce, ve a descansar —le animó Brenton—. Será mejor que nos turnemos. Ya sigo yo.

Asintió y dejó que la mitad de sus hombres hicieran lo mismo. Tenían que coger fuerzas para el día siguiente.

Cuando entró en el camarote, Sam se despertó.

—¿Los hemos perdido?

—No lo sé. Espero que sí, pero descuida, no descansaré hasta que vea que ya no nos siguen. Duerme.

—¿Cree que lo estaban buscando como prometieron?

—Es muy probable. Es lo que tiene ser corsario. Pero yo no les voy a dejar que me lleven tan pronto a la horca, ¿no crees? —bromeó.

—Más le vale. No me gustaría tener que presenciarlo.

Su preocupación le conmovió. Se tumbó en la hamaca y cerró los ojos. No obstante, le costó dormirse. La intranquilidad no le abandonaba. Había notado la confianza que Sam depositaba en él, lo que le había abrumado aún más.

A la mañana siguiente, despertó muy pronto e, impaciente, se marchó rápido a cubierta.

—¿Alguna señal de ellos? —preguntó al almirante.

—Nada, mi capitán. Esté tranquilo, seguimos la ruta que nos indicó.

El rumbo que había escogido no era el más recomendable, pero si quería llevarlos sanos y salvo, debían arriesgarse.

Observó una vez más por el catalejo, pero al no advertir señales de sus perseguidores respiró más tranquilo.

Por fin, se permitió bajar a ver a su tía. La encontró bastante asustada.

—¡Royce, no sabes cuánto me alegra verte! ¿Eso quiere decir que los has despistado? —exclamó su tía.

—Parece que sí. Siento el inconveniente, tía. Espero que el resto del viaje pase sin más contratiempos.

—Tu grumete nos dijo que nos sacarías sanas y salvas. Estoy muy orgullosa de ti, hijo.

Le alegró ver que Sam había sido capaz de calmarlas. Tendría que agradecérselo más tarde. Su tía era muy aprensiva y encontrarla así le tranquilizó.

—El mérito es del capitán —alabó Susan—. Es un hombre muy capaz y que no le teme a nada, ¿verdad, capitán?

Royce solo se limitó a sonreír ante los halagos. El miedo siempre estaba ahí. Era un riesgo que corría siempre que se internaban en el mar. No lo consideraba una debilidad, al contrario, era de hombres sentirlo, pues era pura adrenalina, una motivación más para superarlo y vencerlo otra vez.

Sin embargo, esta vez había sido diferente. Había temido por ellas, sobre todo, el decepcionarlas si no lo conseguía. No era lo mismo cuando solo iban ellos, que sabían los riesgos que corrían, a llevar pasajeros y, encima, mujeres. Ellas siempre se llevaban la peor parte. Lo había visto demasiadas veces, por eso, esta vez había sufrido más que nunca. Sin embargo, no podía expresarlo en voz alta.

—¿Vendrás a comer con nosotras? —le invitó *lady* Lenore.

—Con vuestro permiso, os dejaré solas. Quiero comer con mis hombres para celebrarlo. Se lo merecen y, luego, puede que regrese a mi camarote a descansar un rato. Si necesitáis algo, no dudéis en pedírselo a mi grumete. Quizá, a la noche —terció Royce.

No pareció reparar en la cara de disgusto que puso la doncella, quien no parecía aprobar la relación tan cercana que mantenía con aquel muchacho.

Subió a mar abierto y extendió el catalejo de nuevo. No había ni rastro de los españoles. No obstante, no descansaría hasta pisar tierra firme.

Durante el almuerzo, celebraron el haber despistado al enemigo y la cerveza corrió por sus venas con alegría. Se merecían pasar un rato distendido. Llevaban muchos años juntos y eran un equipo. Verlos reír y bromear le llenó de júbilo.

—Capitán, ¿se acuerda la vez que aquel español nos amenazó desde su barco?

Aquella anécdota siempre salía a relucir. Aquel día habían atacado ya a unos cuantos, y como estaban muy cerca, uno de sus hombres le apunto con el cañón y lo tiró al mar.

—Se rindieron enseguida. ¡Cómo pedían clemencia! —se burló otro.

Ese día no cogieron mucho botín, pero se ganaron una reputación terrible. Tanto fue así que lo apodaron Capitán Black. A partir de entonces, cuando decía su nombre, infundía respeto entre sus enemigos.

Comenzaba a estar cansado de la vida como corsario y de los peligros que implicaban. Habían estado a punto de pillarlo y no dudaba de que algún día llegasen a lograrlo. Tenía que reconocer que desde que había conocido a Sam, le tentaba cada vez más la idea de instalarse en un lugar fijo y abandonar el mar. Algo que, de momento, no podía compartir con sus hombres.

Brindó una vez más con ellos y bajó a verla. Llevaba evitándola deliberadamente desde la discusión del día anterior. Sin embargo, necesitaba de su ayuda y ya no podía demorarlo más. Bajó y la encontró con cara de aburrimiento.

—Ven conmigo —ordenó.

Sam lo siguió con el ceño fruncido. Por el camino, se toparon con Susan, que venía de las letrinas.

—Buenas tardes, capitán —saludó, ignorando a Sam.

—Buenas tardes. ¿Haciendo la colada?

—Sí. Ahora que el ambiente está tranquilo, hay que aprovechar. Si tiene ropa, ya que estoy metida en faena...

Pero Sam replicó como un resorte a su lado:

—No es necesario. Ya me encargo yo.

La doncella la miró como si acabase de reparar en su insignificante presencia y volvió a centrar la atención en Royce.

—Bueno, le esperamos esta noche, ¿verdad?

—Sí. Vamos, Sam.

Cuando se alejaron por las escaleras, Royce se volvió hacia ella y arrugó la frente.

—Parece que no le caes muy bien. ¿Has hecho algo para ofenderla?

—¿Yo? —se enfurruñó Sam aún más—. ¡Pero si es ella!

—Solo intenta llevarte bien con ellas. Quiero que mi tía se sienta cómoda. De hecho, quería darte las gracias. Parece que supiste cómo tranquilizarla, y te aseguro que eso no es fácil.

Sam abrió los ojos como platos y se encogió de hombros.

—No fue nada. No hace falta que me dé las gracias.

Durante un rato, se quedó observándola a los ojos y ella bajó la cabeza turbada. Royce se distrajo con la visión que su cabello dorado le ofrecía y dejó la mirada perdida en él.

—Bueno, vamos.

La guio hasta la cubierta y le pidió que ayudara a reparar las velas. Era rápida para coser. No se lo hubiera pedido si no hubiese sido necesario, pero no quería arriesgarse a ser sorprendidos.

La dejó allí y se fue a descansar un rato.

No la oyó entrar una vez que hubo terminado su tarea. Cuando despertó, tuvo que arreglarse para la cena. Sam ni se inmutó. Ni tan siquiera levantó la cabeza, es más, le dio la espalda. La indiferencia que mostraba desde la discusión de aquella noche en su hamaca estaba comenzando a molestarlo y no comprendía el motivo. Generalmente, ante ese tipo de comportamiento en otra mujer ni habría reparado, pero con Sam todo era diferente. Tenía el don de sacarlo de sus casillas.

Mas como había prometido pasar la velada con su tía, no tenía tiempo para discutirlo. Salió de allí dando un portazo.

Shannon pegó un brinco cuando Royce se marchó. Parecía que continuaba molesto con ella. Alzó el mentón e hizo como que no le importaba. ¿Cómo podía pensar que ella iba a hacer algo para molestar a esa estúpida doncella? Desde que había subido no había recibido más que desplantes por su parte.

En cuanto a lo que había hecho por su tía, no había sido por él, sino por ella. Hubo un tiempo que se sintió muy sola y no tuvo a nadie que fuese a consolarla. Solo quiso ofrecerle un poco de apoyo. Bien sabía ella lo que era sentir miedo.

Cuando oyó reír escandalosamente a Susan, se tapó los oídos en un intento de no escuchar nada. Pero estaba claro que ella hacía lo posible por llamar la atención de Royce.

Furiosa, deseó que los asolase otra tormenta para no tener que oírlos, pero, como siempre, su Dios la desoía.

Shannon no paraba de dar vueltas en la hamaca, intentando dormirse, aunque era en vano. El ruido de la conversación la despertaba a cada rato y la estaba poniendo de muy mal humor. No supo en qué momento de la noche, Royce entró, interrumpiendo su sueño por enésima vez. Furibunda, se arrebujó con la manta entre movimientos muy bruscos, que lo hicieron gruñir.

—Quiero dormir, si es posible —espetó el capitán.

—Yo no he podido hacerlo con esa conversación tan animada, y no me he quejado —replicó.

—Hoy no estoy para discutir contigo, así que hazme un favor y no te muevas.

Shannon apretó los dientes y se colocó la manta. No había transcurrido ni medio minuto cuando escuchó suaves ronquidos. Furiosa, se levantó, pero un brazo la interceptó.

—¿No estaba dormido?

—¿Adónde vas?

—No lo sé. ¡Qué más le da!

—Sam, juro que si no te quedas quieta, voy a meterte aquí conmigo. Y, esta vez, me van a dar igual tu fe y tus réplicas. Como no me dejes dormir, mañana mismo quito tu hamaca —le amenazó.

—Bueno, ¿y si quiero ir al baño? ¿Tampoco puedo? —Sabía que estaba tentando demasiado su suerte, pero no podía evitar provocarlo.

Pero lo cierto era que, al momento de decirlo, le surgió la necesidad.

—¿Ahora quieres ir a las letrinas?

—Sí.

Para su asombro, vio que Royce se incorporaba.

—¿Adónde cree que va?

—A acompañarte. No quiero que te pase nada.

—Es de noche. No creo que haya nadie. Puedo ir sola.

—Y yo te digo que no vas a ir sola.

Se giró malhumorada y salió escoltada por él. Le parecía increíble que tuviese tan poca intimidad para un acto tan personal.

—Al menos, ¿puede alejarse un poco?

Cuando lo oyó apartarse, gruñó para sus adentros. En ocasiones, la sacaba de quicio. Otras, lo encontraba adorable y, esos momentos, eran los que le hacían vacilar.

—Bueno, si ya no tienes otra excusa, ahora me gustaría dormir —gruñó Royce cuando salieron de las letrinas.

—No le pedí que me acompañara. No es mi culpa que se empeñe en ser tan posesivo.

—¿Eso es lo que piensas de mí? ¿Te agobio? —se burló divertido.

—Pues ahora que lo menciona, sí. Está demasiado encima y me sofoca.

De repente, notó que él la acorralaba contra la pared. Sentir el pecho duro de Royce cerca de su rostro era una tentación.

—Dime, Sam, ¿no será que niegas algo que deseas tanto como yo?

—¿Có-cómo? Yo no deseo su cercanía. Apártese.

Pero Royce no solo no se retiró, sino que acercó su cara, y Shannon pudo notar su aliento cerca del rostro.

—¿Y qué pasará si no lo hago? —murmuró muy cerca de su oído.

—La última vez casi le tiro de la hamaca, no me haga huir y esconderme por el barco.

Royce le rodeó la cintura y la sujetó con brazos de hierro.

—No me temas, Sam. Nunca haría nada que te hiciera daño.

—El problema es que nos lo estamos haciendo igualmente, capitán. ¿Es que no se da cuenta? No podemos seguir así.

—Tal vez tengas razón. Pero ¿aquí quién hace daño a quién, querida?

Dicho esto, se separó. Shannon se quedó sin aliento y sin saber qué responder. ¿Se le estaba declarando de alguna forma? A veces, no era capaz de entender sus señales. Nadie la había instruido en el arte del amor. Solo nadaba a la deriva y dejándose llevar. Sin embargo, ella estaba atada de manos por aquella sociedad tan encorsetada que le imponía unas normas a las que debía acatarse. No era libre ni dueña de su destino, pero eso no podía decírselo a Royce, no querría entenderlo.

Capítulo XI

A la mañana siguiente, cuando entró en el camarote principal, Royce encontró a su tía y a Susan desayunando.

—Le he pedido a tu grumete que nos trajera algo de comer. No nos atrevemos a salir por el barco con esos rudos marineros —le informó su tía.

—¿Qué tal habéis pasado la noche? —se interesó.

—Muy bien, hijo, muchas gracias.

—¿Entonces está todo a su gusto, querida tía? —preguntó con un brillo pícaro en los ojos.

—Sí. No tengo queja de tu diligencia a la hora de acomodarnos. No me mires así —le devolvió su tía con una sonrisa cómplice.

—Me alegro. Hoy os tengo reservada una sorpresa. Quiero presentaros a mi lugarteniente. Nos acompañará durante la comida y amenizará un poco el viaje con su charla —le informó Royce.

Tras avisar a las mujeres, salió al pasillo. La mirada de Royce se detuvo en la puerta del camarote que compartía con Sam, quien parecía estar atrincherada en él, lo que ensombreció su carácter. Si quería algo de ella, tendría que entrar a pedírselo. Abrió la puerta dispuesto a enfrentarse a ella, pero para su sorpresa lo halló vacío.

—Mi capitán, estoy encantada de poder acompañar a su tía —le dijo Susan a sus espaldas para llamar la atención—. Y quería agradecerle lo bien que se ha portado con nosotras. Su generosidad ha sido infinita al dejarnos su camarote. Supongo que un hombre tan atractivo como usted estará cansado de tanto viaje en barco. Deben hacérsele muy solitarias las noches sin una compañía que le amenice las duras jornadas.

Royce se giró sorprendido para enfrentarla y asegurarse de que había escuchado bien. Susan le sonreía con descaro mientras daba vueltas a un mechón de pelo en el dedo con coquetería. Unos años atrás no habría desaprovechado semejante proposición, pero su situación actual había cambiado y, por el momento, no tenía intención de enredarse con una doncella y, menos aún, la de su tía.

—La verdad es que sí, pero siempre hay otras formas de entretenerse. En un barco hay mucho que hacer.

Susan le posó una mano en el pecho con una caída de párpados y entreabrió los labios seductoramente.

—Estoy segura de ello. Se nota que trabaja mucho —le susurró provocativa.

Royce notó un movimiento muy sutil detrás de ella, que le hizo desviar la mirada por encima. Sam tenía la ceja arqueada con una mueca de repulsión que no ocultó. Resopló y se dio media vuelta para desaparecer, pero Royce no estaba dispuesto a que aquella diablilla se esfumase de nuevo.

—Disculpadme un segundo, Susan. —Y salió en post de ella, alcanzándola de camino a la bodega.

—¿Adónde crees que vas? —le exigió, agarrándola de una manga.

—¡Suélteme! Ahora no me necesita.

—Tú harás lo que yo te diga. Estoy esperando una explicación.

—A buscar una soga.

—¿Ahora piensas ahorcarme mientras duermo? —se burló Royce, arqueando una ceja a la espera de una explicación.

—No. Casualmente, se ha roto mi hamaca.

Royce abrió los ojos con sorpresa ante el dardo envenado de Sam y su mirada se oscureció al instante.

—Yo no he sido si eso es lo que estás pensando. Déjame verlo.

Regresaron al camarote y Royce examinó el hico[3]. Se notaba que alguien lo había manipulado de forma violenta. Black pasó un dedo por las marcas que había dejado el filo de algún metal y arrugó el ceño.

—¡Umm! El que lo ha hecho no es marinero. No sabe cortar las cuerdas.

—Pero ¿quién querría hacer algo así? —preguntó Sam.

—No lo sé. Voy a llamar a Billy y que le ponga una cerradura a este camarote. De momento, tendrás que compartir la hamaca conmigo.

Eso fue algo que no agradó a Sam, pero, en ese momento, Royce no disponía de tiempo para discutirlo con ella, ya que tenía que atender a su tía.

Salió a buscar a Brenton y se topó con él de camino a las escaleras. Ya bajaba para reunirse con ellos. Entró en el camarote acompañado de su lugarteniente y los presentó.

Brenton y su tía parecían haber congeniado a la perfección. En cambio, él no estaba muy conforme con las excesivas atenciones que Susan le brindaba. Se había percatado de que cuando Sam llegaba con la comida, prácticamente, no le dejaba ni entrar y le despachaba rápido.

---

[3] Cada una de las cuerdas que sostienen la hamaca.

—Mi capitán, ese muchacho, Sam, ¿no debería dormir con el resto de la tripulación? —le preguntó de repente Susan.

—Es mi ayudante. No puedo prescindir de él. Asimismo, es demasiado pequeño para dormir con mis hombres —explicó tajante.

—No me malinterpretéis, estoy segura de que es un chico muy válido, pero yo puedo ser más eficiente en tareas que son más propias de mujer, así él puede dedicarse a otros menesteres más adecuados para un marinero y que estoy segura de que le gustarán más —se ofreció.

—Muchas gracias, pero ya tenéis suficiente con mi tía. No quiero ocasionar ninguna molestia —se excusó.

—¡Oh! No es ninguna molestia. Su tía no me da tanto trabajo —dijo, restándole importancia—. Es solo que me parece que el muchacho no está muy cómodo con las tareas asignadas. Y yo lo haría encantada.

—No lo dudo —observó Royce, dando un sorbo a su copa de vino mientras recelaba de su ofrecimiento—. En cualquier caso, Sam es muy importante para mí.

Recalcó aquella última frase para dejar claro el aprecio que sentía por su grumete.

—Royce, hijo —lo llamó su tía—. Me dice Brenton que sigues sin sentar cabeza. Cuando lleguemos a Virginia he pensado en solucionar ese asunto de inmediato. No puede ser que sigas soltero con lo atractivo que eres. ¿Es que piensas dejarme sin descendencia? Eres mi única familia viva.

Detrás de aquella aparente frivolidad se escondía un dolor desgarrador muy real y que solo ellos conocían. La tragedia que asoló su casa les dejó sin familia de un día para otro.

—Mi queridísima tía, se lo agradezco en el alma, pero, de momento, me gustaría seguir siendo soltero.

—No puede ser que estés siempre de amante en amante. —Susan se tapó la boca para mitigar una exclamación de sorpresa. El vino hacía que su tía fuese más locuaz—. No te escandalices tanto, Susan, querida. Mi sobrino no oculta sus escarceos.

Royce sonrió con complicidad a su tía.

—Con mayor motivo para que comprenda mejor que nadie que aún soy demasiado joven para casarme.

Su tía bufó y pidió que le sirvieran otra copa de vino, alzando la voz debido a lo achispada que se encontraba.

—¡*Lady* Leonore! —exclamó Susan escandalizada—. Creo que ya ha bebido suficiente. Puede sentarle muy mal y ¡¿qué van a pensar los caballeros?!

—No me sermonees, niña. Esta vieja tiene derecho a disfrutar un poco de la vida.

—Tía, creo que Susan lleva razón —apoyó Royce para complacencia de la doncella.

—Está bien. Ya que todos habéis decidido conspirar contra mí... Susan, ¿puedes decirle a ese grumete que nos traiga una jarra de agua?

—Por supuesto.

Billy no tardó mucho en instalar la cerradura. Le dio una copia de la llave y se guardó la otra para Royce. Resignada, se preguntó quién podía haberlo hecho. Nunca habían sufrido una irrupción de ese tipo dentro de los camarotes. Y aquella Susan parecía tratar de evitar por todos los medios que se acercase al camarote del capitán, era imposible que supiese que era una mujer.

No obstante, se miró al espejo que Royce había colgado en una pared para afeitarse y no notó nada diferente en ella. Bueno, sí, que su rostro era un óvalo demasiado aniñado.

De repente, se percató de que alguien intentaba abrir el camarote sin éxito. Shannon se giró y puso la mano cerca de la daga que llevaba siempre escondida bajo la camisa.

—¿Sam? —le llamó la voz estridente de la doncella de *lady* Leonore.

Descorrió el cerrojo recién instalado y recibió a la doncella con el rostro huraño.

—¿Qué se le manda? —preguntó sin ocultar el desagrado que le producía.

—Vamos a dejar las cosas claras, piojoso. Alguien de tu calaña debería mostrar más respeto por alguien como yo. —Acababa de dejarle claro que se creía superior a ella, lo que aumentó su antipatía hacia esa doncella—. Si fueras un poco inteligente, dejarías que yo atendiese al capitán para que tú puedas dedicarte a otras cosas como gandulear que, por lo visto, es algo que se te da muy bien. Aunque, claro, siempre podemos llegar a un acuerdo.

Shannon no daba crédito a lo que estaba escuchando. ¿Le estaba proponiendo que le dejase vía libre con Royce?

—¿*Pá* qué iba yo a desobedecer al capitán y ganarme un castigo, Alteza? ¿*Pá* que pueda acostarse con él en mi propio camarote? —se burló Shannon.

Susan le atizó una sonora bofetada.

—¡Insolente! ¡¿Cómo te atreves?! —le gritó con el rostro lívido por la rabia.

El tortazo y los gritos de Susan debieron de haberse escuchado en todo el barco, puesto que, a continuación, la puerta del camarote de Royce se abrió y este salió precedido de su tía y Brenton. Shannon se restregó la mejilla magullada y estudió a Black.

—¿Qué sucede aquí? —preguntó Royce.

—Su grumete me ha faltado al respeto.

—¿Sam? —preguntó Royce.

Shannon, atónita, no reaccionaba y lo observaba con la boca abierta como un pez.

—Debería castigarle, ya ve, no lo niega —continuó Susan.

—Ve a por la jarra de agua. Ya hablaremos cuando vuelvas —le ordenó.

Shannon se giró en redondo y se alejó de allí todo lo digna que pudo. Aún no podía creer que hubiese permanecido callada sin replicar ni desmentir nada. Al menos, había descubierto que su odio hacia ella era de tipo clasista. La despreciaba por considerarla un despojo y no por su principal temor de que hubiese averiguado que era una mujer. Cuando estuvo de vuelta con la jarra, llamó a la puerta y fue Royce quien cogió de sus manos la vasija. Por la mirada tan seria que le dirigió, pensó que Susan se habría hecho la víctima en detrimento de ella.

En lugar de regresar al camarote, se dedicó a buscar a Tom. Le extrañaba mucho que ya no se encontrase por cubierta. Bajó a las bodegas y se internó en aquella zona que estaba destinada a los prisioneros. Por suerte, estaba desierta.

—¿Tom? —lo llamó, esperando no recibir respuesta.

—Aquí. Dígame que ese capitán no le ha puesto una mano encima.

—¿Tom? Pero ¿por qué estáis encerrado? —se indignó Shannon.

—Ha sido el capitán. Creo que temía que nos fugáramos. Tenga cuidado con él, sus intenciones no son honestas con usted.

—Esto es intolerable. Voy a quejarme y a exigirle su libertad de inmediato.

—No se preocupe por mí. Yo estoy bien. Es mejor que no sepa que lo sabe.

—Quizá tenga razón. Intentaré buscar la manera de liberarle. ¿Le dan de comer?

—Sí. Todo está bien, señorita.

—¿Hay algún centinela que lo vigile?

—Algunas veces. Suele colgar las llaves en la pared.

Shannon las buscó y halló una clavija vacía. Aunque no podía verle la cara, Royce se las iba a pagar como Tom enfermase.

—Está bien. Espero poder bajar un día antes de que avistemos tierra y poder ayudarle.

Regresó al piso de arriba y abrió su camarote. El capitán seguía reunido con sus invitados como pudo comprobar por el jaleo y las risas que se introducían por el orificio. Por eso no había reparado en su ausencia.

Se tumbó dispuesta a echar una cabezada. Con Susan al acecho no creía que la necesitasen pronto.

—¡Sam! ¡Abre la puerta!

Los gritos del capitán la espabilaron. Con la cara somnolienta, Shannon abrió la puerta bastante desorientada. No sabía si era de día o de noche, puesto que no tenían ventanas. Aun así, no perdió detalle de las facciones de Royce.

—Sam, tenemos que hablar —le dijo a la par que entraba y cerraba la puerta tras de sí.

Su voz sonaba dura, pero Shannon no pensaba dejarse intimidar.

—Sí, ya sé. Ha decidido creerla antes a ella que a mí. ¿Cuál será mi castigo? —le interrumpió ella a la defensiva.

—Antes quiero saber tu versión.

Sorprendida, frunció el ceño.

—¿En serio piensa escucharme?

Royce asintió. Cogió su mentón con delicadeza y con la mano que le quedaba libre le pasó los dedos por la mejilla con suavidad.

—Admito que fui grosera —confesó—. Pero en mi defensa he de decir que empezó ella.

—No puedo tolerar que le faltes al respeto. Lo entiendes, ¿no?

—Supongo —dijo, desviando la mirada de los penetrantes ojos de Royce.

—¿Por qué fue la discusión?

—La verdad es que parece ser que no le gusta tratar con gente de bajo rango. Me llamó piojoso.

—Sí. Parece que con mi tía se ha tomado ciertas licencias que no le corresponden. Puede que eso explique lo de la hamaca.

—¿Cree que ha sido ella?

—Sí. Me he dado cuenta de que Brenton tampoco le agrada.

—Además de que soy un incómodo obstáculo para poder seducirlo con libertad —comentó con rencor. No había olvidado la escena que había presenciado de coqueteo.

—Creí que algo así te alegraría, ya que entre tú y yo se interpone Dios… —se burló Royce con crueldad.

—¡Qué estupidez! Dios no se interpone en una pareja de casados, solo en los que entregan su honra con tanta ligereza —se le escapó.

—Eso tiene fácil remedio. En cuanto lleguemos a Virginia, podemos sellar nuestros votos ante Dios —le propuso Royce con la voz ligeramente enronquecida.

—Miente, he oído decirle que desea continuar soltero.

—¿Ahora te dedicas a espiarme?

Shannon echó a andar para atrás, hasta que Royce la acorraló contra la pared. Puso los brazos a ambos lados de ella y le dirigió una mirada hipnótica.

—Entonces, puede que sea hora de que siente cabeza, ¿no crees? —continuó Royce, cada vez más cerca de su rostro para horror de Shannon.

—¿Y qué pasa con mi prometido?

—Yo soy mejor partido.

Royce se humedeció los labios con la lengua y a Shannon le costó tragar saliva. Estaba muy atractivo cuando curvaba los labios de forma tan seductora y aquellos ojos verdes la devoraban con la mirada. En esos momentos, se sentía un cervatillo asustadizo acorralado por un oso.

—Mi tío no aprobaría nuestro enlace —comentó Shannon vehemente.

—¿Tom?

—¡Eh! Sí, ese —mintió.

—Anne, ¿verdad?

—Sí.

—No me dices la verdad. Puedo verlo en tus ojos. Tom está encerrado y puedo mandar torturarlo hasta la muerte cuando quiera. Hasta ahora te he concedido muchas libertades, pero eso se acabó. Cuando lleguemos a Virginia, serás mi amante o mi esposa. Depende de lo que me cuentes y, ¡cuidado con mentirme!, que ya interrogué a tu lacayo.

Shannon se envaró en ese punto y entrecerró los ojos furiosa.

—No puedo casarme con usted, yo... —pero Shannon se interrumpió.

—Dime, Sam. Soy todo oídos.

Odiaba a Royce por coaccionarla a contarle la verdad. Sabía que torturaría a Tom si no le decía lo que esperaba oír y no quería que recayese en su conciencia su muerte.

—Soy una dama. Así que mi familiar más directo, que vive en Virginia, no permitirá nuestro enlace —le informó altiva.

—Bien. Tu nombre y apellidos, por favor —exigió.

—Shannon Berkeley, de la casa de Berkeley —comentó orgullosa.

—Así que una Berkeley. —El rostro de Royce se contrajo con una mueca cruel—. Que yo sepa, el marqués de Berkeley no tiene descendencia.

—¿Duda de mi palabra? —Shannon buscó entre sus cosas y le tendió unos papeles—. Mi padre y mi madre murieron cuando yo era niña y *sir* William heredó el título, creo que es algo así como… mi tío. No sé qué rango sanguíneo nos une porque apenas tengo recuerdos de él.

—¿Y por qué arriesgarte tanto para buscarle? ¿Cuál fue el motivo de huir de Inglaterra? Porque ahora entiendo que me mentiste con eso de que fuiste la doncella de Thomas Boyle, ¿verdad?

—Sí. En realidad, huía de mi tutor, Stephen, quien, en ausencia de *sir* William quería casarme con el recién enviudado duque de Pembroke y evitar así presentarme en sociedad. Escuché decir que era un hombre muy mayor, de muy mal carácter y bastante cruel con sus esposas. No pensaban darme la oportunidad de elegir a otros candidatos, y yo no iba a consentirlo.

—¡Qué raro, querida! Según tengo entendido el duque de Pembroke no tenía intención de volver a casarse porque estaba bastante enfermo. Vive recluido en su palacio junto al actual heredero.

—Pero si me escribió y todo. ¿Sería entonces que me querían desposar con el hijo?

—No. También está casado. Me temo que te engañaron.

—¿Y por qué hacer algo así? Soy la heredera legítima de ese marquesado. Si no me iban a casar con ese hombre, entonces ¿con quién?

Royce se encogió de hombros.

—Si es verdad lo que me cuentas, hay algo que no me cuadra en esa historia.

¿Sería cierto que se había salvado de un destino aún peor? Comenzó a tener dificultades para respirar, pensando que había vivido una mentira y que no sabía de qué se había librado.

—En cualquier caso, te interesa estar desposada. Yo puedo defenderte y reclamar tu dote, a menos que prefieras arruinar tu reputación y convertirte en mi amante —comentó con crueldad.

Shannon estaba sin salida. Royce bien podía arruinarla. Le dolía que quisiera aprovecharse de su posición para ascender gracias a ella. Quizá, sus intenciones al cortejar a esa tal *lady* Amber fuesen para ganarse la aceptación de los nobles y ella ahora le procuraría su ansiado anhelo. Por desgracia, no tenía elección.

—Entonces, no me da muchas alternativas. Tendré que aceptarle como mi esposo —repuso con la voz débil.

—Para ser una dama que estaba dispuesta a casarse sin amor, no pareces muy convencida —comentó Royce molesto.

Lo que estaba era colérica. Royce sería mucho más joven que ese tal duque de Pembroke con el que Stephen la había querido casar, además de atractivo, pero sentía que su matrimonio sin amor sería para ella un tormento. No creía poder soportar que Royce pasara de amante en amante.

—¿Y qué quería? ¿Que me tirase a sus brazos? —respondió insolente.

—Bien. En cualquier caso, un poco más de disposición por tu parte se agradecería.

—Para eso, suelte a Tom.

—Lo soltaré cuando hayas cumplido con tu palabra de no huir de mí.

—Sois un chantajista. Solo os intereso porque seré un bien ganancial muy provechoso —escupió rabiosa.

—¿Acaso es malo que no quiera que te vayas? Creo que como tu futuro esposo tengo derecho a cuidar de ti. Y —alzándole el mentón— a probar los encantos de mi futura mujer.

El destino de Shannon debió ser otro. Sin embargo, cuando Black posó los labios sobre los suyos y la cogió de la cintura para pegarla a él, supo que estaba perdida. Sentía una peligrosa atracción por aquel hombre al que una parte de ella detestaba en esos instantes.

Capítulo XII

Royce la besó con fiereza, presionando los labios con exigencia y sin preocuparse si magullaba la seductora y carnosa boca de Shannon. Si tan solo se hubiera limitado a aceptarle sin cuestionar sus motivos... Pero era como todas las damas, nunca era suficiente para ellas. Le había costado mucho decidirse. Le dolió que Shannon irradiara tanto odio y lo acusara de querer aprovecharse de ella por la posición que alcanzaría al contraer nupcias. Él no necesitaba un título para demostrar que era mejor que cualquiera de los de su clase. Título y riquezas que, por otro lado, ya poseía y que ella ignoraba.

Entonces, ¿por qué se había obstinado en desposarla? Había muchas mujeres dispuestas a estar con él y que jamás se le habrían resistido como Shannon. Ella había conseguido arruinar la paz mental de la que había gozado hasta ese momento. Cuando descubrió que era una mujer se hizo la firme promesa de que, a pesar de ser una bonita tentación y a la que consideraba un fascinante interludio, pasaría al olvido como las demás.

Sin embargo, solo tenía que observarlo con esos preciosos ojos azules bordeados de pestañas negras y largas, y tirar por la borda todas sus intenciones de alejarla de él. Se había metido bajo su piel y no pensaba más que en hacerla su esposa para asegurarse de que ningún otro hombre pudiera acostarse con ella. La sola idea le quemaba las entrañas. La quería solo para él y no estaría tranquilo hasta que no sellasen sus votos ante un cura.

Shannon se movió un poco y Royce notó el calor que emanaba de ella a través de la fina tela de la camisa de lino que llevaba puesta. El cuerpo tibio de Shannon era una tentación demasiado grande para él. Sus manos grandes le acariciaron la espalda y se colaron por debajo de la prenda. Le desanudó la venda que cubría los pechos y los liberó.

—Creí que esperaría a la boda para consumar el matrimonio —jadeó Shannon al sentir la mano de Royce ascendiendo por su piel.

—Soy un hombre de palabra: voy a casarme contigo igualmente. Aun así, ya te advertí que no era un caballero, *lady* Berkeley.

—¿Me va a doler?

El temor que se cristalizaba en sus palabras, le hizo contener el aire. Algo se estrujó dentro de su pecho, haciéndole sentir como un auténtico canalla. Compadeciéndose de Shannon, le apartó los mechones de pelo de la cara que le molestaban y acunó aquel óvalo perfecto entre sus manos.

—No temas, jamás te lastimaría. Déjame amarte, amor mío, entrégate a mí —jadeó entre susurros.

Con el pulso acelerado, la izó en brazos y la cargó hasta la hamaca sin dejar de besarla. Luego, se subió a ella y los acopló a ambos.

—¿Estás cómoda?

Shannon asintió sin perder detalle de todos los movimientos que realizaba y que parecían tenerla completamente fascinada.

Royce comenzó a desabrochar los botones de la camisa demorándose en aquellas zonas cercanas a sus redondos y perfectos senos. La piel satinada de Shannon se erizó al contacto como si le quemara. Acercó la cara al cuello femenino y la enterró entre las clavículas, posando suaves besos mientras se deshacía de la camisa. Era un impedimento muy molesto para poder sentir cada partícula de aquella piel de alabastro.

Shannon murmuró algo, que Royce no llegó a entender, y en lugar de intensificar las caricias por temor a asustarla, se dedicó a rodear aquellas partes sensibles que tanto deseaba probar. Debía recordar que era virgen e inexperta y, a pesar de sentir un deseo enfermizo por ella, era imperante que se controlase.

—Shannon, amor, tócame.

Y para que no hubiera duda de lo mucho que lo deseaba, le cogió la mano y la puso cerca de su corazón, que latía con fuerza bajo la camisa de chorreras.

Embriagada y llena de desconcertantes sensaciones, ella exploró el pecho firme y musculoso de Royce, ascendió por la clavícula y recorrió los hombros con dedos curiosos. Todo él era fuerte y duro. Como la ropa le impedía seguir examinando aquel cuerpo macizo, imitó sus pasos y comenzó a desvestirlo. Una vez que se hubo desecho de la camisa, realizó círculos en el vello espeso que bajaba y se perdía bajo sus pantalones, y se quedó a medio camino al notar la agitada respiración de Black.

—Espera, preciosa. Vas muy deprisa.

La inexperiencia unida a la curiosidad innata propia de Shannon le tenía totalmente cautivado. Apresó sus labios y, tomándose su tiempo, deslizó una mano en dirección a sus senos. Rozó la curvatura de una de aquellas encantadoras redondeces que sobresalía por los lados antes de apresarlo por completo con la palma de la mano. Era del tamaño justo, ni muy grande ni muy pequeño. Acarició el pezón sonrosado y notó cómo se volvía turgente al tacto. Gruñó de pura satisfacción.

Shannon se arqueó al notar la mano caliente de Royce y se mordió los labios para contener el jadeo que amenazaba con escapársele de la boca. Como si de llamas se tratasen, un ardor muy placentero se difundió por todo su cuerpo hasta que notó que su piel resplandecía. No quería que parase aquella deliciosa tortura y se lo hizo saber buscando su boca con frenesí, recorriendo su espalda con manos febriles y buscando calmar esa necesidad que pedía su vientre. Aunque su cordura le suplicaba luchar contra aquella locura, la pasión parecía susurrarle insidiosamente que lo dejara hacer.

Royce nunca se había sentido tan excitado como con Shannon. La dulzura de su boca, la inocencia que desprendía y la timidez de sus caricias le llenaban de una necesidad imperante por entrar en ella y poseerla. Se encontraba preso de una pasión tan devoradora que solo era consciente del cuerpo suave y delicado de Shannon. Bajó las manos hasta los pantalones de ella y comenzó a tirar para quitárselos, mientras, luchaba por quitarse los suyos.

Una vez que ambos estuvieron desnudos, se deleitó observando el cuerpo cincelado de Shannon, que exhibía unas curvas deliciosas. Había estado con muchas mujeres en la cama, pero nunca había sentido la necesidad de admirarlo como lo estaba haciendo con ella. Como si de un escultor se tratase, recorrió la estrecha cintura para luego explorar las caderas y posar los dedos en los muslos. Los masajeó embrujado por la suavidad que halló en ellos y se deleitó al ver que Shannon tenía la boca entreabierta y jadeaba de placer.

Shannon nunca había contemplado a un hombre tan excitado y, algo perpleja, observó, entre fascinada y muerta de miedo, el bulto rígido que se mostraba audaz y enhiesto del capitán. Al notar que las manos nervudas ascendían hacia sus rizos entre las piernas, sintió que las mejillas se coloreaban. Ya había perdido la compostura hacía rato, pero aquello le incomodaba.

—¡Parad, Royce! —se revolvió, apartándole la muñeca.

—No temas, amor. ¿Te he hecho daño hasta ahora? —Shannon negó con la cabeza—. Entonces, deja que te muestre los placeres de la cama.

—Estáis hecho un truhan. No sois para nada un caballero.

—¿Acaso esperabais encontrar uno en un barco lleno de piratas, querida? —Royce rio suavemente al ver que se quedaba callada—. Solo soy un hombre, amor. Uno tierno, atento y bien dispuesto que te desea con locura. Conmigo no te faltará nada —contestó burlón.

Ella hizo intención de quejarse, pero Royce le atrapó los labios con su boca e introdujo disimuladamente un muslo entre sus piernas para abrirse camino a su centro mientras la cubría de intensas caricias. Cuando los dedos expertos de Royce lisonjearon con mimo sus rizos dorados, su cabeza giró en un torbellino embriagador de sensaciones. Poco a poco, se fue acercando a aquel trozo de carne sensible y, olvidándose de sus temores, centró toda la atención en las atareadas manos de Royce. Contuvo el aire cuando alcanzó el clítoris y lo frotó con movimientos suaves, haciéndole experimentar una oleada de placer intenso.

Royce no podía más. Necesitaba entrar en ella con urgencia. Como su centro estaba ya húmedo y preparado para recibirlo, se colocó encima de ella e introdujo su miembro con movimientos lentos. Shannon se agarró a él con fuerza, hundiendo los dedos en sus hombros cuando alcanzó su barrera y contrajo la cara de dolor, pero pronto pudo moverse con libertad y acrecentar el ritmo, hasta que la pasión explotó en ambos y los llevó a sentir una salvaje sacudida de intenso placer entre fuertes jadeos de gozo.

Cuando Royce se apartó a un lado, observó fascinado la resplandeciente cara de Shannon. La besó con ternura al ver que sonreía y deslizó un dedo por el contorno de su barbilla.

—Querida, nunca nadie me había dado tanto —se le escapó en un momento de debilidad, profundamente conmovido—. Será mejor que te vistas. Tengo que marcharme para atender a mi tía.

Sin importarle su desnudez, cogió todas las prendas del suelo y le tendió a ella las suyas. Una vez que estuvieron vestidos, Royce le pidió que preparase la mesa y la cena, y salió del camarote para reunirse en cubierta con *lady* Leonore y su doncella. Ambas parecían muy concentradas en las explicaciones que Brenton les daba sobre las tormentas en el mar.

—Parece que la regañina a ese muchacho te ha llevado más tiempo de lo normal —señaló su tía, colgándose de su brazo—. Me da pena, espero que no hayas sido muy duro con él.

Le dio varias palmaditas de afecto en el brazo y le sonrió con cariño. Su tía sentía debilidad por los más desvalidos. Se la conocía por incorporar en la plantilla de criados a muchachos y jóvenes que encontraba en condiciones precarias.

—*Lady* Leonore, el capitán debe ser estricto con él. No se puede permitir esa falta de inconmensurable respeto. ¡Adónde íbamos a parar! —se quejó Susan.

—El joven Sam es cosa mía. Yo soy quien decide lo que le acontece o no. No tengo por qué dar explicaciones y ruego, señoras, que tampoco me las exijan —contestó tajante y, quizá, con algo de rudeza, lo que sorprendió a Susan.

No pensaba tolerar que aquella doncella se propasase con Shannon. Ya llegaría el momento de comunicarle que se convertiría en su esposa y que si la ofendía a ella, le estaba insultando a él.

Mientras tanto, tendrían que disimular que eran capitán y grumete. Algo que se le iba a hacer demasiado difícil y, mucho más, tras haber probado la miel de Shannon. Su cuerpo le pedía estar con ella. Y, por desgracia, no podría hacerlo hasta la noche.

Susan parecía más retraída después de la contestación que le había dado. No entendía que su tía le diera tanto poder, hasta el punto de igualarla a ella. Decidió prescindir por un rato de la compañía de la doncella y de Brenton para aprovechar a charlar con *lady* Leonore.

—Me gustaría estar un rato disfrutando de la inigualable compañía de mi tía. Espero que no les importe. Hace mucho que no hablamos.

Susan se excusó con un leve inclinamiento de cabeza y Brenton aprovechó para charlar con sus hombres.

Dieron paseos cortos por la borda mientras Royce cavilaba sobre cómo abordar el asunto de Susan sin resultar demasiado lacerante.

—Tía, ¿por qué dejas que tu doncella te mande callar? —se animó a comentarle—. Desde que habéis subido al barco, más bien parece ella la dama y vos la doncella.

—Susan es buena chica. Ha sufrido mucho. Fue repudiada por su propio padre. Para que lo entiendas mejor: es hija ilegítima de un hombre muy influyente, como tú. En lugar de proveerle un lugar mejor, la tenía en la indigencia y yo no podía permitirlo. Tú mejor que nadie sabes lo que es eso. Dale una oportunidad.

—Pues parece que repudiase a los de su misma condición. Es demasiado arrogante.

—Quizá la he criado más como a una hija que como a alguien de mi servicio personal. Nunca entendí que su padre se deshiciera de esa forma tan cruel de alguien de su propia sangre. ¿Ofendió a ese chico?

—No voy a excusar a Sam, porque él me confirmó que se defendió de sus ataques. Pero no me gusta la actitud de Susan.

—Hablaré con ella, descuida. Aun así, sigo pensando que si le dieras una oportunidad, Susan podría convertirse en una buena esposa para ti. Los dos habéis sufrido mucho. Os merecéis ser felices.

Royce prefirió ignorar ese comentario para no herir a su tía y alargar un tema que no pensaba tratar con ella por el momento.

Shannon había preparado la mesa tal y como Royce le había pedido. Se había esmerado hasta en colocar las servilletas con formas. Después, avisó al cocinero de la hora a la que debía tener la cena lista y regresó hacia su camarote.

Pero de camino a él se cruzó con Susan. Parecía que la estaba esperando.

—Veo que te has salido con la tuya, gusano. —Le dio un empujón que obligó a Shannon a trastabillar hacia detrás—. Algún día estarás bajo mi mando y vas a recibir tu merecido. Ya lo creo que sí.

Dicho esto, curvó los labios con una sonrisa malvada y se introdujo dentro del camarote del capitán. Por un rato, aún desconcertada sin comprender el significado real de sus palabras, se metió en el camarote hasta que Royce le avisara de su intención para cenar.

Aún olía a sexo. Sus mejillas se sonrojaron y se pusieron del color de la grana. ¿Cómo era posible que hubiese disfrutado tanto de aquellas caricias? Siempre se había preguntado por qué las mujeres con las que se acostaba el capitán querían repetir de aquel manoseo mundano, pero, tras haber probado aquella fruta prohibida, ahora anhelaba ese roce físico tan vergonzoso.

Sin embargo, no pensaba rogarle por otra noche de placer. Dejaría que fuese él quien tomase siempre la iniciativa. No era propio de una dama desear aquel contacto tan íntimo.

Se acarició los labios y sonrió al recordar con todo detalle el cosquilleo que le supuso la barba de Royce al rozarlos con cada beso y a los que se consagró con bastante dedicación.

Oyó que Royce regresaba con su tía y su cuerpo se puso en alerta. Sin embargo, cuando entró en el camarote iba con el ceño fruncido.

—Sam —le llamó—. ¿No quedamos en que no debías ser descortés con Susan?

—No entiendo por qué dice eso.

—No le has puesto todos los cubiertos y le has desdoblado la servilleta.

—¡Eso no es verdad! —se defendió—. Yo no me olvidé de nada, lo juro. Ha sido ella.

—Dice que habéis vuelto a discutir.

—Royce, es una mentirosa. Ha sido ella quien ha venido a amenazarme con algo que no he comprendido.

Tenía los ojos brillantes, pues las lágrimas se le agolpaban en el rabillo del ojo de la impotencia de verse atacada tan injustamente.

—Está bien. Como no coinciden las versiones, dejaré que sea Susan la que se encargue a partir de ahora de colocar la mesa. No es que se te haya dado muy bien.

—¡Me esmeré mucho en doblar las servilletas con formas! ¿Cómo se atreve a dudar de mi palabra? —contestó furiosa.

Royce trató de calmarla, pero Shannon lo rechazó con rabia.

—¡Fuera! No me toque —pidió.

Tras abandonar Royce el camarote, a Shannon le rechinaron los dientes de la rabia. Aquello no iba a quedar así.

De modo que, cuando Royce le avisó de que podía traer la cena, se fue a por ella con una sonrisa maliciosa. Como habían pedido que los platos fueran servidos en diferentes bandejas, una para cada comensal, al entregárselas a Susan, esta aprovechó para dedicarle una sonrisa triunfal, algo que Shannon esperaba que se le atragantase después. Había vertido un poco de un líquido viscoso y de mal olor sacado de la planta de ricino entre su comida y que le provocaría diarrea a Susan.

El cocinero mantenía el ricino lejos de los alimentos, pero Shannon sabía dónde lo guardaba. Lo devolvió a su lugar y picoteó un poco de las sobras.

Si creía que Susan podía amenazarla sin consecuencias es que no la conocía.

Al rato, la oyó salir y correr por el pasillo en dirección a las letrinas. El ruido de enaguas se escuchaba cada dos por tres, lo que divirtió a Shannon, que se dedicó a contar las veces que salía. El apuro que debía sufrir debía ser bochornoso para alguien que le gustaba tener todo controlado.

De esa forma, se iba a perder la conversación y no podría avasallar a Royce con sus atenciones.

En una de las salidas, le oyó murmurar muy cerca de su puerta «me las pagarás», algo que Shannon decidió ignorar. Parecía que aquella mujer no se daba por vencida.

Royce, viendo la indisposición y la mala cara que portaba Susan, abandonó el camarote principal mucho antes que cualquier otra noche y así dejar descansar a Susan.

—Le agradezco mucho semejante cortesía de su parte —le escuchó decir con la voz débil.

A Shannon se le revolvió el estómago ante su falsedad. Era puro teatro. Delante de Royce se comportaba muy sumisa y, detrás, era toda una arpía.

Según entró Royce en el camarote y advirtió que llevaba el ceño fruncido, Shannon supo que se había pasado.

—Sam —cuando la llamaba así era porque se avecinaba una regañina—, no me mientas. ¿Qué le has echado en la comida a Susan?

Pero Shannon optó por hacerse la inocente.

—¿Yo? No sé de qué me habla, capitán. ¿Qué le ha pasado?

—Sabes muy bien que está indispuesta. Pero, en vista de que no quieres hablar —dijo, acercándose a ella como un felino—, tendré que obligarte con otros métodos más persuasivos.

Shannon se quedó quieta, observando todos los movimientos que realizaba. Al ver la sonrisa ladina que esbozaba, notó que el calor le recorría el cuerpo de forma embriagadora.

—¿No-no estará pensando otra vez en eso? —tartamudeó acalorada.

Royce dio pasos elásticos y comenzó a desvestirse lentamente.

—Querida, agradece siempre que quiera volver a probar tus encantos. Significa que no me sacio nunca de ti.

—Pero, no es posible que tenga ganas otra vez —gimió Shannon.

Cuando Royce se subió encima de la hamaca y comenzó a tirar de su ropa, ronroneando como un gato muy cerca de su cuello, Shannon sintió que sucumbía rápidamente.

—Soy demasiado joven como para cansarme, querida. La culpa la tienes tú que me vuelves loco de deseo.

Le cogió la mano y se la llevó al bulto que tenía entre sus piernas. Shannon ahogó un jadeo por la sorpresa. Aquel hombre era todo un semental. Sin embargo, le alegró descubrir que la deseaba. Esta vez, le hizo el amor dominado por movimientos más pasionales y rudos, llevándole a descubrir nuevas posturas en las que hallar placer.

Agotada, Shannon se acurrucó entre sus brazos y pensó que casarse con él no iba a estar tan mal si le hacía gozar de aquella forma tan indecente. Royce los tapó con una manta y se quedaron dormidos abrazados.

Capítulo XIII

Desde el incidente con el ricino, Susan andaba demasiado tranquila, algo que hacía recelar a Shannon, pues alguien tan taimado como ella estaría tramando su venganza. Aun así, optó por ser cautelosa, procurando salir del camarote en riguroso silencio para que no pudiera interceptarla. Y su plan debía estar dando resultados, porque cada vez que llevaba la comida al camarote principal, notaba que vertía miradas de puro odio en su dirección.

Todo eso sumado al hecho de que Royce también parecía evitar sus constantes intentos de seducción, para alegría de Shannon, hacían que la doncella no estuviese de muy buen humor. De hecho, no sabía si comentárselo a Royce, pero había escuchado discutir a las dos mujeres a través del agujero que comunicaba ambos camarotes.

Por suerte para todos, el viaje llegaba a su fin. Shannon subió a cubierta y un calor pegajoso y húmedo empapó su camisa. A lo lejos, se distinguían los primeros edificios que despuntaban de Virginia. Estaba impaciente por atracar, llevaban varios días avistando tierra, pero su destino aún no estaba cerca.

Regresó al camarote y comenzó a empacar las cosas de Royce, cuando Susan la interrumpió.

—Supongo que nos despedimos aquí —comentó con una sonrisa cínica.

Shannon no estaba para perder el tiempo. Se limitó a encogerse de hombros y continuar con lo que estaba haciendo, ignorándola.

—No creas que vas a escaparte, renacuajo. Estaba aguardando una ocasión como esta.

Shannon levantó la vista hacia ella y la observó con cautela, llevándose la mano con disimulo a la daga que escondía bajo sus ropas.

—¿Qué quiere *decí*? —Shannon debía seguir con la farsa de aparentar que era un chico de clase baja.

—Muy pronto seré algo más para Royce y tú, sabandija, vas a recibir cien azotes en cuanto que caigas en mis manos. Ahora, ve con el cuento al capitán si te atreves.

La obsesión de Susan con Royce comenzaba a ser preocupante. Shannon prefirió guardarse lo que pensaba de ella y terminar con los baúles. Se sintió más tranquila cuando Susan se marchó y la dejó en paz.

Como Royce bajó a buscar a las dos mujeres, tuvo que esperar para recibir instrucciones. Cuando entró al camarote, esbozó una sonrisa de dientes perfectos y una mirada pícara en el rostro.

—Bueno, tú y yo iremos a caballo. Primero vamos a parar en una iglesia para sellar nuestros votos.

A Shannon le costó reaccionar hasta que comprendió el significado de sus palabras.

—¡¿No estará pensando que me case de esta guisa?! —exclamó horrorizada.

—No te preocupes por eso. He guardado tu vestido en esta bolsa. Podrás cambiarte antes de entrar en la capilla. ¿Preparada para convertirte en la señora de Devereux?

—¿Devereux? ¿Estáis emparentados con la familia del vizconde de Hereford?

—Mi querida *lady* Berkeley, más que eso, en realidad, soy el actual vizconde de Hereford. —Hizo una reverencia burlesca y observó cómo se tomaba la noticia.

—Pero si sois un noble… ¿Por qué arriesgar vuestra vida convertido en un corsario? —se asombró Shannon.

—¡Ah, ah! El título lo heredé mucho después de convertirme en corsario. No fue por elección. Ser aristócrata no entraba dentro de mis aspiraciones, pero la muerte trágica de mi padre y de mi hermano menor me obligó a hacerme cargo de mis obligaciones. Por eso estaba en Londres aquel día en el que te convertiste en mi grumete.

—Pero si sois el mayor, ¿cómo es posible que no fuerais a heredar el título?

—Soy bastardo. No me correspondía a mí.

Royce había contraído la mandíbula en ese punto. Shannon sentía mucha curiosidad por conocer mejor al que se convertiría en su esposo. Tenía la sensación de que se avergonzaba de sus orígenes y de la forma en la que había obtenido el título.

—¿Puedo preguntaros por qué haceros llamar Black?

—Es una vieja historia, digamos que es un apodo cariñoso de los españoles. Aunque, tras recibir mi título nobiliario, me vino bien para que nadie pudiese relacionarme con el corsario más temido de todo el océano Atlántico —se vanaglorió—. Pero no hablemos más de mí, amor mío. Se nos hace tarde.

—*Lady* Leonore y su doncella ¿van a ser testigos de nuestro enlace? —Shannon rezaba para que su respuesta fuese negativa.

—No tienen ni idea de nuestro pequeño convenio. Las he mandado en un carruaje a mi hacienda mientras nosotros contraemos matrimonio. ¿No creerías que me había olvidado de nuestro pacto? Luego, ya veré cómo haré para comunicárselo. ¿Nos vamos?

—¿Y qué pasa con Tom?

—No te preocupes por él. Muy pronto lo verás.

Los marineros andaban descargando, subiendo y bajando mercancías por la baranda. Shannon siguió a Royce fuera del barco como si fuera directa al matadero, pues las dudas le corroían por dentro más que nunca. ¿Y si Royce se cansaba de ella pasado un tiempo? ¿Y si todo ese deseo que decía sentir en ese momento era pura actuación para embaucarla, conseguir descendencia y después olvidarla como le había oído decir a su contramaestre? Siendo vizconde, ya no necesitaba de un título. Y eso era lo que más desconcertada le tenía. ¿Por qué entonces hacerla su esposa? ¿Para acrecentar su poder? Aunque ella ignoraba la dote que le correspondía. Era en lo último que pensó cuando decidió embarcarse en aquella aventura, así que no podía ser por sus riquezas. Ni siquiera le había preguntado por ellas.

En cualquier caso, ya era demasiado tarde para negarse. Al menos, estaba comportándose como un caballero al cumplir con su palabra, puesto que ya se había entregado a él y había sido deshonrada.

Royce acarició al rocín pardo y con las crines rojizas ensillado, que los aguardaba junto a un mozo y acomodó la bolsa con su vestido en la grupa. Le pagó una considerable propina al joven y los subió a ambos.

Azuzó las riendas y pronto se encontraron cabalgando lejos del trasiego portuario para internarse por un camino rodeado de pinos y robles hasta una iglesia de madera ubicada en una zona relativamente apartada del centro y rodeada de naturaleza agreste, lo que les procuraba cierta intimidad. Royce entró a hablar con el religioso y le hizo una señal para que pasara. Ataviada como iba, igual que un muchacho, Shannon sintió vergüenza por vestir con ropa tan humilde. Sin embargo, ninguno le hizo sentir mal. Al contrario, la mujer del cura la hizo entrar a una habitación y le ayudó a vestirse. Por sus comentarios, trataba de averiguar los motivos que los había llevado a escapar en secreto para casarse mientras la felicitaba por el disfraz de chico que había usado. Pensaba que lo hacían en contra de la voluntad de ambas familias, puesto que ya habían desposado a varias parejas de la misma forma, algo que no se alejaba del todo de la realidad. Aun así, Shannon prefirió no sacarla de su error, optando por permanecer callada entre sonrisas amables. Como parecía muy nerviosa, la buena mujer le ofreció algo de vino, que se tragó de un sorbo, le calentó la garganta y consiguió relajarla.

—¡Qué buen mozo es su futuro marido! —observó la mujer admirada cuando se reunieron con Royce.

Parecía que no estaban acostumbrados a que personas de su alcurnia pasaran por aquellos parajes. Los elegantes trajes que ambos llevaban dejaban clara su procedencia de alta cuna.

No podía negar que la planta de Royce era increíble. Se había peinado una coleta a la nuca que dejaba al descubierto el atractivo y varonil rostro recién afeitado. Encima de la camisa de chorreras de encaje llevaba puesto un chaleco de seda y, sobre ambas prendas, lucía una chaqueta de terciopelo con adornos ornamentados con hebras de oro en los puños y en la parte delantera. Por debajo de los calzones oscuros llevaba unas medias y para completar el conjunto, unos zapatos de cuero marrón con filigranas de oro.

Royce le echó una mirada apreciativa que no ocultó el deseo en aquellos ojos verdes aceituna y que le sacó un sonrojo.

El padre los hizo situarse en la capilla y comenzó el ritual rápido y sin grandes pretensiones, siendo los testigos de la boda el hijo y la mujer del sacerdote. Shannon firmó los papeles sumida en una nube, sin ser consciente del todo de que se habían convertido en marido y mujer.

A la vuelta, sustituyeron el caballo por un carruaje. De modo que Shannon no tuvo que volver a cambiarse y usar ropas masculinas.

Aunque Royce cerró las cortinillas para procurarles intimidad, se sentó frente a ella. En un principio, Shannon frunció el ceño molesta, creyendo que se debía a que era un matrimonio por conveniencia y, por eso, él comenzaba a mantener las distancias. Las lágrimas se agolparon en sus ojos y, con el labio tembloroso, se obligó a desviar la mirada del que ahora era su marido. Empero, al rato, notó que Royce le levantaba un poco la falda del vestido y las enaguas, y se deshacía de los zapatos de tacón para quitarle las medias. Shannon abrió los ojos desconcertada.

—¿No creerías que no iba a celebrar nuestra unión, verdad? —le preguntó el muy bribón.

—¿No pensaréis hacerme aquí el amor? —se escandalizó.

—Vamos, amor mío, ¿tan difícil es para ti fingir que somos una pareja de enamorados que busca un momento para demostrarse lo mucho que se quieren?

Royce se desabrochó los pantalones y tiró de ella para sentar sus nalgas desnudas encima de las piernas masculinas.

—¿Es que no podéis esperar a llegar al cobijo de un aposento como Dios manda? —se quejó Shannon medio complacida por ese arrebato tan ardiente de su esposo.

—No puedo, amor —le susurró al oído—. Eres una provocación continua para mí.

Royce posó los labios en la curvatura donde nacía su garganta y comenzó a dejar un rastro húmedo y cálido por donde pasaba, mientras, intentaba desabrocharle el vestido y quitarle la camisola que llevaba debajo. Un calor abrasador le incendió el cuerpo. Pronto lo sintió moverse dentro de ella, mientras que la boca de Royce apresaba la areola sonrosada que sobresalía en punta, libre de ropa. El rugido de placer de él se unió al suyo y consumaron el acto entre fuertes embestidas.

—Rápido, querida, vístete. Creo que ya estamos llegando.

La ayudó a cubrirse decentemente y cuando bajaron, nadie diría que minutos antes habían sucumbido a la pasión.

El regio edificio de piedra blanca, rodeado de palmeras y árboles, no era muy grande, aun así, disponía de una arcada bajo un enorme portón en el que una mujer mulata esperaba para recibirles. A su lado, se encontraba Tom, esperándoles sonriente. Se volvió hacia Royce desconcertada y este le guiñó un ojo con complicidad.

—Quiero que dispongas de la mejor protección posible —explicó—. Este no es el edificio principal. Es la casa para los invitados. Quiero preparar el terreno con mi tía.

—Eso quiere decir que ¿no dormirás aquí? —preguntó Shannon con la voz triste.

—Será por poco tiempo, querida. Quiero prepararte un recibimiento como te mereces. Pero, hasta entonces, vendré a visitarte a menudo. Tafari se encargará de ti. Será tu doncella personal. Pídele todo lo que necesites.

Como Royce no podía demorarse más y enseñarle la casa, delegó en Tom esa responsabilidad, algo que entristeció aún más a Shannon, que lo despidió con la mano y bastante afectada. Era el día de su boda, ¿qué clase de recién casados eran que no pasarían su primera noche juntos?

—Señora, ¿quiere tomar algo o prefiere que le prepare un baño para descansar del trayecto? —le preguntó Tafari.

—Un baño, por favor —pidió.

—¿Qué tal fue el viaje? —le preguntó Tom.

Había olvidado que Royce le había proporcionado la libertad.

—Todo bien, gracias. ¿Cómo es que os ha dejado libre, Tom?

—Me habló de sus intenciones para casarse con vos. Tras confesarme que pertenecía a la nobleza, pensé que nadie mejor que él para protegeros. A su lado podréis empezar una nueva vida...

Pero Shannon le interrumpió:

—Aguardad, ¿habéis dicho en serio lo de protegerme? ¿Es que alguna vez estuve en peligro?

—Señora, siga mi consejo: es mejor así. Aquí tiene una oportunidad que no tenía en Londres.

Arrugando el ceño, Shannon meditó sus palabras.

—Tom, ¿qué sabes sobre mí?

—Lo que yo sepa, no tiene importancia ya. Ahora tiene un buen marido.

Su contestación enojó a Shannon, pero no pudieron seguir la conversación, ya que se vio interrumpida con la oportuna aparición de Tafari para avisarle de que su baño ya estaba listo. De momento, lo dejaría estar, pero no por mucho tiempo. Le acababa de confirmar que algo había sucedido en Londres. Y si tenía algo que ver con ella, era su deber ponerla en antecedentes.

Como aún desconocía dónde se ubicaba su alcoba tuvo que seguir a la doncella y dejarse guiar hasta el piso superior. Ascendieron por unas majestuosas escaleras de mármol blanco que derivaban en una terraza muy amplia decorada con mobiliario de bambú. Shannon se quedó maravillada y le pidió a Tafari detenerse un momento. Se asomó a la barandilla y observó la abundante vegetación que rodeaba la casa. Era un vergel muy exótico que le fascinó. Cerró los ojos y aspiró. La fragancia que desprendían los árboles mezclada con otro tipo de flores silvestres de diferentes aromas creaba un ambiente de paz y tranquilidad que le agradó.

—Aquí puede desayunar la señora si lo desea, pero espere a ver su alcoba —le dijo Tafari con una sonrisa enigmática.

Empujó la puerta de doble hoja repujada y se encontró con una cama de matrimonio con dosel en el centro. Las sábanas eran de seda rosa palo. Shannon pasó la mano por encima y las notó muy suaves al tacto. Los demás muebles eran de caoba y de estilo colonial. Sencillos, pero con mucho encanto. Pero lo que más le gustó fue el enorme ventanal que daba a una preciosa terraza. Desde ahí podía ver una hermosa fuente en la que no había reparado al llegar. El sonido de la cascada le resultó muy agradable.

—No olvide echar por las noches el dosel. Está lleno de insectos —le advirtió Tafari.

Shannon agradeció los consejos de su doncella. Le cayó muy bien. Los ojos avellana de la muchacha tenían una mirada amable y franca.

La tina de agua se encontraba en una habitación aparte que se comunicaba con un vestidor lleno de prendas.

—El señor las trajo para usted —le explicó.

Había una coqueta con cepillos de plata, polvos y demás enseres que usaban las mujeres para acicalarse. Royce no había reparado en gastos para proveerla de todo lo necesario, lo que le recordó que le había dejado sola y le entristeció.

Tafari la ayudó a desvestirse y Shannon se metió de inmediato en el agua con sales perfumadas. El embriagador calor del agua le desentumeció los músculos. No había notado el cansancio hasta ese momento. Se permitió cerrar los ojos por un segundo y dejó que la calma del entorno ejerciera su influjo sobre ella.

Pronto notó el agua helada y dejó que su doncella le aclarase el pelo. Cuando salió de la tina se cubrió con una toalla y, acostumbrada a vestirse por ella misma, cuando Tafari le tendió un camisón ricamente bordado, la despachó enseguida. Estaba muy cansada, así que Tafari se aseguró de servirle la cena para que el señor no le regañase por no alimentarla bien. Shannon prometió comerse todo lo que le ponían. Ya al día siguiente recorrería la casa. Ese día no estaba de humor y, aún menos, sabiendo que Susan se encontraba cerca de Royce. Estaba segura de que no perdería el tiempo y trataría de seducirlo. Esperaba que su marido no cayera tan pronto en los brazos de otra. Sabía que su matrimonio no era por amor, pero le destrozaría el alma con seguridad. Nunca se había sentido tan vulnerable como en esos momentos y dicho sentimiento no le gustaba. Al marcharse Royce era como si le faltase una parte invisible del cuerpo que no alcanzaba a entender.

Royce llegó a la hacienda casi al anochecer. Se había demorado al inspeccionar sus tierras y charlar con Lou, el hombre que dirigía la plantación de tabaco con mano de hierro en su ausencia. Si todo iba bien, cosecharían bastante mercancía para hacer un buen negocio.

Iba muy cansado. Dejó el sombrero en un perchero y su mayordomo le informó que su tía seguía levantada. La encontró en el salón acompañada de Susan. Las dos mujeres se levantaron al verlo entrar.

—Me tenías muy preocupada. Creí que te había pasado algo —le regañó su tía.

—Tengo negocios que atender, mi querida tía. Di instrucciones para que os acomodaseis.

—Sí, pero yo no me quedaba tranquila hasta que no te viese llegar. Venga, Susan, vámonos.

A pesar de la reticencia de Susan, agradeció que lo dejaran un rato solo. Se puso una copa de vino y se sentó un rato a descansar. Echaba de menos a Shannon.

Su pequeño Sam.

Dio un sorbo y sonrió con amargura. No le agradaba estar separado de ella, pero antes de presentarla en sociedad, quería que fuese seguro para ella. Si *sir* William estaba por la zona, seguro que le llegarían rumores de que ella se encontraba en América. Primero quería investigar al marqués. Tom le había confiado varios secretos que no le habían gustado.

Por fin, se animó a retirarse, dejando sin apurar su copa. La dejó en una bandeja, ya que no quería molestar a esas horas a Geoffrey, su mayordomo, y subió las escaleras. Casualmente, tropezó con Susan vestida con tan solo un camisón y cuyas transparencias no dejaban nada a la imaginación. Sin embargo, tras la sorpresa inicial, Royce optó por mirarla directamente a los ojos.

—Creo que aún no me conozco esta casa. Es tan grande… —se disculpó azorada por haber sido descubierta en aquellas tesituras. Sin embargo, Royce no pareció impresionado.

—¿Necesita algo mi tía? —se preocupó.

—¡Oh, no! Ya se retiró a dormir. Estaba muy cansada del viaje. Debió acostarse antes, pero se empeñó en esperarlo a pesar de que me ofrecí a aguardarlo en su lugar. Su tía es muy testaruda y no quiso. ¿Usted necesita algo? —se ofreció.

—No, muchas gracias, Susan. ¡Qué descanses! Buenas noches. —Se giró, dándole la espalda y accionó el picaporte de su puerta.

—Capitán Black —le llamó Susan.

—¿Sí?, Susan.

—Espero que no le importe que su tía me haya instalado en una de las habitaciones para invitados. A veces, se levanta en medio de la noche y pide agua. Tengo que estar cerca de ella.

—Por mí no hay ningún problema.

Inclinó levemente la cabeza en una pequeña reverencia y se introdujo en su cuarto sin dirigirle una última mirada, lo que hirió la vanidad de Susan, ya que se había esmerado en que la descubriera en ropa de noche para tentarlo. Contrariada por su falta de interés, se metió en sus dependencias con la boca torcida. Ahora que se había desembarazado de aquel molesto muchacho que tanta atención le demandaba en el barco, él se le resistía de manera incomprensible. A pesar de su procedencia, se le había presentado una oportunidad que no pensaba desaprovechar y que obtendría a cualquier precio, aunque para ello tuviese que forzar a Royce a contraer matrimonio. Por sus venas no correría sangre azul, pero no pensaba soportar por más tiempo como su doncella a aquella vieja. Estaba harta de pertenecer a la servidumbre cuando podía estar al lado de un hombre como Royce. Cuando fuese una señora, pondría un poco de orden entre aquellos que ahora la trataban con desprecio. Entrecerró los ojos con rabia sin dejar de maquinar.

Capítulo XIV

Royce se levantó pronto en la mañana y fue a investigar qué era de William. Su plantación quedaba lejos de la suya, pero si quería organizar una fiesta e invitar a personas ilustres, no podría eludir el invitarlo. Cogió su rocín negro de las caballerizas y cabalgó por un camino de tierra que le llevaba hasta la casa de su buen amigo, el coronel Madison. Un hombre que tenía especial relevancia en las colonias, puesto que mantenía el orden con mano férrea por mandato del rey.

Las herraduras de su montura resonaron por el polvoriento camino limitado por nogales, abedules y pinos. El edificio del coronel era una bonita edificación de ladrillo rojo, algo austero y rodeado de una valla de madera para delimitar sus territorios con el de sus vecinos. Desmontó de su caballo en la entrada principal y le dio las riendas al mozo mientras el mayordomo le conducía al salón de fumar.

La sobria estancia tenía una chimenea en el centro. Dos butacones de cuero presidían cerca de las ventanas mientras una alfombra decoraba el suelo. Los cuadros que adornaban las paredes representaban campañas militares. En un costado, había un mueble bar de caoba.

—Royce —le saludó Henry cuando entró.

Ambos hombres se palmearon en la espalda mientras se estrechaban la mano en un pulso. El coronel Madison era un hombre muy atractivo que se conservaba muy bien. Le sacaba unos cuantos años a Royce, pero la mirada burlesca que desprendían esos ojos dorados, un pícaro hoyuelo en la barbilla que volvía locas a las mujeres y el pelo rubio ondulado cautivaba allí por donde pasaba. Su gran altura, similar a la de Royce, y la anchura de su espalda eran tan llamativas que las mujeres no podían evitar admirarlo. Sin embargo, y de momento, seguía soltero. Solo era fiel a su caballo, con el que salía prácticamente todos los días.

—Estás más atlético —se sorprendió Henry, pues era costumbre entre ellos medir sus fuerzas.

—La vida del barco es muy dura, amigo mío. ¿Qué tal todo por aquí? —habló Royce.

—Bueno, unos contrabandistas me traen en jaque, por lo demás bien. ¿Qué tal van tus negocios? ¿Sigues empeñado en no regresar a Londres?

—Todo marcha como debe. Estuve allí hace ya un par de años, no creas.

—Pero sigues negándote a ocupar tu vizcondado.

Royce no lo negó. Aquella mansión londinense le traía recuerdos demasiados amargos que prefería olvidar.

—Escuché que asaltaste un barco español —terció Henry al notar su mirada sombría. Le ofreció una copa de brandy y se sirvió otra para él—. Quiero que me lo cuentes con todo lujo de detalles.

—Bueno, fue una suerte. No esperaba encontrármelo. Un trofeo demasiado atractivo como para rechazarlo.

Henry bufó cuando le contó que había invitado a comer a su mesa al enemigo. Se lo recriminó con dureza, pues creía que volverían a por su cabeza.

—No pensaba matarlos, Henry. No había necesidad —respondió tranquilo a las críticas de su amigo.

—¿Ahora te has vuelto un sentimental? —se burló su amigo.

Royce se encogió de hombros con una sonrisa pícara en el rostro.

—Quizá es que no te he contado todo. De hecho, quería preguntarte qué sabías de William Berkeley.

—¡Umm! ¿Por qué te interesa ese hombre? ¿Ya te has enterado?

Un desorientado Royce arrugó la frente y frunció el ceño.

—¿Qué me he perdido?

—Se ha casado con *lady* Amber —le soltó sin dejar de observarlo.

Henry era conocedor de su aciago pasado. Fue él quien le encomendó al parlamento para poder asaltar barcos de manera oficial y granjearse los favores de Inglaterra.

—¡Menuda sorpresa! Supongo que ser la marquesa de Berkeley le habrá llenado de felicidad. Ella solo buscaba un título y riquezas. Puesto que nuestro querido marqués es un hombre maduro, no creo que la balanza del amor sea lo que se haya inclinado para aceptarlo como esposo —comentó con amargura.

—Riquezas que ella se encarga de despilfarrar. No creas que es todo oro lo que reluce en esa relación. A este paso, pronto tendrán que regresar a Londres y hacer uso de su título para que les financien —aclaró Henry.

—De eso quería hablarte. Conocí a una mujer que dice pertenecer a la familia. ¿Crees que si organizo una fiesta en su honor para presentarla en sociedad puedo tener problemas con él?

—Si me estás preguntando que si puedes evitar el tener que invitarlo, puedo averiguar si tiene pensado salir de Virginia para que aproveches esa ocasión.

—Te lo agradecería muchísimo, amigo mío.

—¿Puedo saber qué relación te une a ella?

—Es mi esposa.

Henry casi se atragantó con la bebida. Arqueó las cejas sorprendido por la noticia y después soltó una carcajada.

—Eso sí que no me lo esperaba viniendo de ti. ¡Enhorabuena!

Brindaron por su futuro como recién casado y Henry le sirvió otra copa.

—¿Y dónde la has conocido? —se interesó Henry.

Para no comprometer a Shannon, obvió su pasado como grumete y le contó que había escapado de su casa y le había pedido ayuda.

—Así que te convertiste en algo así como su protector —dedujo Henry.

—Sí.

—Pero te enamoraste por lo que veo.

—No niego que me guste. Es muy bonita —alabó.

—Deseando conocer a la mujer que te ha robado el corazón —dijo Henry, alzando la copa en su honor.

Brindaron de nuevo y Royce degustó el líquido ámbar mientras una arruga de auténtica preocupación cruzaba su rostro.

—Henry, te pido que me averigües todo lo que puedas de ese hombre. No quiero comprometer la seguridad de mi esposa.

—Dalo por hecho. Seré una tumba mientras tanto.

Ambos hombres se despidieron y Royce regresó a la hacienda. Tenía mucho que hacer.

Por desgracia, su intención de visitar lo antes posible a su esposa se había visto truncada debido a que ciertos asuntos requerían de su atención con urgencia, como el de un pozo averiado que estaba despilfarrando el agua, varios hombres indispuestos, una amenaza de plaga o una vaca extraviada. El poco tiempo libre del que disponía se lo absorbía su tía, empeñada en conocer la zona e ir de compras. Parecían haberse confabulado para mantenerlo lejos de la casa.

Con suma paciencia, entró en el amplio vestíbulo y esperó a que las mujeres bajasen. Su tía descendía impresionante con un vestido oscuro muy elegante seguida de Susan, que iba detrás con la cabeza bien alta. Más bien parecía otra dama que la doncella. Le ofreció el brazo a la mujer mayor e inclinó la cabeza para hablar con ella.

—¿Qué tienes pensado para hoy, tía? —se interesó, para saber si ya no le obligaría a acompañarlo más.

—Dijiste que quieres organizar una fiesta. Yo necesito comprarme varios vestidos para la ocasión y adquirir adornos para recibir a los invitados.

Royce mandó preparar un carruaje y cuando escuchó el trote de los caballos de tiro, condujo a las damas fuera. Abrió la puerta y ayudó a subir primero a su tía y, después, a Susan, situándose él enfrente de las mujeres. Su primera parada fue a la modista. La visita iba para largo. Mientras le enseñaban las telas que se llevaban y los adornos, Royce esperaba en la sala de visitas junto a Susan, pues la modista era la encargada de ayudar a vestir o desvestir a su tía mientras le tomaba las medidas.

—Su tía me ha dicho que la fiesta es un secreto, pero si me contara a mí un poco, podría ayudarle. Está muy emocionada y solo quiere sentirse útil —sugirió Susan con ojos astutos. Sus intentos por congraciarse con él no surtían efecto.

—Prefiero que continúe siéndolo. Me divierte ver a mi tía feliz —rechazó Royce.

—Susan, querida, ven —le llamó *lady* Leonore.

Susan se levantó con un gesto serio y fue a ver lo que quería. Ayudó a la modista en lo que le pedía y regresó junto a Royce.

—Supongo que esto le aburre —habló.

—Bueno, no importa. Mi tía merece que le dedique tiempo. Es un placer.

Para Royce era la única persona que lo había arropado y le había dado un hogar como si fuera un hijo. Más de lo que hizo su propio progenitor, que sedujo a su madre, le hizo creer que se casaría con ella y cuando la dejó embarazada y se lo comunicó, le dio la espalda. Fue su tía quien los acogió y luchó para que lo reconociese bajo amenazas de montar un escándalo en sociedad, ya que no pensaba contraer matrimonio con su madre. Pero para alguien de buena posición, como era ella, verse repudiada y deshonrada fue el fin. Rechazada por los suyos, se fue consumiendo poco a poco hasta morir de pura tristeza. Sobre todo, viendo que el amor de su vida contraía matrimonio con una mujer de clase media y, fruto de esa unión, nacía el pequeño Dick a los pocos años.

En un principio, recordaba haberlo odiado por ser el heredero, mas su tía le hizo ver que a través del rencor no iba a conseguir nada, solo llenarse de hostilidad y reconcomerse por dentro.

—*Los grandes hombres hacen cosas increíbles. Royce, debes labrarte tu propio futuro* —le dijo su tía una mañana con la voz dura.

No le quedó más remedio que sobreponerse a las circunstancias adversas y luchar por hacerse un hueco, porque no era el único perjudicado. Su tía también pagó caro el error de su madre, pues muchos de los hombres que se le acercaban eran de dudosa reputación. Y como ella era la heredera de una gran fortuna prefirió permanecer soltera para que ningún hombre pudiese dilapidarla y que Royce pudiese así heredarla, preocupada siempre por su futuro. Gracias a ella, estudió finanzas y se labró un buen nombre, llegando, incluso, a ser de la confianza de muchos nobles, pues sabía cómo invertir el dinero en negocios fructíferos.

Nadie sospechaba la tragedia que les sobrevendría años después.

—Cuando regresemos, le tenemos preparada una sorpresa para la sobremesa —le comunicó Susan en absoluta confidencia y dándose importancia, para llamar su atención.

Pero Royce volvió a sumirse en sus propios pensamientos.

No entró en contacto con Dick hasta que se apareció en su casa y le pidió ayuda. El niño venía maltratado, con la nariz sangrando y llorando. En un principio, Royce creyó que le habían pegado por la calle y salió corriendo a buscar a los malhechores. Por supuesto, halló la calle vacía y supuso que habrían escapado. Cuando regresó, su tía le había sonsacado con leche y galletas quién era y por qué estaba allí. El crío sabía que tenía un hermano mayor y había ido porque no sabía a quién más recurrir. No deseaba regresar a su casa.

Haciendo de tripas corazón, se dispuso a devolverlo a su casa, pero antes pensó en amenazar a su padre, ya que no podían reclamar su custodia. Lo encontró borracho y en un estado deplorable. Si le hubiese pegado, ni lo habría recordado.

Él habría sido repudiado, pero había recibido cariño. No podía decirse lo mismo de Dick, que era un niño atemorizado e inseguro.

A partir de aquel día y a escondidas de su padre, se forjó un contacto entre ellos, aprovechando para verse cuando no se encontraba cerca. Debió haberle enseñado a defenderse. Pero *lady* Amber se cruzó en su camino y le distrajo.

La conoció en aquellas idas y venidas a escondidas. Le deslumbró su porte tan elegante y su belleza. Era una morena que llamaba la atención y ella lo sabía. Dick era su vecino y cuando el niño los presentó se refirió a él como su hermano mayor. La dama debió creer que era el heredero y alentó esos encuentros en su casa para engatusarlo. ¡Qué engañado estuvo! Como Royce iba vestido con ropas caras, era educado y tenía buena planta, nadie imaginaba que se trataba de un bastardo. Lo que no se esperaba Royce era que cuando se le declarase, ella le rechazaría por no tener un título. ¿En qué momento se había enterado de aquello? Pregunta para la que no tenía respuesta. Pero que lo acusase de intentar violarla fue algo muy rastrero por su parte. Le obligaron a enrolarse en la marina para evitar ir a la cárcel. La muy zorra, pensó que así se libraba de su incómoda presencia para siempre, sin embargo, terminó convertido en un corsario por azares del destino. Y por culpa de *lady* Amber, Dick murió a manos de su padre.

—Bueno, pues creo que ya lo tengo todo —les comunicó *lady* Leonore eufórica.

Al salir de la tienda, un pilluelo se chocó contra él con la intención de robarle, pero Royce lo enganchó y le cogió del brazo.

—Suelta el reloj —le dijo.

—¿Qué reloj, *señó*? —se hizo de nuevas el golfillo.

Pero Susan le agarró de una oreja y se la retorció.

—Devuélveselo ahora mismo al señor y quita tus sucias manos de sus cosas —le ordenó bastante violenta.

El crío se lo sacó de un bolsillo de inmediato y rogó que no lo llevaran ante un guardia.

—¿No piensa denunciarlo? —se sorprendió Susan al ver que Royce lo dejaba marchar.

—No. No tiene nada. Vive en la calle y robar es su único sustento. Enviarlo a la cárcel sería matarlo.

A veces, le sorprendía el desprecio de Susan hacia cualquiera que no fuese de la nobleza. A su tía no le pasó desapercibida la mirada reprobatoria que envió en su dirección. Pero, en vez de enfrentar el problema, agachó la cabeza y se metió en el coche como si aquello no fuera con ella.

Nadie mejor que Royce para saber lo mal que se pasaba cuando no tenías nada. Él había tenido que luchar para sobrevivir. En momentos de batalla un título no significaba nada. Y en Londres siempre sería el bastardo, por eso le gustaba América, y la libertad que gozaba allí no podía compararse con la rigidez de su ciudad natal. Aunque el mismísimo rey le concediese todos los honores prefería mil veces vivir en Virginia.

Cuando le contó a Shannon que era bastardo, esperó de ella una mueca de desprecio, sin embargo, su esposa jamás hizo alusión a su condición ni lo juzgó por ella. ¿Quizá solo le importaba el título? La verdad era que poco le importaba. Él quería enamorarla para que lo recibiera siempre con cariño. Quería que esa mujer lo amase y no pararía hasta que se lo dijera.

—Vas muy callado, hijo —observó su tía.

Había intentado mantener una conversación distendida con él, pero había sido en vano.

—Lo siento, tía. Tengo muchas cosas en la cabeza.

—Pues ahora te sientas a cenar con nosotras que Susan ha hecho un bizcocho estupendo para el postre.

La susodicha se llenó de orgullo.

—Entonces habrá que probarlo —cedió Royce.

Cuando el cochero les dejó, *lady* Leonore le pidió una bebida fresca a Susan.

—Susan tiene unas cuantas dotes, además de la cocina. Podría ser una buena esposa…

Royce arqueó la ceja con sorpresa. El hecho de que su tía intentase ejercer de casamentera de nuevo lo dejó sin palabras. Que él supiese nunca había alentado ningún tipo de acercamiento hacia Susan delante de ella, sino más bien al contrario, creía haber manifestado siempre su desagrado hacia la doncella.

—¿Tan pronto queréis verme desposado? No podríais disfrutar entonces de mi compañía. De todas formas, puede que esa fiesta sea una oportunidad de conocer a alguna mujer —le guiñó un ojo y esbozó una sonrisa pícara.

—No me lisonjees para desviar la conversación, Royce. Ella puede ser un buen partido. Ya la conoces, es hacendosa, cariñosa y educada...

—Gracias, tía, pero deje que sea yo quien elija a mi propia esposa.

Los dos se callaron cuando vieron que se acercaba la susodicha.

Royce aprovechó que las dos mujeres subían para refrescarse para salir a dar un paseo. Sus pasos se dirigieron hacia la casa de invitados, pero se paró a medio camino. No podría demorarse. Maldijo para sus adentros y regresó para atender la cena.

La conversación le resultaba muy monótona y aburrida. Susan trataba de lucirse de todas las formas posibles, pero a Royce no le impresionaban ni su bizcocho ni sus intentos de seducción.

Estaba deseando que Henry le procurase una fecha para acabar con aquella pantomima y poder presentarles a Shannon.

En cuanto pudo, alegó estar cansado y se retiró a su habitación.

Mas al día siguiente, las dos mujeres le estaban esperando de nuevo. Menos mal que la visita de Tom, le procuró un pretexto creíble para eludirlas.

—¿Va todo bien en la casa, Tom? —le preguntó en cuanto se hubieron alejado de las dos mujeres.

—Señor, creo que debería ir a visitar a su esposa con urgencia o la señora se presentará aquí y no voy a poder hacer nada por impedirlo.

Royce se obligó a dejar todo de lado y aprovechar aquella misma mañana para desaparecer e ir a visitarla. Extrañaba su olor, su compañía y, por supuesto, acariciarla. No obstante, quería averiguar los motivos por los que Shannon ahora clamaba verlo con tanto apremio.

Entró preocupado en el vestíbulo y lo primero que hizo fue buscarla por la planta baja.

—Se encuentra en su habitación —le comunicó el mayordomo.

—¿Está indispuesta? —Royce se extrañó de que no estuviese aún levantada con lo tarde que era.

El hombre no supo contestarle, pues era la doncella la que sabía todo lo que le acontecía a la señora. El capitán subió a la planta de arriba bastante preocupado y golpeó la puerta antes de entrar.

—Entra, Tafari —respondió Shannon vivaz, dando por hecho que era su doncella.

Aquello le indicó que ella se encontraba bien de salud. Aliviado, abrió la puerta y esbozó una sonrisa radiante en su dirección. Shannon llevaba puesto un vestido de gasa de color manzana que resaltaba su silueta. La modista a la que le encargó los vestidos había estado muy acertada en los modelos que había escogido para su mujer. Dirigió una mirada llena de deseo hacia el escote que realzaba su busto, pero Shannon, lejos de recibirlo con alegría, se giró airada y huyó en dirección a la terraza.

Royce se acercó por detrás y la abrazó.

—¿Qué te pasa, amor mío?

Se apartó de él bruscamente y le dirigió una mirada furibunda.

—¿Que qué me pasa? ¿Y lo preguntáis vos? ¿Esta va a ser mi vida de casada? ¿Apartada a un lado como el que deja un mueble? —espetó con ironía—. Yo no voy a ser de esas mujeres que miran para otro lado mientras sus esposos tienen escarceos con otras.

Los ojos gélidos de Shannon llameaban de ira y Royce enmudeció ante la explosión de carácter de su esposa, aunque los celos de ella también le produjeron cierta satisfacción.

—Shannon, no sé de qué me hablas. He estado muy ocupado. Tenía mucho trabajo acumulado y me ha sido imposible venir antes.

—Claro, pero para iros de paseo con vuestra tía y Susan sí que habéis tenido tiempo —le recriminó.

—¿No te habrás acercado a la casa? Pueden reconocerte.

—No. Tengo personas fieles a mí que me mantienen informada de lo que hace mi esposo.

—Te dije que quería presentarte en sociedad. Estoy viendo cuándo es el día ideal para hacerlo. Puede que tarde unas cuantas semanas más. Ten paciencia, por favor. Mi tía ignora aún que ya estoy casado.

—¿Es que os avergonzáis de mí? —preguntó al borde de las lágrimas.

—Nooo. Shannon, no es por lo que tú crees. —Cogiéndola de la barbilla, le alzó el mentón y la obligó a mirarlo—. ¿Podrás perdonarme? He estado muy liado. Había muchos asuntos que requerían mi atención y no quería ser descortés con mi tía. Además, estoy trabajando el tema de tu tío.

Capítulo XV

Shannon rehuyó un nuevo contacto y bufó.

—Lo que yo veo es una sarta de mentiras para aplacarme. No os creo —comentó muy dolida.

A Royce le molestó que dudara de su palabra. ¿Así iba a ser siempre su matrimonio? ¿Lleno de discusiones por cualquier estupidez que cometiera? Debió buscarse a alguien menos fogoso que Shannon. Pensó en retirarse y dejarla sola para que meditase su error, mas no podía marcharse y dejarla así, había algo que se lo impedía. Quería arreglarlo con ella antes y aplacar su malestar. Sentía debilidad por esa mujer como jamás le había pasado con ninguna otra y eso le perturbaba.

—¿Qué es lo que más te molesta? ¿Que no duerma aquí? ¿Para qué querías venir a verme con tanta urgencia? Es peligroso que andes por ahí tú sola —preguntó sin dejar de observarla.

—Para anular nuestro enlace —afirmó resuelta.

Royce estalló a carcajadas. No podía creer que una mujer tan pequeña diera rienda suelta a tanto genio. Se la imaginó atravesando la distancia que los separaba de la casa principal y la sola imagen le agradó. La cogió por la cintura para pegarla a su pecho y le susurró travieso:

—Nuestro enlace es indisoluble, querida. Tú y yo estamos atados para la eternidad, pero podías haberme dicho que lo que quieres es que vuelva a tu lecho. Para eso tengo remedio.

Shannon aulló indignada.

—No he dicho que quisiera acostarme con vos. No tergiverséis mis palabras. Creo que el deber de una esposa es estar junto a su marido.

Intentó apartarse de él, pero Royce la sujetó con fuerza sin parar de reír. ¿Así que su esposa lo extrañaba?

—Vamos, Shannon. Es absurdo por lo que estamos discutiendo.

Aunque estaba claro que para su mujer no lo era, pues no dejaba de fulminarlo con la mirada muy enojada mientras forcejeaba para liberarse de su agarre. Los diminutos puños chocaban en su pecho de hierro sintiéndolos como caricias. Sin embargo, lejos de molestarlo estaba consiguiendo excitarlo. Cuando Shannon notó el bulto bajo su pantalón, que se pegaba duro a su vientre, farfulló una exclamación.

—No me culpes a mí. No paras de restregar tu cuerpo contra el mío y no soy inmune a mi preciosa esposa —replicó divertido.

Entonces, Shannon paró de luchar y observó anonadada el tamaño de su miembro endurecido. Cuando levantó la vista, las miradas de ambos se cruzaron y ninguno se atrevió a romper aquel contacto tan turbador. El corazón de Royce se detuvo por un instante, embargado por las emociones tan contradictorias que provocaba Shannon en él. Cubrió la distancia que lo separaba de aquellos tentadores labios carmesíes entreabiertos y la besó con fiereza, dando rienda suelta a la pasión que llevaba retenida por caballerosidad. Enroscó su lengua a la de ella y saboreó su miel con codicia. Puede que la estuviese abrumando con su ímpetu, pero estar tantos días separados había hecho que la deseara con más fuerza.

Sin embargo, Shannon sentía que se derretía como un flan entre sus brazos. A pesar de que la boca de Royce era exigente, implacable, insistente y la dejaba sin aliento, le encantaba que, de alguna forma, le demostrase que la había echado de menos. Era una tonta por conformarse con migajas, pero había extrañado sentir el pecho fuerte y musculoso de Royce cerca de ella. Oír sus latidos mientras dormían e incluso escuchar los suaves ronquidos que daba durante la noche.

El olor a rosas que desprendía la piel de su esposa se coló por sus fosas nasales y le embriagó por completo. Se rindió a ella y suspiró. Esa mujer le estaba volviendo loco y ¡de qué forma! La estrechó más cerca de él y, con besos hambrientos, devoró su boca. El vestido que tanto le había gustado al principio, ahora le molestaba para sentir la piel desnuda de Shannon contra la suya. Con dedos hábiles, y entre beso y beso, comenzó a desabrocharle los botones y el lazo que se ajustaba a la estrecha cintura. Cuando la prenda cayó al suelo y notó su desnudez, Royce la levantó en brazos y apartó los doseles con el hombro para recostarla sobre la cama con delicadeza. Como Shannon llevaba el pelo recogido en un moño, se deshizo de las horquillas que lo retenían en alto y liberó la melena dorada de aquel encierro. Esta cayó en cascada sobre la almohada, fascinándole la imagen que se le presentaba de Shannon vestida con tan solo unas medias. Parecía una diosa.

—Eres preciosa.

Royce se deshizo de sus ropas con rapidez y se subió encima con la agilidad de una pantera. Se relamió los labios con una sonrisa ladina y se tumbó encima, llenándola de besos húmedos por el cuello y la clavícula, dejando un rastro húmedo por donde pasaba, marcándola como suya. La respiración de Shannon se agitó cuando la boca de Royce alcanzó la carne sonrosada y turgente de su pecho, y dejó escapar un jadeo de placer que lo llenó de inmenso gozo. Succionó con fuerza esa parte tan sensible de Shannon, mientras que con la otra mano se deslizó lentamente y con caricias suaves hacia las caderas. Una vez allí, le separó los muslos y comenzó a frotarle el clítoris con masajes lentos.

El contacto era tan excitante que le producía un intenso placer y el cuerpo de Shannon se veía poseído por un hilo invisible que tiraba de ella y le obligaba a retorcerse con movimientos sensuales al ritmo de los dedos de Royce. Su cuerpo parecía no pertenecerle y se abandonaba a aquellas sensaciones tan placenteras. Cuando los dedos largos y nervudos se introdujeron implacables en su centro húmedo y sedoso, se rindió a él y gimió con gritos entrecortados. Pero cuando la boca de Royce comenzó a descender y empezó a lamerle su aterciopelado néctar, Shannon creyó que iría al infierno por disfrutar de aquella forma tan gloriosa.

—Royce, acaba ya con este tormento —exigió, hundiéndole los dedos en la espalda.

No tuvo que insistir. Royce se abrió camino con los dedos para que su miembro erecto se hundiera en aquella anhelante y húmeda vaina, y comenzó a moverse dentro con sacudidas deliciosamente lentas, enterrándose en aquella apretada y oscura cueva con cada embestida. Quería disfrutar de aquella unión, pues el del carruaje había sido un encuentro precipitado y arrebatado.

—Mírame, Shannon —le ordenó.

Shannon tenía los ojos cerrados para dejar fluir aquel frenesí que la consumía por dentro, sin embargo, la mirada oscura y llena de pasión de su marido le conmovió el alma. Las pupilas, ligeramente dilatadas, estaban fijas en sus ojos. Con cada embestida, los músculos de aquel magnífico cuerpo masculino se tensaban y se relajaban. La tenían hipnotizada.

Royce se tensó, apurando el ansiado orgasmo final, y estalló dentro de ella con intensidad. La abrazó y quedó saciado a su lado sin dejar de acariciar la piel blanca de su esposa.

—No me gusta estar aquí sola —se quejó Shannon.

—Puedo decirle a Tom que te ensille un caballo y salgas a pasear —sugirió Royce.

—No sé montar a caballo —admitió Shannon—. Además, nunca nadie me instruyó como amazona, me dan miedo.

—Entonces, tendré que enseñarte.

Con pereza, Royce salió del lecho y se vistió. Ayudó a Shannon a ponerse el vestido y la cogió de la mano.

—Quisiera quedarme más contigo, pero no puedo.

Shannon rodó los ojos en blanco y resopló enfurruñada.

—Y ¿cuándo va a ser la próxima vez que disfrute de mi esposo? ¿Dentro de un mes?

—Esta noche —le prometió.

Royce regresó a la casa principal y se dedicó a sus quehaceres como si nada fuera de lo normal pasase, aun cuando por dentro estaba impaciente por volver junto a Shannon. Por la noche, se disculpó con ambas mujeres arguyendo que al día siguiente tenía que madrugar y así, para disgusto de Susan, no alargó mucho la velada. No podía comprender que su tía se hubiese empecinado en sacar a relucir las bondades de Susan cuando estaba muerta de sueño y notaba su falta de interés. Royce había pillado a la mujer mayor varias veces bostezando.

Una vez que se libró de las damas, salió de forma furtiva por un pasadizo secreto que tenía en su habitación, que conducía hasta la planta baja, y atravesó la espesura hasta el edificio de su esposa. Shannon dio un gritito de felicidad al ver que cumplía con su palabra. Se estaba rindiendo demasiado pronto a los caprichos de su mujer. Al meterse entre las sábanas junto a ella, se dio cuenta de que se había enamorado. Y sorprendido, se preguntó en qué momento había sucedido tal cosa.

Susan se había levantado en medio de la noche y había ido hasta el cuarto de Royce para ofrecérsele de una vez por todas. Debía ser audaz si quería convertirse en su esposa, aunque para ello debiera ponerse en evidencia, pero la puerta estaba echada con llave. Dio varios golpes suaves, pero al no recibir contestación, se vio obligada a regresar a su cuarto. Sin embargo, esa situación se había repetido varias noches más y nunca recibía contestación. O bien la estaba evitando o salía a retozar por ahí con alguna ramera, pues al día siguiente no tenían noticias de él hasta media mañana. Decidida a desentrañar la verdad, esa noche se puso una capa por encima y se mantuvo escondida en el jardín, aprovechándose de que se había recogido pronto por una indisposición repentina. Agazapada entre las sombras, esperó a que Royce apagase la luz de su dormitorio. Cuando lo vio salir y escabullirse por la vegetación frunció el ceño con ira.

No podía seguirle, aunque hubiese querido, puesto que se habría perdido entre el follaje tan espeso y la habría descubierto al hacer ruido para atravesarlo. No estaba tan loca como para exponer su vida a una víbora o a cualquier otro bicho que pudiera esconderse entre tanta flora salvaje, pero pensaba averiguar si había otra casa. Se dio un cachetazo en el cuello y tiró al suelo un mosquito aplastado.

Por suerte, al día siguiente, *lady* Leonore prefirió quedarse en casa, pues no se encontraba muy bien. Susan aprovechó y le preguntó a un criado si existía otra casa en la hacienda y al recibir una respuesta afirmativa, se encaminó hacia ella por donde le habían indicado. El camino era bastante largo y el sol abrasador le hacía sudar. Se amoldó el gorro de ala ancha y continuó. Los campos de tabaco estaban llenos de esclavos trabajando, lo que le provocó auténtica repulsión. Aquellos hombres de color con el torso descubierto le parecían una abominación. Pasó lo más rápido que pudo con el pañuelo perfumado en la nariz para no tener que soportar el apestoso olor que desprendían aquellos indeseables y se mimetizó con el entorno al acercarse al edificio en el que presuponía vivía la amante de Royce. En el piso superior le pareció descubrir a una mujer asomada. Se fijó en su cara y el rencor se apoderó de ella. Los orificios de la nariz se le ensancharon de la rabia. Aquella mujer no le iba a quitar lo que le pertenecía por derecho.

Regresó con pasos enérgicos por el camino cuando el capataz le salió al encuentro al verla por allí.

—Señorita, no debería estar por aquí. Hace *mucha* calor. Puede desmayarse —le recomendó.

«Se dice mucho calor, patán», pensó Susan.

El tipo le repugnaba a más no poder. Sudaba como un cerdo. Cuando le ofreció agua, Susan lo rechazó como si se tratase de veneno.

—No, muchas gracias. Tengo que irme.

Se alejó de allí lo más rápido que pudo sin dejar de mirar hacia detrás por si a alguno se le ocurría seguirla y, asqueada con aquella gente que tan poca cosa era a su lado, llegó exhausta y al borde de la deshidratación. Lo primero que hizo fue ir a la cocina para prepararse una limonada. Se bebió varios vasos y cuando consiguió reponerse, subió al cuarto para asearse. El calor tan sofocante había arruinado su vestido.

Cuando se reunió a comer con el capitán y *lady* Leonore permaneció atenta y servicial como de costumbre.

—Royce, hijo, ¿tienes fecha ya para esa fiesta?

—No. Pero he recibido una invitación de un amigo mío, así que esta tarde me pasaré a verlo. Puede que para entonces tenga algo concreto.

—Me tienes intrigada y yo estoy deseando poder organizarme. Habrá que mandar las invitaciones.

—Tranquila, tía. No te preocupes. Todo está bajo control.

Susan empezaba a creer que ese secretismo estaba relacionado con aquella mujer a la que albergaba en la casona. Si pensaba desposarla o era su prometida tenía que actuar con celeridad.

Lo bueno era que *lady* Leonore era muy manipulable. La muy tonta se había creído que era hija de ese tipo. No tenía ni idea de quién era su padre. Su madre era una cualquiera que se tiraba al primero que le ofrecía una moneda. Engañarla fue muy fácil. Según le había contado *lady* Amber, era de buen corazón y se apiadaba de la gente desvalida. Solo tuvo que pasearse cerca de su residencia varias veces y lloriquear para aspirar a un futuro mejor. Todo el mundo conocía su historia y la de Royce, el bastardo, así que con adornar un poco la suya fue suficiente para salir del agujero en el que se encontraba. Se suponía que debía asegurarse de que Royce no volviese a Inglaterra y a cambio cobró una considerable cantidad de monedas de *lady* Amber por pasarle dicha información. Aguantar a la anciana se le había hecho insoportable, pero todo cambió cuando se enteró de que se había convertido en un corsario y seguía vivo y coleando. Entonces, *lady* Amber le pidió que aguantara al servicio de la anciana unos años más para mantenerla informada. Pensó en rebelarse, pero la amenazó con contarle la verdad a *lady* Leonore. Como la anciana solo quería ver a su sobrino casado para pasarle toda la herencia, ella comenzó a elucubrar un plan que le beneficiaba. No le costó mucho convencerla de que ella era la candidata más adecuada para Royce. Solo pensaba en el dinero que iba a gastarse en fiestas suntuosas, vestidos y viajes. No comprendía que aquella estúpida anciana hubiese desperdiciado su vida para beneficiar a un bastardo. Desde luego, ella no lo hubiera hecho, aunque no podía estarle más agradecida, de otra forma no habría podido engatusarlos a ambos. En cuanto a Royce, la fortuna quiso favorecerlo y que heredase el vizcondado. Aquello fue la guinda del pastel. Si conseguía casarse con él, esperaba que le pusiera una niñera en cuanto quedase encinta. Odiaba a los críos. No pensaba ni amamantarlos.

Con esos pensamientos tan magnánimos, se vio casada en breve. El amor nunca entró dentro de sus planes, solo quería la posición que Royce podía proporcionarle para librarse de la indeseable *lady* Amber y de la insulsa *lady* Leonore. Estaba harta de acatar las órdenes de ambas mujeres.

Royce llegó al atardecer a casa de Henry, que era cuando menos calor hacía, y su amigo lo recibió con una palmada afectuosa. Lo invitó a pasar al salón y le ofreció una bebida.

—Supongo que no me habrás llamado para invitarme a beber —le preguntó Royce con una sonrisa cínica.

—No. He averiguado que la pareja piensa pasar unos días lejos de Virginia. En cuanto a lo que me comentaste la última vez, puede que te interese saber lo que he averiguado.

Royce le dio varios sorbos a su licor de pura impaciencia.

—¿Y bien? —preguntó.

—Según tengo entendido, William era primo lejano de *sir* Anthony Berkeley. La relación era muy buena hasta que algo ocurrió entre ellos y se distanciaron. El ducado pasó a ser suyo por ser el único familiar varón vivo tras el terrible accidente que causó la muerte de los progenitores de vuestra esposa. Las malas lenguas dicen de él que fue de los primeros en llegar al lugar del suceso como si supiera que algo malo les había ocurrido. El lugar era una zona poco transitada y nada recomendable, no era lugar para que un caballero estuviese de paseo por allí. A pesar de ello, William lloraba demasiado desconsolado para llevar tanto tiempo sin tener relación con ellos. No sé, aquí hay algo que no me encaja.

—Me sorprende que si, como insinúas, tuvo algo que ver en la muerte de los padres de Shannon, no se deshiciera de ella también.

—Sí, eso mismo pensé yo. Es extraño desde luego, pero imaginemos que ahora tuviese problemas de solvencia porque su nueva esposa está despilfarrando su fortuna. Podría haber cambiado de opinión y pensara en hacerla desaparecer para no tener que entregar su dote si es que, en efecto, pensaban entregarla al duque de Pembroke. Aunque lo más llamativo del caso, según me han informado, es que la dote de tu mujer es bastante generosa y está acordada mediante un documento posterior por William, quien cambió la que selló su verdadero padre —afirmó Henry.

Royce creía que faltaba una pieza crucial en aquel puzle. Había algo que se les escapaba.

—De ese Stephen, ¿has averiguado algo?

—Era el tutor legal de Shannon. No hacía nada sin la autorización previa del marqués. Al menos, eso es lo que me ha contado mi informador. Es alguien de su entorno más privado. No dudo de su palabra. ¿Qué vas a hacer?

—En realidad, no necesito la dote de mi esposa. Yo puedo mantenerla. Tengo riquezas de sobra. Pero sería una grosería no invitarle a nuestra cena. Aunque puedo enviar la invitación en su ausencia y así evitar que ese día atiendan la presentación. Eso no me eximirá de una visita posterior u otro tipo de convite.

—Supongo. Querrá comprobar que se trata de su tutelada y no de una impostora.

Shannon le había entregado unos papeles en el que demostraba quién era. No podría negarlo. En cualquier caso, no quería iniciar una batalla legal contra él, solo quería disfrutar de su esposa, esa a la que parecía gustarle y lo recibía en la cama siempre dispuesta. No habían hablado de sentimientos. De momento, se conformaba con lo que tenía. Aunque, a veces, las dudas le carcomían pensando que al ser una dama actuaba así con él porque era su deber como esposa y porque poseía un título. Si no le hubiese dicho que era vizconde, ¿le habría recibido en su lecho de la misma forma? Sin embargo, no se atrevía a preguntárselo, ya que todo iba bien entre ellos y no quería mostrarse inseguro frente a ella.

—Muchas gracias por todo Henry. ¿Te puedo pedir un favor?

—Sí, claro, amigo mío.

—Me gustaría que guardases los papeles de mi esposa en tu casa. Me siento más seguro.

—Claro.

Royce se los entregó y se levantó hacia la salida.

—Te veo pronto.

—No lo dudes. Allí me tendrás, Royce. Estoy deseoso de conocerla.

Cuando salió de regreso a su hacienda, el humor de Royce mejoró. Al menos, ya podía empezar a moverse. Ya quedaba menos para no tener que estar separado de Shannon.

Estaba deseando conocer la opinión de su tía. Esperaba sorprenderla, aunque tendría que darle muchas explicaciones, estaba seguro que reconocería a Shannon en cuanto la viera. Cuando llegó, el capataz le comentó que había visto a Susan por la mañana muy perdida por la plantación. Royce se preguntó qué hacía dando un paseo en pleno calor. Sin embargo, se le olvidó interrogarle durante la cena, pues de la emoción de tener una fecha establecida, y con las ganas que tenía su tía de celebrar una reunión, estuvieron hablando de los preparativos. Royce estaba deseando comunicárselo a Shannon, pero veía que la sobremesa se iba a alargar más de lo normal y no podría ir a visitarla a pesar de habérselo prometido. Su tía estaba de excelente humor y no paraba de parlotear agobiada por todos los preparativos pendientes.

Lo cierto era que no tenían mucho tiempo, pero las circunstancias mandaban en esos momentos y había que adaptarse. Al día siguiente enviaría a varios mayordomos a entregar las invitaciones. Y en cuanto tuviese un poco de tiempo libre, iría a comunicárselo a Shannon.

Capítulo XVI

Susan repasó su plan y consideró que era perfecto. Royce estaría en su estudio realizando las invitaciones hasta muy tarde. Se aseguró de que su vestido se abría con facilidad para que cuando entrase *lady* Leonore los pillara en una postura bastante comprometida.

Se pasó por encima de los hombros una estola de lino para que no se notara el engaño, puesto que al ser de noche a nadie le extrañaría que lo usase, y con pasos tranquilos se dirigió hacia la estancia. Llamó con los nudillos y cuando Royce le dio permiso, entró.

—Hola, creía que su tía ya estaba aquí. Me ha dicho que necesitaba que ayudase con las invitaciones —se excusó.

—Puedes sentarte ahí y esperarla.

Royce no había levantado la cabeza ni tan siquiera para mirarla. Se sentó y se dedicó a observarle. Por lo menos, era bastante atractivo y no le resultaría desagradable mantener relaciones íntimas con él. El oír los pasos cercanos de *lady* Leonore fue la señal para levantarse y dirigirse en su dirección. Hizo que tropezaba y Royce reaccionó cogiéndola. Al caer en los brazos del capitán, su vestido se abrió y sus pechos desnudos quedaron expuestos cerca de la cara del vizconde, creando una estampa de lo más íntima que la mujer mayor interpretó tal y como Susan buscaba.

—¡Royce! —exclamó la mujer fuera de sí—. No creo que sea necesario que os pille en estas tesituras. Me parece de muy mal gusto.

—Me temo, tía, que aquí hay una confusión. Yo no estoy haciendo nada —repuso Royce, intentando cubrir a Susan.

—¿Cómo que no? Acabas de poner en una posición muy delicada a Susan.

Susan trataba de vestirse como apurada. Estaba interpretando a la perfección el papel de pillada.

—Me temo que no es lo que parece —continuó Royce con el ceño fruncido.

—Lo he visto con mis propios ojos, hijo. Estaba con el vestido desabrochado y en tus brazos. Debería darte vergüenza. Espero que cumplas como hombre honorable y no me decepciones —continuó *lady* Leonore.

—¿Qué estás insinuando, tía? Porque me temo que aquí solo hay un accidente y un error, ¿verdad, Susan?

—Yo, yo… —tartamudeó Susan para no negarlo.

—No intentes negarlo. La pobre qué va a decir. Te dije que estaba de acuerdo en que la hicieras tu esposa.

—Algo que no puedo hacer porque ya estoy casado —contestó Royce, perdiendo la paciencia.

—¡¿Cómo?! —se exaltó Susan.

—Sí. Era una sorpresa, pero debido a este malentendido que no aclaráis —dijo Royce, señalando a Susan—, no me dejáis otra opción que hacerlo ya oficial. Y, por favor, cúbrase ya. Aun así, no me hubiese casado con usted.

A Susan le rechinaron los dientes de la rabia y se cubrió como pudo. Lo que más le fastidió era que la necia de *lady*

Leonore se había emocionado y abrazaba a su sobrino con lágrimas de emoción.

«Patéticos».

—Pero ¿cuándo? ¿Y con quién? —pidió *lady* Leonore.

—Mañana la traeré para que la conozcáis.

—Pero ¿es una dama noble? —insistió su tía.

—Sí, tía.

Susan quería averiguar su identidad y no pensaba quedarse con la duda.

—¿Una mujer de la nobleza por aquí? Permítame que lo dude, capitán, pues los nobles que hay por esta zona solo están de paso. ¿No querrá sacársela de debajo de un sombrero para rechazarme?

—En realidad, pertenece al marquesado de Berkeley. No tengo nada que ocultar, pronto será oficial. En cualquier caso, Susan, me gustaría pediros que abandonéis la casa. Creo que es lo mejor para todos —pidió Royce inquebrantable.

—Royce —le suplicó *lady* Lenore.

—No, tía, la decisión está tomada. No quiero que me ponga en evidencia delante de mi esposa. Quiero que todo salga bien. Esta noche podrá quedarse, pero mañana tendrá que marcharse y buscarse la vida. No obstante, le entregaré una bolsa con monedas para que tenga para comer y procurarse un alojamiento hasta que encuentre algo.

Royce le tendió el dinero y Susan lo aceptó de buen grado. Ni replicó. Se lo guardó antes de que se arrepintiese.

Por la mañana, se levantó pronto y salió con sus cosas en un carruaje que Royce había dispuesto para ella. Ya buscaría la forma de vengarse de ambos, pero, de momento, ese asunto tendría que quedar relegado a un segundo plano. Por culpa de la ramera de Royce se encontraba en una situación muy precaria. Aunque tenía decidido adónde ir. Puede que a *lady* Amber le interesase saber quién era su esposa. Y si se le ocurría amenazarla con no acogerla en su casa pensaba chantajearla con airear todos los secretos que conocía de ella. Después de todo, ya no tenía nada que perder.

Confiada, se presentó en su residencia con todas las maletas. El mayordomo que le abrió la puerta se sorprendió de que pidiera audiencia para hablar con la señora. No obstante, fue a buscarla.

Lady Amber bajó a recibirla con un vestido rojo, con encajes en oro, y el pelo recogido. A pesar de que le habían salido algunas arrugas, seguía siendo una mujer muy atractiva. El dinero le sentaba muy bien. La dama la recibió con un gesto antipático.

—¿Qué haces aquí?

—Me han echado por culpa de la nueva esposa de *sir* Royce Devereux.

—Eres una inútil, ¿lo sabías? No sé qué haces en mi casa con tanta maleta. ¡Cómo te atreves!

—Vengo a pedirle que me contrate a su servicio. Y antes de que se niegue, aparte de que tengo información que le concierne, no me voy a ir de aquí sin un puesto. Sé muchas cosas que le pueden interesar también al vizconde y estaré encantada de vendérselas. Y, aún más, cuando sepa con quién se ha casado.

A la hermosa dama se le contrajo la cara con resentimiento, pero no le quedó más remedio que tragar.

—Albert, mete las maletas de Susan en una habitación. Se incorpora como ayudante del ama de llaves. ¿No se fue la semana pasada Ina o cómo se llamase?

—Lucinda, señora.

—Bueno, pues eso. Ocupará su lugar —señaló con la boca torcida—. Querida, pasa a la biblioteca. Albert, que nos traigan un té.

La biblioteca tenía dos sillones cómodos junto a las estanterías de caoba repletas de libros. *Lady* Amber se sentó en uno y le pidió que se sentara en otro. Esperó a que trajeran la bandeja con pastas y el té, y se sirvió uno para ella. Deliberadamente, no le ofreció a Susan.

—¿Qué es eso que me tienes que contar?

—El vizconde alega haberse casado con una tal *lady* Berkeley.

La morena casi se atraganta con la pasta, tanto que comenzó a toser ruidosamente. Dio un sorbo a la bebida y cuando se le pasó la tos, dirigió una mirada ceñuda en su dirección.

—¡Será una broma! La última noticia que tuvo mi esposo de esa bastarda fue que había sufrido un asalto por bandoleros. La dimos por muerta. ¿Estás segura?

—Pues me temo que está viva y coleando. Es más, se hizo pasar por muchacho y trabajaba como grumete en el barco del vizconde. Casualmente, dando un paseo por la hacienda del vizconde la sorprendí asomada a un balcón y la reconocí al instante. Supongo que usó ese disfraz para engatusarlo y que la desposara.

—¡Maldita sean los dos!

—Piensa organizar una fiesta para presentarla dentro de dos semanas. E imagino que recibiréis la invitación.

—Si la ve mi marido, arruinará mis planes de ir a pasar una temporada en Richmond. ¿Sabes si están enamorados?

—No lo sé con certeza, pero después de todo lo que me he insinuado a él y nunca he conseguido provocarle, me figuro que es porque le gusta.

—Vaya, la buena de Susan tratando de escalar para atrapar a un rico —se burló—. Bueno, eso no es determinante, no es que me sorprenda mucho que te haya rechazado —comentó con desprecio.

Lady Amber no se percató de la mirada hostil que le dirigió Susan. Se había levantado y daba paseos cortos mientras reflexionaba.

—¡Es que nunca me voy a deshacer de esos dos! No voy a dejar que William la vea. Me costó mucho convencerle para que diera el visto bueno a Stephen y casarla sin presentarla en sociedad, todo para ahorrarle muchos rumores. Claro, que lo que él ignoraba era con quién la pensaban desposar. Ahora no puede estropearme todos los planes. Esa bastarda me va a dejar en evidencia.

—¿Y qué pensáis hacer?

—Deshacerme de los dos de una vez por todas. Tengo muchos contactos, querida. Si ella está allí, puede que Tom también.

Lady Amber llamó a Albert y le pidió que entregara presto dos notas.

—Ven, Susan, tú vas a servir a la causa.

—¿Yo? ¿Cómo?

—Ya lo verás —repuso con un brillo maligno en los ojos, que no le gustó a la otra.

Susan quería negarse, pero sus excusas no parecían valerle a *lady* Amber, que la obligó a acompañarla en el carruaje.

Shannon no paraba de dar vueltas en la cama. Estaba teniendo otra pesadilla. Despertó muy agitada y con la angustiosa sensación de que conocía perfectamente al hombre que le atormentaba en sueños, pero que se negaba a ver siempre que llegaba a esa parte. Se levantó y miró a través de la ventana. Aún era muy temprano. Estaba desconsolada y necesitaba hablar con Royce de ello. Sin embargo, le extrañó que no fuese a dormir.

Se había acostumbrado a tenerlo cerca y el día que no aparecía las dudas la embargaban. Aunque era mejor pensar que se le había hecho muy tarde. Debía empezar a confiar un poco más en él. Cuando notó un poco más alto el sol, llamó a Tafari para que le ayudase a vestirse.

La doncella le cepilló el pelo dorado después de ajustarle un poco más el corsé. Una vez que Shannon estuvo lista, le pidió el desayuno.

Royce llegó justo cuando terminaba. Realizó el típico besamanos propio de un caballero y le sonrió largamente.

—Hoy quiero presentarte formalmente a mi tía. Ya no tendrás que estar aquí. Trasladaremos tus cosas al edificio principal, donde recibirás a mis invitados muy pronto.

—Lo estoy deseando. Nunca me has contado si tienes algún amigo por aquí.

—Pues lo cierto es que el coronel Madison te encantará. Además, es el hombre de ley por esta zona. Vendrá a la fiesta. Fue mi apoyo mientras estuve enrolado en la marina.

La arruga que cruzó el rostro de su marido hizo que sintiera curiosidad.

—¿Por qué te presentaste voluntario? —Poco a poco se iba acostumbrando a tutearlo en la intimidad, aunque aún se le hacía raro.

—En realidad, fui obligado. Ven, será mejor que nos sentemos en la terraza y te lo cuente. Es algo que llevo como una carga y que nunca logré entender.

La seriedad de su marido le preocupó. Se acomodaron en las sillas de bambú sobre cómodos cojines de colores y Royce fijó la mirada hacia el jardín.

—En mi época de adolescente fui un ingenuo. Confié en una mujer muy hermosa que me traicionó. Tenía tus mismos ojos. Era un poco mayor que yo, pero era una aduladora, supongo que me dejé impresionar. Era vecina de mi hermanastro, al que mi padre maltrataba.

—Royce, no hace falta que me lo cuentes si no quieres.

—No, Shannon. Déjame, necesito que no haya nada que pueda interferir entre nosotros. —La cogió de la mano y se la acarició—. Mi padre no me aceptaba, repudió a mi madre, pero mi tía logró que, al menos, me reconociera como hijo. Pero al ser bastardo, heredaría Dick, su primogénito, que nació mucho después que yo.

—Royce, a mí no me importa que seas bastardo si eso es lo que te preocupa —le confesó.

—Gracias, querida, pero no es solo por eso. Mi padre era un borracho que le pegaba a su hijo y a su esposa. El pobre niño vino a mí para pedirme que lo acogiéramos en mi casa. No podíamos hacer nada, salvo devolverlo. Aunque ese día no pude hablar con mi padre debido a su estado de absoluta embriaguez, sí lo hice en otra ocasión y le amenacé con retarle a un duelo si volvía a pegar a Dick.

—¡Oh, santo cielo! —De imaginarse el sufrimiento de aquel niño, se hizo la firme promesa de que si algún día tenían hijos, los suyos disfrutarían de un ambiente familiar lleno de respeto y cariño—. Entonces, ¿fue así como murió? ¿De una paliza?

—Más o menos. Yo no estaba. No pude defenderlo.

—Pero no fue culpa tuya. Tú no vivías allí.

Royce se levantó y le dio la espalda.

—Me siento responsable, Shannon. Durante un tiempo, estuve yendo a verlo a escondidas. Fue entonces cuando conocí a *lady* Amber. En lugar de enseñarle a defenderse, me dediqué a desplegar mis dotes de seductor y fui engañado miserablemente. —En ese punto se trabó e hizo una profunda respiración—. Cuando me declaré, ella se rio en mi cara con crueldad y me dijo que nunca se casaría con un bastardo. Además de romper mi corazón en pedazos, me acusó de haber intentado violarla. Te juro que jamás le puse una mano encima sin su permiso.

Shannon se acercó por detrás y le abrazó.

—Royce, te creo. ¡Olvídala! Yo no soy así.

—Lo sé, amor mío. Sin embargo, su familia me obligó a enrolarme en la marina y me conminó a no regresar jamás a Inglaterra. Supongo que pensaban que moriría a bordo.

—Esa mujer debe ser un demonio. No te merecía.

Le gustaba la vehemencia con la que su mujer le defendía.

—El problema es que al poco tiempo de marcharme, mi padre volvió a las andadas y mató a Dick de una paliza. Su esposa, loca de dolor, incendió la casa y los asesinó a todos —rememoró con dolor—. Si le hubiese enseñado a defenderse, no estaría criando gusanos bajo tierra. Después de aquel trágico desenlace, juré que jamás pondría un pie en Inglaterra, sin embargo, el destino tenía reservado otros planes para mí y el día que te enrolaste en mi barco, estaba allí para firmar un acuerdo y dar parte de mis botines a la corona a cambio de recibir los honores correspondientes por trabajar al servicio de mi país como corsario y así disponer de cierta protección oficial. Lo que implicaba ser reconocido como el heredero y suceder a mi padre en el título.

—Entonces fueron todo ventajas —señaló Shannon.

—El problema es que *lady* Amber se ha convertido en la esposa de William Berkeley. ¿Lo entiendes ahora?

Shannon se quedó rígida hasta que entendió el alcance de sus palabras.

—No tenemos por qué recibirla, además, seguro que ella rechazará nuestra invitación.

—Tal vez.

—En tal caso, solo contactaré con mi tío y no se hable más.

Royce le dirigió una sonrisa triste, agradecido por el apoyo incondicional de ella.

—Ven, vamos con mi tía.

—Royce, ¿puedo pedirte un favor? —preguntó con timidez.

—Dime.

—No me gusta Susan. Entiendo que tu tía le tenga aprecio, pero yo no puedo decir lo mismo. Me ha hecho demasiados desplantes y no me sentiré cómoda cerca de ella.

—Tranquila, amor. Ya no trabaja aquí. La eché esta misma mañana.

Aliviada, se sintió más unida a él que nunca. Pidió a Tafari que recogiera sus cosas y las trasladara a la casa grande.

Royce la condujo hasta una calesa para llevarla hasta su nuevo hogar. La ayudó a subirse por la escalerilla y se sentó en unos cómodos sillones de cuero. La capota impedía que el sol le diera en la cara, lo que le permitía admirar el paisaje. Por el camino, Royce paró al caballo y le señaló el parterre lleno de plantas de tabaco.

—Esta plantación es mi orgullo. Siempre quise establecerme y ahora que tengo esposa, creo que este lugar me puede proveer de todo lo que necesito. Este año ha sido especialmente bueno y espero vender el tabaco a muy buen precio —explicó Royce, señalando el cultivo.

—¿Eso significa que vas a dejar tu vida como corsario? —preguntó Shannon con timidez.

—Claro, amor mío. Creo que ya es hora de formar una familia y ver corretear a los niños por aquí.

Aquel comentario hizo sonrojar a Shannon. Royce azuzó otra vez de las riendas y el caballo continuó el camino.

Cuando llegaron a la entrada principal, *lady* Leonore ya estaba aguardándoles en la puerta.

—Antes de nada, perdonad mi impertinencia, pero su cara me resulta muy familiar. Es como si ya la hubiese visto antes —mencionó la anciana sin dejar de escrutar el rostro de Shannon, que bajó de la calesa ayudada por su flamante marido.

—Claro que te suena, tía. Es una historia un poco larga de contar. Pero te presento a *lady* Shannon Berkeley, familia del marqués de Berkeley y, ahora, *lady* Devereux.

—Encantada —saludó Shannon a la mujer mayor.

La anciana no paraba de observarla con el ceño arrugado dándole vueltas de a donde podían haber coincidido. Pero Royce no le explicó quién era hasta que no estuvieron dentro del estudio y a salvo de oídos indiscretos.

—Tía, Shannon era mi grumete. Estaba bajo mi protección —explicó al fin.

La mujer rodó los ojos en blanco y comenzó a abanicarse de la impresión.

—En Jamaica te vieron con una mujer, ¿era ella también?

—Sí, tía.

—¡Cómo has podido ser tan canalla y tenerla vestida como un muchacho! Yo no te eduqué ni te traté tan mal como para que la escondieras de mí de esa forma —exclamó la mujer ofendida.

Royce rio divertido.

—Tía, tenía que proteger su identidad.

—Espero que ya estuvieses casado con ella en Jamaica.

Shannon dirigió una mirada de advertencia a Royce y este hizo un asentimiento de cabeza como entendiendo lo que quería decir.

—Por supuesto, tía. Soy un caballero.

Shannon se mordió los labios para no romper a reír. Era un bribón de mucho cuidado, pero esa mentira piadosa tranquilizó a la mujer.

—Espero que así haya sido. Y esto quedará entre nosotros. No quiero que nadie vaya por ahí con rumores que dejen a tu esposa a la altura del betún —sentenció *lady* Leonore.

La interrupción con una nota para él hizo que las mujeres continuaran hablando sin percatarse del semblante serio de Royce, que se disculpó con ellas un segundo y salió a hablar con el criado. Cuando regresó, esbozó una sonrisa complaciente de ver lo bien que se llevaban y se sentó de nuevo.

—Entonces, ¿apruebas mi elección, tía? —inquirió Royce.

—Sí, claro. Si me lo hubieras dicho, no habría hecho el ridículo con lo de Susan y no te habría impuesto su presencia. Creía que ella podía significar algo para ti. Discúlpeme, *lady* Shannon, pero estaba tan obsesionada con buscarle pareja a mi sobrino que me obcequé.

—No hay nada que disculpar. Ya está todo aclarado, *lady* Leonore —aseguró Shannon—. Aun así, me sorprende que quisiera casarlo con una doncella siendo vizconde.

—Ella era hija ilegítima también. No sé si le habrá contado lo que le sucedió con *lady* Amber... —Al ver que Shannon asentía, la mujer continuó con las explicaciones—: Como odiaba a las damas, pensé que al ser de su misma condición aceptaría desposarla. Yo solo quiero ver esto lleno de críos. Nunca pude tener descendencia y quería que él fuese feliz. Aquí en América no hay tantas reglas como en Inglaterra.

—Entiendo —comprendió Shannon.

—Pero que conste que estoy encantada con la elección que ha hecho mi sobrino y si él es feliz, yo también.

Royce y Shannon sonrieron divertidos al advertir el apuro que sufría la mujer mayor.

—Siento interrumpir la conversación, pero espero que me disculpéis, tengo que ausentarme un momento. Luego os veo —dijo Royce.

Dio un beso casto a Shannon, otro a su tía y se marchó.

—Este sobrino mío anda muy atareado últimamente. Me tiene muy preocupada porque desaparece sin decir adónde va ni con quién se ve.

—Supongo que tendrá que ver con el tema de la fiesta. ¿Quiere que demos un paseo para estirar las piernas? —propuso Shannon.

La mujer mayor aceptó. Shannon se sentía muy cómoda en su compañía y estaba muy interesada en que se conocieran mejor, ya que Susan nunca le dio la oportunidad.

Capítulo XVII

Royce guardó la nota que había recibido en un cajón de su estudio y estuvo tentado de no acudir a la cita. Odiaba a esa mujer, pero le intrigaba lo que tuviese que decirle de su esposa. El cómo se había enterado era lo que más intrigado le tenía. Aún no había tenido tiempo para enviar las invitaciones. Henry no era de los que se iban de la lengua, es más, pondría la mano en el fuego por él, y su tía tampoco había sido porque no había intimado tanto con otros vecinos de la zona como para comentar algo así. La única persona que se había ido de su entorno era Susan, aunque le parecía improbable que hubiese encontrado tan pronto una vacante libre y, qué casualidad, que esa fuese en casa de *lady* Amber y, además, que ambas hubiesen intimado como para contarle algo así. No le encontraba el sentido.

Decidió ir a caballo hasta el punto de encuentro y llamó a la puerta. Le pareció muy raro que no hubiese nadie. Empujó el pomo y este se abrió con facilidad.

—¿*Lady* Amber? —la llamó.

Lo había citado en una posada un poco alejada. Las ventanas estaban algo desvencijadas y la mugre del interior campaba a sus anchas por doquier. Una mujer oronda de cabellos grasientos salió de la cocina renqueando.

—La señora le espera en la habitación principal, es la del fondo. No tiene pérdida —le señaló unas escaleras con desinterés—. ¿Va a quedarse a dormir? Porque entonces el precio subirá.

Los ojos de la mujer solo veían plata al ver la elegancia de Royce, que se apresuró a negar con la cabeza y le dio ganas de replicar que en aquel tugurio de mala muerte no se hubiera quedado ni regalado. El salpullido que se apreciaba en la piel libre de prendas le indicaba que las chinches habitaban allí más que los clientes.

—Estoy de paso, gracias.

Subió al piso superior y se dirigió hacia la puerta más grande que había al fondo. Llamó y escuchó un llanto al otro lado. Abrió la puerta y se encontró a Susan maniatada a una silla y amordazada. Con los ojos parecía querer indicarle algo, pero fue demasiado tarde, pues recibió un golpe en la nuca por la espalda que lo hizo perder la consciencia.

Llevaban más de media hora esperando y *lady* Leonore comenzaba a impacientarse.

—¿Dónde estará Royce? No es normal que no nos haya notificado que va a llegar tarde al almuerzo. No es propio de él. Suele ser muy puntual —comentó la anciana.

—Tendrá una explicación. ¿Qué tal si vamos comiendo nosotras? Lo mismo se le ha hecho tarde —propuso Shannon.

No muy convencida, *lady* Leonore dio la orden al criado de que sirvieran ya el almuerzo.

—Es que esta comida es su plato favorito —dijo, señalando el faisán asado.

Entre la nobleza se había hecho muy popular la caza y no podía faltar ese tipo de platos en la mesa. Sin embargo, Shannon encontraba esa carne muy dura y sus gustos se decantaban más hacia los fricasés de varias carnes con hierbas que le resultaban más sabrosos.

—¿Le sirvo más vino, señora? —le preguntó el mayordomo.

Lady Leonore negó con la cabeza y Shannon observó apenada la botella de clarete prácticamente llena. Se notaba la ausencia de Royce.

—¿Ha terminado la señora? —El mayordomo interrumpió sus cavilaciones. Shannon asintió y pidió que les sirvieran el té en la biblioteca.

Mientras, cogió un tapete y decidió coser un rato para distraerse.

Cuando empezó a anochecer, Shannon, que hasta ese momento no había dado importancia a la ausencia de Royce, comenzó a preocuparse al ver que seguían sin tener noticias de él. Se levantó y miró a través del enorme ventanal en busca de un farol de carro iluminando el camino.

—Si mañana sigue sin aparecer iremos a ver al coronel Madison —terció *lady* Leonore con la voz temblorosa.

Ninguna quiso decir en voz alta lo que pensaban, pero estaba claro que ambas intuían que algo le había sucedido.

Esa noche, Shannon se fue a dormir a la habitación contigua a la de Royce y no paró de dar vueltas y de tener pesadillas. Despertó muy pronto y pidió a Tafari que le ayudase a vestirse.

Se cruzó con la anciana en el pasillo, quien tampoco tenía buena cara.

—Sigue sin aparecer y esto no es normal. Nos vamos a buscar al coronel. Estoy muy preocupada. Temo que le haya pasado algo terrible —comentó *lady* Leonore al borde del llanto.

Las dos mujeres pidieron un carruaje y se dirigieron hacia la residencia del militar. Ninguna tenía ganas de hablar, así que permanecieron en silencio todo el trayecto.

El coronel Madison las recibió sorprendido cuando el mayordomo anunció su visita.

—Un placer conoceros, *lady* Devereux. ¿A qué debo este honor? —Henry posó los labios en los delicados dedos de Shannon, admirando la suerte de Royce por tener semejante belleza como esposa.

—El placer es mío. Lo que más siento es que tengamos que conocernos en estas desafortunadas circunstancias.

El nerviosismo era palpable en la cara de ambas mujeres y el coronel esperaba intrigado a que le explicaran el motivo de su visita.

—Coronel, mi sobrino salió ayer un rato y no ha regresado aún. Tememos que le hayan asaltado por el camino o algo peor —comentó la anciana sin poder evitar que la desolación trabara sus últimas palabras.

—¿No saben hacia dónde se dirigía? —les preguntó.

—No nos dijo nada. Nuestro criado le entregó una nota que le hizo salir con urgencia. Usted es su amigo, ¿le ha comentado algo? —preguntó Shannon esperanzada.

—Me temo que no, *milady*. Pero necesito saber por dónde empezar la búsqueda. ¿Ha ocurrido algo que no me hayan contado? —inquirió el coronel.

—Que nosotras sepamos, no. Eso es lo más extraño —observó la mujer mayor—. Estaba pletórico de felicidad y lleno de planes para el futuro. No sé si sabrá que estaba organizando una fiesta a su esposa y, de repente, esto. ¡Ay, Dios mío! ¿Qué le habrá sucedido? —lloriqueó *lady* Leonore sobre un delicado pañuelo de encaje.

—Está bien, vuelvan a la hacienda. Iniciaré la búsqueda por los caminos y posadas. En cuanto sepa algo, descuiden que se lo haré saber enseguida —les aseguró vehemente.

Royce despertó cuando un cubo de agua fría le cayó sobre la cara. Tenía la cabeza abotargada y le costaba situarse.

—Despierta, bastardo. ¡¿Qué?! Bonita fiesta la que tuviste anoche, ¿eh?

Royce no sabía de qué le estaba hablando aquel hombre uniformado. Estaba tumbado sobre una incómoda cama y no recordaba cómo había llegado hasta allí.

—No sé de qué me habla —gruñó.

Miró a su alrededor y descubrió horrorizado el cuerpo desnudo de Susan tendido a su lado con claros signos de violencia. Alguien la había golpeado hasta la muerte y su sangre había teñido de rojo las sábanas blancas. Quiso cubrirse la cara, cuando advirtió que tenía las manos impregnadas con algo viscoso y de color carmesí.

—Creía que podía librarse, pero le han pillado con las manos en la masa. Su dinero no le va a salvar de esta, pervertido.

—Yo no la he matado. Alguien me dio un golpe por detrás en la cabeza. Cuando llegué, ella estaba maniatada en una silla y viva —se defendió Royce.

—Claro, amigo, por eso tenía una botella en la mano y está aquí tendido y borracho. Es una buena excusa. Vamos,

Cedric, llévalo al calabozo a ver si le vuelve la memoria, parece que la tiene algo selectiva.

El tal Cedric le trabó las manos a la espalda y el hombre uniformado le pegó un puñetazo en el estómago.

—Esto es por aprovecharte de ella. —Volvió a golpearle en las costillas, luego en la cara y cuando se cansó, escupió al suelo—. Los tipos que creen que porque tengan dinero son impunes, me dan asco.

—Se equivoca conmigo. Yo no le hice nada. Soy inocente —rugió Royce.

—Claro, eso dicen todos —se rio el tal Cedric.

Le golpeó en la espalda para que caminara y lo sacaron de la posada entre empujones. Lo metieron en un carro enrejado y Royce exigió:

—Quiero hablar con el coronel Madison.

—Tranquilo, sus amigos influyentes no podrán hacer nada. Pronto irá a la horca.

Royce se sentó enojado y trató de mantener la calma a duras penas. Tenía que tratarse de un error. No podía ser que esa zorra se la hubiese vuelto a jugar. Angustiado, esperaba recibir pronto la visita de su amigo y aclarar ese malentendido.

El coronel Madison llegó a la hacienda de Royce y se pasó la mano por el pelo. Le pasó una tarjeta al criado y esperó en la biblioteca a que las damas lo atendieran. Se entretuvo mirando los volúmenes que allí había y admiró la preciosa colección de poesía y ensayos que Royce había recopilado.

—Coronel Madison —le saludaron las mujeres.

Él les devolvió el saludo y las mujeres le invitaron a sentarse.

—Traigo buenas y malas noticias. La buena es que Royce está vivo —dijo.

Las dos mujeres suspiraron aliviadas y se dieron un apretón de manos reconfortante.

—¿Y cuál es la mala? —preguntó *lady* Shannon.

—Bueno, es un asunto muy delicado. Está en el calabozo acusado de asesinar a una mujer.

Lady Leonore comenzó a abanicarse de la impresión, amenazando con desmayarse. El semblante de Shannon se volvió ceniciento, no reaccionaba.

—Tiene que tratarse de un error. Mi esposo no haría algo así —negó Shannon.

—No puedo decirles más. No tengo más datos. Estoy investigando para esclarecer esto. Royce dice ser inocente y yo le creo, pero necesitaré pruebas contra quién ha querido inculparle. No obstante, iré a hablar con el gobernador para interceder por él. Haré todo lo que esté en mi mano —les aseguró.

—Confiamos en usted. Tiene que haber una explicación —insistió *lady* Leonore.

—Llámenme Henry. A su disposición, señoras —se despidió.

Tras aquella visita, *lady* Leonore se excusó para irse a su cuarto alegando que tenía una terrible jaqueca. Shannon se quedó sola en aquella habitación sin creerse que eso le estuviese pasando. Al cabo de un rato, se dirigió al despacho de Royce y se dedicó a mirar las invitaciones que no se habían enviado. Con lágrimas en los ojos vio opacado su futuro. Si era acusado, *lady* Leonore y ella misma serían señaladas. Se vería obligada a regresar a Londres.

Abrió un cajón y notó que había un papel doblado. Shannon lo abrió y la inmaculada letra de una mujer llamó su atención.

Querido Royce:

Me he enterado de que somos familia, algo que es un poco incómodo para ambos después de la relación que mantuvimos y que yo no he podido olvidar tras lo que pasó. Espero que puedas perdonarme.

Estoy muy arrepentida. Por eso, me gustaría que pudiéramos vernos para forjar una relación amistosa delante de tu esposa y dejar a un lado nuestras diferencias, pues hay algo que desconoces de ella y creo que deberías saber.

Te espero en la Posada The Oak Inn a las doce. Es un lugar bastante apartado que nos procurará la intimidad que necesitamos para hablar y lejos de miradas curiosas. Si no vienes, entenderé que no quieres arreglarlo.

Tuya siempre,
Lady Amber

Shannon se sintió desfallecer. Se sentó en la silla que había frente al escritorio y las lágrimas cayeron sin control por su mejilla. ¿Había ido a verse con su antigua amante y discutieron? Se guardó la nota y, decidida, cogió dinero y mandó preparar un carruaje. Le pidió a Tom que la acompañara. No quería ir sola a los calabozos, se sentía más segura yendo con él.

Sabía que el dinero abría muchas puertas, solo tenía que acordar un precio con el carcelero y la dejaría entrar a ver a Royce.

—¿Adónde nos dirigimos, señora? —preguntó Tom.

—A los calabozos. Le pido discreción, Tom. No quiero que *lady* Leonore se entere. Espero no tardar mucho.

—Así que es cierto lo que dicen.

—¿Y qué es lo que cuentan por ahí los chismosos de los criados? —se molestó Shannon.

—Espero que no se ofenda, pero dicen que antes de su llegada, *lady* Leonore pilló al señor en una posición bastante comprometida retozando con la doncella Susan. Por ese motivo la despidieron, quizá ella le amenazó con contárselo y la mató.

Shannon sintió un escalofrío por todo el cuerpo. El coronel no les había dado la identidad de la mujer, y él parecía muy seguro de su afirmación. Pero ¿con qué intención le había contado ese chisme si Royce no se lo había mencionado? ¿Debía dudar de su marido?

—Tom, no haga caso de las habladurías, siempre desvirtúan la realidad —zanjó.

Procuró mantener el rostro desprovisto de expresión a pesar de su sorpresa inicial, quizá Tom creía que se trataba de esa mujer debido a la discusión. Pero ella tenía la prueba en su poder. La nota era de *lady* Amber, por lo que no podía tratarse de Susan. No obstante, le exigiría una explicación a Royce. No podía quedarse con las dudas que amenazaban con destruir su matrimonio y conspirar en su contra.

De repente, el cochero frenó a los dos caballos rucios entre juramentos. Shannon se asomó por la ventana y preguntó:

—¿Por qué nos detenemos?

—Hay un rebaño de ovejas, señora, solo será un momento.

Estaba tan nerviosa que cualquier cosa le sobresaltaba. Al rato, el grito del corpulento conductor para que los caballos reanudaran la marcha se perdió entre el ruido de los cascos y las ruedas sobre las piedras desiguales del camino.

Shannon se afirmó contra los mullidos cojines de terciopelo y cerró los ojos abrumada. Necesitaba descansar la mente, sin embargo, cada vez que los cerraba, le asaltaban una serie de escalofriantes imágenes que aumentaba su ansiedad. Nadie le había comentado ese suceso entre Royce y Susan. Comenzaba a dudar de su esposo e, incluso, estuvo a punto de dar la vuelta, pero su amor por él le impedía abandonarle hasta no haber escuchado su versión.

El carruaje aminoró la velocidad y torció en un recodo. Shannon escuchó la voz del cochero hablando con el guardia que custodiaba la fría fachada de la cárcel. Cayó en la cuenta de que no se había preparado ningún plan, así que sacó una bolsita con monedas y se las entregó a Tom.

—Dígales que necesito hablar con el nuevo reo, pero que necesito discreción.

El leal de Tom asintió y se bajó del carruaje para negociar con los guardias. El murmullo de sus voces llegaba distorsionado hasta los oídos de Shannon, que no entendía lo que decían. Rezó para que fuera dinero suficiente como para comprar su silencio.

Al rato, se abrió la puerta del coche y Tom introdujo la cabeza.

—Venga, señora, acompáñeme. Ya está arreglado.

Shannon había llevado una capa con capucha para salvaguardar su identidad. Bajó con la cabeza gacha y se dejó ayudar por Tom al descender del coche.

Uno de los guardias les condujo hasta el interior del regio y gris edificio, y le susurró algo al carcelero. Era un hombre alto, orondo y con dos brazos como arietes. Con semejante constitución nadie se habría atrevido a retarle.

—El señor Paige les atenderá con mucho gusto —dijo el guardia antes de retirarse.

El carcelero observó el talle delgado de Shannon y se humedeció la lengua con lascivia. Hacía mucho que una mujer no pisaba aquellos suelos.

—*Milady*, a su servicio —se presentó el señor Paige pomposo.

Se inclinó y le tomó la mano para plantarle un beso. Shannon se estremeció del asco y la retiró antes de que los labios tocaran su mano enguantada.

—Muchas gracias, señor Paige. ¿Puedo hablar con *sir* Royce Devereux en privado? —solicitó.

—Sí, pero nos quedaremos cerca. Grite si le ataca. Hemos tenido que encadenarle, pues se revolvía contra nosotros. Es peligroso, ¿sabe? —Sus advertencias molestaron a Shannon—. ¿Puedo saber el motivo que lleva a una dama como vos a visitarle?

—Prefiero que se mantenga en secreto. Es un asunto personal.

Shannon tuvo que contener las arcadas al notar el desagradable olor a sudor del señor Paige tan cerca. Tom, que había notado la aversión que le producía el carcelero, le hizo a un lado.

—Apártese de la señora si no quiere que le clave una daga entre ceja y ceja —le amenazó Tom.

Al carcelero no le quedó más remedio que poner distancia entre la dama y su cuerpo. Se sacó del cinto un manojo de llaves y se dirigió hacia una celda.

—Solo podrá estar ahí por un corto espacio de tiempo. Después tendrá que irse —le advirtió el señor Paige.

Introdujo la llave y la puerta se abrió con un chirrido estridente.

—¡Maldición, Paige! ¿No puede dejar de atormentarme ni un segundo? —gruñó Royce

—Tiene la visita de una dama. Compórtese, hombre —informó a Royce.

—¿Una dama? ¿Qué clase de nuevo tormento es ese? — se burló el preso.

Los tacones de Shannon resonaron en aquel lúgubre y solitario lugar. Esperó a que el carcelero cerrase la puerta y, entonces, se acercó hasta el bulto que veía al fondo.

—¿Quién eres? —preguntó Royce con desconfianza, haciendo tintinear las cadenas.

—Soy yo, Royce. Shannon —contestó con la voz débil.

Cuando sus ojos se acostumbraron a la oscuridad descubrió a su marido encadenado, lleno de golpes, con la ropa hecha girones y manchada de sangre.

—¿Shannon? Amor mío, ¿qué haces aquí?

—Necesito saber tu versión, Royce —suplicó, guardando una distancia prudencial de él.

—Shannon, no me temas, te juro que yo no la maté. Me cité con *lady* Amber en una posada y, tonto de mí, creí que quería arreglar las cosas, ya que ahora íbamos a ser familia. Cuando llegué allí, encontré a Susan maniatada y alguien me golpeó a traición por la espalda. Me estaban esperando: era una trampa. Lo siguiente que recuerdo fue despertar con los guardias encima de mí con el cadáver de Susan al lado. Ten cuidado con esa mujer, no es de fiar. No se te ocurra mantener contacto con los Berkeley. El coronel Madison ha ido a hablar con ellos. Deja que se ocupe de este embrollo.

Shannon se había quedado helada al escucharle. ¿Cómo sabía Tom que se trataba de Susan? Como seguía en silencio, Royce se movió hacia ella y la poca luz que se colaba a través de los barrotes iluminó su cara, sacándole una exclamación.

—¡Dios mío! ¿Quién te ha hecho eso? —Acercó una mano hacia su mejilla y lloró—. ¿Te duele?

—No te preocupes por mí. Solo te pido que si no salgo de aquí, cuides de mi tía. ¿Me harías ese favor? —pidió Royce.

—No digas eso. Te vamos a sacar. Solo una cosa más, ¿es cierto que te pillaron con Susan retozando en nuestra casa?

—Shannon, se me tiró ella encima, lo juro. Por eso la despedí. No quería que se interpusiera entre nosotros. ¿Podrás creerme?

Las dudas y los celos nublaban la razón de Shannon, que no podía evitar comportarse con bastante desapego. Sin embargo, los goznes oxidados de la puerta chirriaron de nuevo, anunciando que su tiempo había expirado.

—Lo siento, *milady*, pero si quiere estar más rato, tendrá que pagar más —exigió el carcelero con avaricia.

—¡Serás ruin! —le recriminó Royce furioso.

—No importa. Ya habíamos terminado de hablar, señor Paige —le indicó Shannon, recomponiéndose.

—Espera. Busca la nota que me envió *lady* Amber, la dejé en mi despacho y dásela a Henry. Es importante —suplicó.

Shannon asintió con la cabeza, sintiendo tener que abandonarlo sabiendo cómo lo estaban tratando, pero, por el momento, no podía hacer más por él.

Capítulo XVIII

Cuando abandonaron la frialdad de la cárcel, Shannon le pidió al cochero ir a la casa del coronel.

—¿Adónde nos dirigimos, *lady* Shannon? —preguntó Tom.

—Necesito hablar con el coronel Madison para saber si tiene algo —respondió distraída.

Shannon tenía ganas de llorar. No paraba de darle vueltas a la conversación con Royce y su cabeza se llenaba de dudas. ¿Y si le estaba mintiendo y la había matado para que no hablase? ¿Y si, en realidad, también había querido deshacerse de su otra amante? No sabía qué pensar. Nunca habían hablado de amor. Ella era inocente cuando lo conoció y, además, una ingenua por creer que podría enamorarse de ella. Sin embargo, aquella nota que obraba en su poder parecía confesar que, en efecto, *lady* Amber había hecho algo. Tal vez podía ayudar al coronel a despejar algunas dudas que se cernían sobre Royce.

Una vez en la casa del coronel, Shannon le pidió a Tom que esperase junto al cochero. Entró en el vestíbulo y le recibió un mayordomo.

—Lo siento, *milady*, pero el coronel no se encuentra aquí.

—¿Puede entregarle esta nota de mi parte? —dijo, adjuntándole su tarjeta de visita.

—Por supuesto, descuide.

Como regresó enseguida, Tom supo que el coronel no se encontraba en casa. El resto del viaje lo hicieron en completo silencio, algo que agradeció Shannon.

Una vez en la hacienda, expuso a su doncella su intención de retirarse a descansar. Estaba agotada y necesitaba pensar.

—Tafari, tráeme una infusión para calmar los nervios. ¿Cómo está *lady* Leonore? —le preguntó.

—No se encuentra bien. Sigue reposando en su cuarto, señora.

Shannon lo comprendió y se encerró en el suyo. Mientras esperaba a que Tafari le trajera la tisana, se sentó en la terraza. El sol ya estaba muy alto y las chicharras entonaban su canto con fuerza. Cerró los párpados un segundo y exhaló un suspiro de resignación. Se sentía impotente. Tenía muchos interrogantes sin respuesta. ¿Qué hacía Susan con *lady* Amber? Se preguntó si su marido escondería más cosas y decidió ir otra vez a revisar su despacho. Abrió la puerta y lo encontró todo revuelto. Shannon se asustó y, antes de alarmar a los criados, buscó al intruso dentro, pero la habitación estaba desierta. Cerró la puerta detrás de sí y se dedicó a colocar las cosas en su lugar. ¿Buscarían la nota que le había entregado al coronel? Solo había una persona que podía haber escuchado lo último que le había confiado Royce, y ese era Tom. No quería desconfiar de él porque sus sospechas le parecían infundadas, ya que siempre le había sido leal, sin embargo, las dudas insidiosas se colaban en su mente llevándola a recelar debido a las circunstancias. Cuando lo tuvo de nuevo ordenado, no encontró nada relevante de su marido. Si había algo, probablemente ya se lo hubieran llevado. Al echar un último vistazo, descubrió en un rincón una huella de tierra lo suficientemente grande como para pertenecer a un hombre y en la que no había reparado por culpa del desorden. Puso su pie al lado y, en efecto, comprobó que era más grande que el suyo. Se agachó y cogió un trozo de barro que aplastó con los dedos hasta que solo quedó una semilla de tabaco. Frunció el ceño y se quedó pensativa.

Decidió regresar a su dormitorio sin dejar de pensar en lo que había encontrado. Al entrar, encontró la infusión sobre la mesa humeando. Tafari debió haberla dejado al no hallarla dentro. Sin embargo, al rato vino para anunciarle la visita del coronel e interrumpió sus cavilaciones.

Lady Amber se paseaba tranquila por la mansión. Había interpretado a la perfección el papel de señora preocupada por su doncella para identificar el cadáver de la pobre Susan. Lloriqueó con un pañuelo de encaje para secar sus lágrimas de cocodrilo y fingió un desmayo muy natural, tanto, que aquellos estúpidos la sacaron de esa asquerosa sala para que le diese el aire.

Contempló las maletas de Susan con desprecio y sopesó el quemar sus cosas. Total, ella ya no podía disfrutarlas, pensó con maldad. La muy estúpida creía que podía ir a su casa con chantajes y coaccionarla. No le ablandaron sus súplicas ni sus lloros. Con ella no se jugaba.

Todo lo que tenía, ese imperio, era gracias a su inteligencia. Ni en el pasado, William pudo presagiar que esa mujer a la que consolaba sería algún día su esposa. Lo tenía todo organizado y esos dos bastardos no arruinarían su vida.

Regresó a la biblioteca y abrió un mueble del que sacó una botella de un reserva muy especial. Se sirvió una copa de vino y se quedó abstraída, observando con deleite el color violáceo de aquella bebida que tanto le recordaba a la sangre de sus víctimas. Dio un sorbo y se relamió del gusto. Aquellos placeres eran algunos de los que tanto color le aportaban a su estilo de vida. Vivía rodeada de confort, riquezas y, por qué no, de placer.

La interrupción de su criado le hizo arquear una ceja con desprecio. Si la había importunado para una tontería, le mandaría azotar.

—Señora, el coronel Madison está aquí y quiere hablar con usted.

—Enseguida le atiendo.

Lady Amber se pellizcó las mejillas y salió con el rostro compungido.

—Coronel, ¡qué sorpresa! ¿En qué puedo ayudarle? —dijo con un tono de voz lastimero.

—Me gustaría hacerle unas preguntas. Seré breve, no quiero importunarla.

—Claro, pase al salón. Allí estaremos más cómodos.

El esplendor de aquellos elegantes muebles de caoba y las lámparas de araña que colgaban del techo abrumaban al que entraba. Se sentaron en unos sillones franceses y *lady* Amber esperó a que el coronel empezara con su interrogatorio.

—¿No está su marido?

Su pregunta la desconcertó.

—No. Está de viaje por asuntos de negocios —explicó.

—Bien. Quería preguntarle desde cuando conoce a su doncella.

—Bueno, ella trabajó para mí en Londres mucho antes de casarme. Encontró algo mejor y le perdí el rastro. Mi sorpresa fue cuando se presentó en mi casa el otro día. Solo me contó que el vizconde la había echado y, claro, recurrió a mí para que la ayudase mientras que encontraba algo.

—¿Fue su doncella?

—No. Era una criada más, pero era muy despierta, tanto, que pronto llamó mi atención.

—¿Sabe quién eran sus padres?

—Desde luego, la madre era una de mis criadas. El padre, ¡a saber!

—¿Sabe los motivos por los que la echaron de la casa del vizconde?

—Me temo que no me contó mucho. Pero sí pude advertir que estaba muy afectada. Por sus palabras parecía que estuviese enamorada del vizconde y que, además, había habido algo entre ellos.

—Entiendo. Pero *sir* Devereux cuenta que se citó con usted. Permítame que no comprenda cómo es que Susan apareció en su lugar.

—Como ya le he dicho, Susan parecía enamorada del vizconde. Usaría mi nombre para quedar con él.

—¿Usted no se citó en la posada The Oak Inn con el vizconde?

El coronel tenía una mirada muy penetrante, pero *lady* Amber estaba acostumbrada a mentir. Abrió los ojos fingiendo sorpresa y se dispuso a contar su versión de los hechos, algo que ya había ensayado frente al espejo:

—No. De hecho, no tengo ni idea de dónde está ese sitio. Lo siento.

—Entonces, ¿cómo desapareció Susan de su casa? ¿Qué explicación le dio?

—Me dijo que pensaba ofrecerse por algunas casas vecinas a ver si conseguía trabajo. Me extrañó que no regresara y, bueno, fui a denunciarlo porque no era propio de ella. No tenía dinero. ¿Adónde iba a ir? —Una lágrima se escapó de sus ojos con suma naturalidad y se tapó la boca para completar su expresión de compungida—. No esperaba tener que identificar su cuerpo. ¡Qué animal!

El coronel se quedó observándola, estudiando sus gestos, y asintió.

—Cierto. Supongo que habrá sido muy desagradable para usted.

—Mucho. Pobrecilla, era muy buena chica.

—Bueno, no quiero molestarla más. Tengo entendido que se marcha de viaje. ¿Le importaría dejarme su dirección en mi tarjeta? Es por si tengo que preguntarle algo más.

Lady Amber escribió por el anverso su ubicación y se la devolvió con una sonrisa amable.

—Entonces, ¿ya está?

—De momento, sí. Le deseo un buen viaje.

Cuando se deshizo de su visita, *lady* Amber sonrió con maldad. Nunca podrían incriminarla. Esta vez, Royce no escaparía a su destino.

Henry había detectado que la dama mentía muy bien. Por Royce sabía que él había sido muy generoso con Susan y le había entregado dinero suficiente como para vivir un tiempo sin estrecheces. Ya en su coche, comprobó que la letra era muy parecida a la de la nota que había recibido Royce y que le había proporcionado *lady* Shannon. Además de que le había aportado un dato muy importante. Pensó que era el momento de interrogar a *lady* Leonore.

La anciana lo recibió a pesar de sentirse indispuesta.

—Discúlpeme, coronel, pero hoy sufro de jaquecas.

El hombre pudo comprobar que era cierto, ya que eso se notaba claramente en su rostro apagado, además de tener unas ojeras bastante marcadas bajo sus ojos.

—No tardaré mucho. Seré breve. ¿Su doncella sabía escribir?

—Sí, me encargué de darle un mínimo de educación.

—¿No tendrá por casualidad algún papel escrito por ella?

—Creo que sí. Espere un segundo, voy a por él.

La mujer regresó al rato con un documento y se lo entregó.

—Le gustaba escribir poesías y, muchas veces, me las leía.

Henry comprobó que la letra no se parecía en nada a la de la nota que había recibido su amigo.

—Muchas gracias. Tengo otra pregunta: ¿sabía que Susan había trabajado para *lady* Amber Berkeley antes que para usted?

—No. Susan me dijo que siempre había vivido en la calle. Es más, me dijo que era hija bastarda de un noble, pero que su padre renegaba de ella. ¡Dios mío! Esa mujer fue la ruina de mi sobrino. ¿Cree que ella preparó todo esto?

—No lo sé, *lady* Leonore. Espero que no le importe si la cito para que defienda a su sobrino.

—Sin ningún problema.

—¿Puedo pedirle que me escriba y me firme todo lo que me ha contado sobre Susan? Así podré enseñárselo al gobernador y al juez de paz. Asimismo, me gustaría hablar con *lady* Shannon.

La mujer la mandó llamar a través de un criado, mientras, ella escribía su confesión.

—Buenas tardes, coronel —le saludó con afecto la esposa de Royce—. ¿Recibió mi nota?

—Por supuesto. Y no sabe cuánto se lo agradezco. Quería darle las gracias. Esto ayudará mucho a Royce.

—Henry, ¿puedo tutearle? —preguntó la joven.

—Sí, claro, *lady* Shannon.

—¿Tiene algo ya?

—Hay muchas incongruencias en este asunto. La posadera dice que no vio a Royce, cuando él afirma que habló con ella. Sin embargo, ahora ha desaparecido y nadie sabe dónde está. Es como si alguien tuviese mucho interés en hacer desaparecer las pruebas y a todos los testigos que nos pudiesen aportar algo. Parece que hubiese un complot contra él. Pero, quédense tranquilas, porque al ser un corsario a las órdenes de nuestra patria, no creo que lleguen a inculparlo. La defensa ya está preparando algo.

La nobleza disfrutaba de ciertos privilegios que no se extendía a la población de esclavos o sirvientes en caso de acusación, por lo que no creía que tuvieran mayores problemas en sacarlo de la cárcel. Siempre podían amañar las pruebas para hacerlo pasar por inocente.

—¡Oh! Eso son noticias maravillosas —se tranquilizó *lady* Leonore.

La anciana le entregó su confesión y Henry se alegró de haber pasado a verlas. Ya tenía más pruebas de que algo no encajaba en ese asunto. Si *lady* Amber no quería que comenzara a remover el pasado, tendría que llegar a un acuerdo. Aquella mujer le había disgustado bastante. Tenía muy estudiadas todas sus poses.

Delante de *lady* Leonore, Shannon no se había atrevido a comentarle al coronel el asalto al despacho de su marido. No quería preocuparla aún más. La visita del coronel había conseguido animar el semblante de la mujer mayor, que se mostró más dicharachera que de costumbre durante la cena.

—Esa mujer es un veneno —comentó *lady* Leonore sobre *lady* Amber.

Shannon comenzaba a creer que, en efecto, había tenido algo que ver con aquel turbio asunto que había implicado a Royce. Decidió cambiar de opinión sobre su marido y pensar que, desde luego, era inocente de los cargos que se le acusaban.

—Espero que lo liberen pronto porque esto es un ataque a su integridad como persona —continuó *lady* Leonore.

Era mucha casualidad que las dos veces que se hubiese acercado a esa mujer, Royce hubiese sido acusado de algo.

Cuando terminaron el postre, la anciana se marchó pronto a descansar, mientras que Shannon decidió salir un rato al porche y contemplar la noche, cuyo cielo estaba despejado. Observó una estrella fugaz cruzar el firmamento y pidió un deseo. Quería creer a Royce, que todo volviera a la calma y olvidar ese asunto tan turbio.

—¿No se va a dormir, señora? —la voz de Tom la sobresaltó.

—No, aún no. Puede que más tarde. ¿Qué hace aquí?

No pudo evitar que su mirada se dirigiese hacia las botas que llevaba. Como estaba recostado, podía verle la suela y un escalofrío le recorrió la columna al advertir que era muy parecida a la que había visto en el despacho e, incluso, se advertía el barro alojado entre las ranuras.

—Supongo que como usted, respirando aire puro.

Royce tenía varios perros labradores que se había traído de Inglaterra. Shannon no se acostumbraba a que la olisquearan con aquellos enormes hocicos. Sin embargo, en esa ocasión le transmitía seguridad tenerlos tan cerca. Acarició el lomo de uno de ellos y sonrió al ver que se quedaba cerca de ella.

La perra se acercó hasta Tom moviendo el rabo y este le palmeó amistosamente.

—¿Qué te pasa, pequeña?

Escuchar esa frase fue para Shannon como si hubiese recibido un golpe muy fuerte en la cabeza. Un fogonazo que le hizo recuperar la memoria de golpe. Su cara se volvió cenicienta al reconocer al dueño de aquellas palabras que durante mucho tiempo le habían atormentado en sueños. Esa misma pregunta se la había hecho cuando regresó tras haberse llevado en contra de su voluntad a su madre. Ahora lo recordaba, solo que su mente le había hecho olvidar el trauma para protegerse de él.

De repente, sintió que le faltaba el aire, además de una apremiante necesidad de alejarse de él.

—Creo que me voy a la cama. Me noto muy cansada —se despidió con la voz trémula.

—Buenas noches, señora. Descanse.

Shannon subió las escaleras notando flojera en sus piernas. Ya no se sentía a salvo cerca de él. Al día siguiente sin falta iría a ver a Henry. Sin embargo, no conseguía relacionar a Tom con *lady* Amber. Si, en efecto, él era quien había buscado la nota en el despacho de Royce, ¿qué relación tenía con la muerte de sus padres?

La tisana seguía en el lugar que la había dejado. Llamó a Tafari para que la ayudara a desvestirse y le pidió otra infusión.

Cuando se marchó su doncella, la angustia de sentirse en peligro le hizo cerrar la puerta con el cerrojo. Con las manos temblorosas, se sentó en la cama y cogió la porcelana para darle un sorbo al líquido amarillo. Lo notó con un regusto amargo, así que solo pudo beberse la mitad. Se tumbó en la cama y las imágenes de aquel día le asaltaron.

Su madre le acariciaba el pelo entre sueños. Shannon se encontraba en su cama de High Street en Burford. Cuando paró de acariciarla, le plantó un beso en la mejilla.

—*Mi pequeña Shannon. ¿Algún día podré decirte que en realidad tu padre es William y no Anthony? —le susurró.*

Se miró al espejo de la coqueta que tenía Shannon en su habitación y su rostro se arrugó con preocupación.

—Parece que a mi hermana no le agrada que me vea con tu verdadero padre y ha conseguido distanciar a Anthony de William. Pero nos queremos y, algún día, deseo que él y tú podáis trataros como tal. Espero que tengas más suerte que yo y encuentres el amor sin necesidad de tener que ocultarte —le habló.

De repente, el sonido de una campana le hizo cambiar de actitud, se tensó y bajó a recibir a la visita. Shannon salió de la cama a hurtadillas y se asomó a la barandilla. Vio a lady Amber del otro lado. Aquellos ojos eran un rasgo muy característico de la familia.

—Amber, comienzo a estar cansada de tu manía persecutoria. William me ama y Anthony está de acuerdo.

—Sois los dos unos depravados. Anthony por verse con hombres y tú por permitir que otro ocupe su lugar en tu cama.

—¿Qué es lo que más te molesta, Amber? ¿Que al ser bastarda llegáramos a un acuerdo para vivir nuestro amor con libertad o que no te escogiera a ti?

Lady Amber rugió de rabia.

—¡Padre me prometió a él!

—¿Es que no lo ves? Te he salvado de un destino cruel. Tú eres muy hermosa y joven aún. A ti sí te pueden presentar en sociedad. Conocerás a muchos hombres y podrás elegir. Yo no tenía esa oportunidad, y Anthony sabía que no podría cumplir contigo.

—Así que llegasteis a un acuerdo a mis espaldas y padre aceptó el cambio. ¿Te das cuenta de que soy la rechazada? ¿Es que no habéis pensado en mi reputación?

—No eres la única a la que le ha ocurrido. Muchos nobles rehúsan casarse con su prometida. Encontrarás a alguien. Deja de decirle a Anthony que yo soy una mujer adúltera y él un depravado, semejantes comentarios no benefician a esta insana *relación. Entre nosotros tres hay un acuerdo —continuó su madre.*

—William puede casarse y, de este modo, tú lo estás reteniendo para ti. Esto tiene que acabar ya.

—Jamás entenderé tus celos enfermizos.

—¿Vas a dejar de verle?

—Por supuesto que no, Amber.

—Bien, entonces no me dejas otra alternativa.

De repente, Tom cogió desprevenida a su madre por la espalda y la amordazó para que no gritase. Luego, la envolvió con una manta y se la cargó al hombro.

Shannon notó que lloraba en sueños. Quería despertar, pero algo se lo impedía. Comenzó a toser apurada y consiguió salir de aquel sopor. Por fin, pudo abrir los párpados con mucha dificultad cuando le pareció que un humo negro se colaba por debajo de la puerta. Se levantó y, al mirar a través de la ventana, descubrió horrorizada que la plantación sucumbía a unas virulentas llamas. Buscó la ropa de grumete en el armario, ya que le permitiría más libertad de movimientos, y se tensó el pelo con una cinta entre movimientos torpes, pues se notaba todavía aletargada. Se ajustó las ropas de hombre y se puso unas botas de ante. Arrancó la colcha de la cama y la humedeció en el agua fría que quedaba en la tina.

Una vez que se hubo asegurado de que todas sus ropas estaban empapadas, al igual que su pelo, abrió la puerta. Al salir al pasillo, con el calor y el humo le escocieron los ojos, que comenzaron a lagrimar sin parar. Se dirigió hacia la puerta de la anciana y la abrió. La encontró con un golpe en la cabeza. Shannon le buscó pulso sin éxito. Con el alma rota, tuvo que abandonarla e intentar salir de aquel horno que amenazaba con quemarla y asfixiarla.

Bajó las escaleras entre fuertes ataques de tos, cuando un crujido terrible le obligó a detenerse y dirigir la vista hacia el techo. Solo atinó a ver cómo se desplomaba una viga de madera y levantaba un muro de llamas y chispas que le obstaculizaron la salida.

Capítulo XIX

R oyce sentía un dolor en el pecho muy agudo. La visita de Shannon le había hundido. Había advertido la mirada de desconfianza de su esposa. Agitó las cadenas y rugió furioso. Si conseguía salir indemne de allí, *lady* Amber no se iba a librar de su furia. No iba a parar hasta hundirla. Aunque lo que más le preocupaba era recuperar la confianza de su esposa. Había perdido la cuenta de los días que llevaba allí encerrado.

Paige descorrió el cerrojo y lo observó con desdén.

—Parece que tenéis suerte, el juez ha ordenado vuestra libertad. Vienen a buscaros. Lo que hace el tener amigos influyentes… —comentó con desprecio.

Le quitó los grilletes sin ocultar lo mucho que le disgustaba y dejó que abandonase la celda. Royce se masajeó las muñecas y saludó a Henry.

—Vamos a mi casa. Allí podrás cambiarte, amigo mío —le dijo.

Siguió a Henry afuera de aquellos muros ante la mirada reprobatoria de los guardias.

—No sabes cuánto te agradezco todo lo que has hecho por mí, Henry —le comunicó.

—No me lo agradezcas a mí. Tus servicios a nuestro país y la leyenda que te rodea te han granjeado los favores del gobernador. Acaba de llegar un representante de la corona y han extendido un indulto en agradecimiento por los tesoros que les entregaste tras ese asalto al barco español, ya que las pruebas no se sostenían.

—Así que les llegaron bien... Estaba muy preocupado. Los españoles me persiguieron nada más salir de Jamaica. Mandé dos barcos con el tesoro, uno que salió hacia Virginia y otro que envié a Inglaterra. Ambos marcharon días después.

—Quieren potenciar la exportación de productos y necesitan de tu dilatada experiencia para sortear a los españoles.

Por el camino, Henry le puso al corriente de la situación política actual de Inglaterra y de la que había tenido conocimiento recientemente. Según las noticias que llegaban del antiguo continente, el desembarco de Guillermo III de Orange-Nassau en Inglaterra originó que Jacobo II huyese a Francia, lográndose instaurar una monarquía parlamentaria definida por la Declaración de Derechos, que habían tenido que jurar Guillermo III y María II antes de ser coronados. Asimismo, se había conseguido una estabilidad constitucional en la que Tories y Whigs acordaron turnarse en el gobierno, lo que beneficiaría al comercio a partir de aquel momento.

—Son muy buenas noticias —afirmó Royce—. Pero, Henry, no nos desviemos del asunto principal. Quiero acabar con *lady* Amber. No voy a olvidar este agravio hacia mi persona. ¿Tienes algo?

—No mucho para inculparla por asesinato. Es muy lista, pero no lo suficiente. Con lo que tengo, no creo que le interese que sigamos indagando. Tal vez, puedas llegar a algún acuerdo con ella.

—Eso no me consuela. Ha tratado de arruinar mi vida dos veces. No cesaré hasta que no me deshaga de ella —prometió Royce.

En cuanto entraron en la casa, Henry solicitó a su mayordomo que preparase un baño para Royce y una muda de ropa limpia. Subió dispuesto a relajarse un rato.

El agua desprendía un vapor muy agradable. Metió una pierna en la tina y agradeció poder deshacerse de la suciedad que cubría su piel. Se afeitó y se dispuso a reunirse con Henry una vez vestido y perfumado.

—Pareces otro —sonrió su amigo.

—Muchas gracias por todo, Henry. Estoy deseando regresar a mi hacienda para ver a mi esposa y a mi tía.

El semblante de su amigo palideció, posó una mano en su hombro inconscientemente y le dio un apretón cargado de pesar.

—Siéntate, Royce, tengo algo que contarte. Siento ser el portador de tan terribles noticias.

—¿Qué ha pasado, Henry?

—Hace unos días tu hacienda salió ardiendo. Nadie sobrevivió.

—No puede ser...

Royce se derrumbó sobre el sillón de cuero francés y se cubrió la cara con las manos. Sintió un dolor terrible en el alma que le atravesó el corazón.

—Llévame hasta allí —pidió.

—No creo que te haga bien, Royce.

—Te lo pido como un favor personal. Si no me quieres acompañar, lo entenderé perfectamente.

—¡Qué cosas dices! ¿Cómo voy a dejar que vayas solo? Pediré un coche. ¿No quieres pensártelo antes? —Ante su negativa, Henry salió hacia las cocheras.

Por el camino, a Royce le asaltaron horripilantes imágenes que lo atormentaron durante todo el trayecto. No podía ser que se hubiese quedado viudo tan pronto. Ni siquiera le había dicho a su esposa lo mucho que la amaba. En cuanto avistó las tierras, se entristeció al comprobar que habían sido reducidas a cenizas. Se bajó y tensó la mandíbula. Su mansión aún rezumaba humo. A pesar de todo, el edificio se mantenía en pie.

—¿No estarás pensando en entrar? —se alarmó Henry.

—Sí, no te pido que me acompañes.

—Royce, es un suicidio, el edificio es inestable, puedes matarte.

Pero Royce desoyó las súplicas de su amigo. Pegó una patada a unos maderos caídos en la entrada y accedió al interior. Comenzó a buscar señales de las mujeres en la planta baja y cuando comprobó que no había nada, subió las escaleras de piedra. La angustia que se había alojado en su pecho le impedía respirar con normalidad. En el cuarto que pertenecía a su tía había un cuerpo quemado. Era la primera vez que se permitía llorar. Giró su cráneo y observó que había claros indicios de que había recibido un impacto en la nuca. Alguien la había asesinado e iba a pagarlo caro. La rabia le poseyó con fuerza y rugió como un animal herido. Henry no se atrevió a acercarse. Lo había seguido muy a su pesar.

Cuando se calmó, Royce se levantó y se dirigió hacia el dormitorio de su esposa sin mucho aplomo. Creía que se iba a romper en pedazos, sin embargo, allí no halló ningún cadáver. Con algo de esperanza, decidió recorrer todas las estancias para asegurarse de que no se encontraba recluida en otra de las dependencias, pero en ninguna encontró señales de otro cuerpo.

—Henry, ¿salió con vida algún criado?

—No lo sé, Royce. Puedo investigarlo. Ahora mismo todo el mundo está desperdigado. Si hay algún superviviente, lo encontraremos. Será mejor que regresemos a mi casa.

Sin embargo, Royce comenzó a recorrer sus tierras. Cerca de ellas había un río que se dirigía hacia los pantanos. Observó unas diminutas pisadas que se perdían por el camino y comenzó a recorrer la zona. Al rato, encontró una colcha tirada. Reconoció la tela, puesto que la había elegido para cubrir la cama de Shannon. La recogió y buscó más pisadas por el lodo. Desesperado por haber perdido su rastro, Henry se acercó a él intrigado.

—¿Qué haces, Royce?

—¿Y si Shannon consiguió salir? Esta colcha pertenece a su cama. —Se agarró a aquella prueba como un clavo ardiendo.

Los dos hombres fijaron la mirada en la zona de los pantanos con preocupación.

—Vamos a por varios hombres. La buscaremos por ahí —solucionó Henry, aunque calló que sabía que esa zona estaba infectada de reptiles. Para alguien que no se conociera la zona, podía caer presa fácilmente de alguno de aquellos bichos.

—No, ve tú. Yo avanzaré. Puede que esté muy asustada. Esta zona es muy peligrosa para que ande sola —dijo Royce.

—Está bien. Nos encontraremos por aquí.

Royce comenzó a caminar buscando cualquier pista que le llevara a ella. Esa zona estaba llena de esclavos insurrectos y de bandidos, y le preocupaba su seguridad.

—¡Shannon!

La llamó hasta quedarse ronco. Henry había llegado con perros que seguían el rastro de la colcha y numerosos hombres armados. Estuvieron buscándola hasta casi la caída del sol.

—Vamos, Royce, regresemos —le suplicó Henry—. Aquí no hacemos nada. Mañana seguiremos.

La desesperación de Royce era patente, el coronel nunca le había visto tan destrozado.

—¿Y si se la han llevado por la fuerza? Esa zorra me las va a pagar —espetó fuera de sí.

—No puedes presentarte en su puerta y acusarla de nada si es lo que estás pensando —le hizo razonar Henry—. Ni siquiera sabes a ciencia cierta si *lady* Amber está detrás de su desaparición.

—¿Crees que es casualidad?

—Tranquilízate. Vamos a mi casa y pensemos en algo. Comprendo tu desesperación, pero así no la vamos a ayudar.

—Puede que para entonces sea demasiado tarde —se desmoralizó.

Royce se alejó dividido. Con mucho pesar tuvo que reconocer que no sabía dónde podía encontrarse Shannon, suponiendo que se tratase de ella. Al día siguiente intentaría encontrar supervivientes para ver si podían esclarecerle algo.

Por desgracia, ya habían pasado varios días tras el incendio e iba perdiendo la esperanza de encontrarla con vida. Aun así, no pensaba tirar la toalla. Siempre admiró su valentía, le demostró que era una luchadora en todos los sentidos y él no iba a abandonarla. Necesitaba acariciar su piel, besar sus labios y sentir sus caricias de nuevo, aunque solo fuese una última vez. ¡Dios! Rezaba para que se tratase de ella.

Shannon tosió una vez más y se quejó entre sueños. Notaba la frente ardiendo. No sabía dónde estaba, solo escuchaba una voz afable y algo carrasposa que le pedía que se calmase mientras le ponía más compresas frías. A veces, le daba de beber algo que la tranquilizaba y le amodorraba. Notaba escozor en ciertas zonas de su cuerpo.

Volvió a agitarse en sueños y llamó a Royce por enésima vez. La mujer que le atendía no sabía de quién se trataba, aunque imaginaba que era alguien importante para ella. Esa desconocida la tenía muy intrigada. Sus manos, tan sumamente delicadas y ausentes de callosidades, solo podían pertenecer a alguien acostumbrado a no trabajar. Pero si era de buena cuna

¿por qué iba vestida de hombre y estaba perdida en aquel lugar?

El día que la halló desorientada por el pantano, decidió subirla a la barca y ocultarla en su choza. Si la descubría Ronald querría venderla en el mercado negro y ella creía que podía sacar más monedas si averiguaba a qué casa pertenecía. Podría chantajear a ese hombre rico para que le diese una buena suma de dinero por ella.

Tamura tenía los huesos destrozados debido a la humedad de aquellas tierras. Una cicatriz, que casi la deja tuerta, le afeaba la cara. Aún recordaba ese día como si fuera ayer: la señora andaba muy celosa porque el señor la prefería a ella, así que decidió azotarla como castigo, cuando la realidad era que estaba siendo obligada a aceptarle en su lecho en contra de su voluntad. Aún le repugnaba recordar cada noche cómo la violaba y ultrajaba. ¡Qué asco! Aquel día le pegaron hasta que quedó inconsciente para después abandonarla en medio de la nada como si fuera basura. Quizá, la dieron por muerta. En cualquier caso, para ella fue una liberación. Ronald y sus hombres la recogieron y una mujer la curó. No es que allí tuviera muchas comodidades, pero quería poder vivir sus últimos días con algo de tranquilidad en vez de estar buscando comida como una rata.

Observó a la chica y concluyó que tenía una belleza arrebatadora. El pelo dorado era demasiado llamativo como para no reparar en ella. Una mujer que no dejaría indiferente a los hombres. No pensaba dejar que Ronald la descubriese. Era su botín. O, quizá, la había visto tan desamparada que su corazón se había ablandado demasiado pronto.

No. Ella sería su moneda de cambio. Los de su clase nunca tuvieron piedad con ella. Hubo un momento en que Tamura también fue bonita, tuvo una hija preciosa y se la arrebataron para venderla como a un animal.

Por fin, al tercer día, la chica despertó. Al verse amarrada se asustó.

—¿Quién es usted? ¿Qué hago aquí? —preguntó.

—Tranquila, no te alteres. No chilles si no quieres que te descubra Ronald y, créeme, desearás estar muerta si él lo hace. Llevas varios días enferma. Cuando te encontré, estabas perdida por el pantano. Deberías darme las gracias, te salvé.

—Entonces, si me ayudó, ¿por qué estoy amarrada? ¿Soy ahora una prisionera?

—Serás libre cuando me digas tu nombre.

Shannon abrió los ojos con sorpresa y el abatimiento se apoderó de ella. Su situación no podía ser más desesperada. No podía proporcionarle su apellido de casada, puesto que con Royce en la cárcel no podía contar con su ayuda; tampoco podía nombrar su apellido de soltera por temor a que la entregase a los Berkeley, ya que con el incendio se habrían quemado los papeles que demostraban que pertenecía a la familia de los marqueses, lo que ella ignoraba era que Royce los había puesto a buen recaudo, y ellos podrían alegar que no la conocían de nada. La única persona en la que en ese momento podía confiar era en el coronel Madison y no creía que esa mujer la fuese a entregar a él por voluntad propia, puesto que era una autoridad.

—¿Trabajas a las órdenes de alguien? —preguntó Shannon.

—¿Yo? No. Escucha, no sabes la suerte que has tenido de que te encontrase yo y no otra persona de aquí. Estás en una zona llena de contrabandistas y ladrones. Ronald pone aquí algo de orden, pero si se entera de que no le he dicho nada sobre ti, me puede matar. Quiero ayudarte, pero quiero algo a cambio, por supuesto.

—¡Estupendo! —exclamó Shannon con ironía.

—¿Qué hacías vestida de hombre?

—¿Qué quieres de mí? —preguntó en su lugar.

—Veo que vas al grano. Chica lista. Les pediré un rescate por ti y cuando me paguen, te soltaré. Tengo que comer.

—¿Y por qué iban a hacer tal cosa?

—Sé que eres rica, tus manos te delatan. Se nota que no has trabajado nunca. Esas botas que llevas puestas son caras. Alguien como yo no podría permitirse algo así. Además, llevabas puesto unos pendientes de oro y piedras preciosas.

—¡Mis pendientes! ¿Me los ha robado? —se enojó.

—He tenido que salir a por provisiones para curarte —se excusó.

De repente, unos ruidos en el agua interrumpieron la conversación. La mulata se asomó por la ventana y descubrió una barca acercándose.

—¡Tamura, vieja bruja! ¡¿Estás ahí?! —gritó un hombre.

Shannon se tensó al ver que la mujer se le desencajaba el semblante.

—Te voy a soltar para esconderte. Prométeme que no vas a armar jaleo —masculló la mulata.

Shannon asintió y se dejó meter en un agujero de reducido espacio en el suelo que tapó con un tablón de madera. Encima puso algo pesado y esperó a que los hombres irrumpieran en la choza.

—Tamura, he visto por ahí a un montón de hombres adentrándose en nuestros territorios. ¿No sabrás por casualidad qué buscan?

—Ronald, ¿tengo cara de saberlo todo? —gruñó la mujer.

—Tú andas siempre por ahí, negra.

—No tengo ni idea.

Durante un breve lapso de tiempo, oyó que se hacía un silencio sepulcral. Al rato, el hombre soltó una carcajada.

—Está bien. Espero que así sea. Pero si te enteras, ven a decírmelo. ¿Te ha quedado claro?

—¿Tengo pinta de ser tonta? —replicó.

—No. Sin embargo, no me gusta tu actitud. Pero quizá necesitas un aliciente para que te esmeres un poco. Dave, trae a la chica.

Shannon no podía ver, pero reconoció el llanto en cuanto la oyó suplicar.

—Por favor, suéltenme —suplicó Tafari.

—Déjala, Ronald, por favor —pidió Tamura.

—Tienes una hija muy hermosa. Te buscaba por ahí algo perdida. Suerte que la encontré yo, ¿verdad, preciosidad?

Tafari asintió entre lágrimas.

—Ronald, puede que sea a ella a quien estén buscando. ¿No has pensado en eso? Deja que sea yo la que me encargue de este asunto. No creo que quieras por aquí una redada, ¿verdad? —repuso Tamura.

—Está bien. Más vale que no se haya fugado, porque yo no me hago responsable de ella. No quiero más como tú por aquí. Si no me he librado de ti es porque haces un buen servicio a mis hombres. No obstante, me temo que no le espera un buen recibimiento —se burló con crueldad—. En fin. Averigua qué hacen esos hombres husmeando por estos lares. Si es por ella, que se largue y que no regrese. La próxima vez no seré tan indulgente. Yo mismo la entregaré. No quiero que interrumpan mi lucroso negocio. Pero si me entero de que me has mentido, te mataré. No habrá ningún lugar en el que puedas ocultarte de mí.

Los pasos de aquellos contrabandistas se alejaron de la choza y solo quedó el murmullo de los remos en el agua, que fueron amortiguándose a medida que se perdían en la lejanía. Tamura no liberó a Shannon de inmediato.

—¿Qué haces aquí, Tafari? ¿Sabes que casi consigues que nos maten a las dos?

—Madre, no sabía a quién acudir.

—¿Qué ha pasado? ¿No me digas que te has fugado y te están buscando para llevarte ante la ley? ¿Es que te has vuelto loca? Te darán de latigazos como a mí y aquí ya has visto que no hay sitio para ti. Ronald solo te venderá al mejor postor. Tienes suerte de que supiera quién eras.

—No, madre. Hubo un incendio en la plantación donde trabajaba. Intenté liberar a Kiros y a los demás esclavos para ayudar a las señoras, pero no llegué a tiempo… —Tafari se interrumpió asaltada por fuertes sollozos.

—¿Un incendio? ¿Un accidente o fue intencionado? —le interrogó Tamura.

—No sé. Yo desperté con la plantación en llamas. Quería ayudar a las señoras, pero me tuve que esconder de uno de los hombres que trabajaba allí. Llevaba en la mano una antorcha y creo que fue él quien lo provocó.

Shannon, que había permanecido hasta ahora quieta, comenzó a hacer ruidos para que la liberasen. Cuando Tamura quitó la tablilla, Tafari exclamó alegre:

—¡Señora, estáis bien!

—¿La conoces? —se sorprendió Tamura.

—Sí. Soy su doncella. ¿Qué hacéis aquí, *lady* Shannon? —le preguntó Tafari.

—Hice lo mismo que tú, Tafari, huir. Pero te necesito. Tú puedes ayudarme a detener al asesino de mis padres y de *lady* Leonore. Tu testimonio puede encerrarlo —expresó elocuente.

—¡Alto ahí! —rugió Tamura—. Mi hija no va a hacer esa palabreja rara. ¿Quieres ponerla en peligro?

Tamura se sacó una daga del vestido y le apuntó al cuello.

—¡Madre! Baje eso ahora mismo. La señora no es peligrosa —se indignó Tafari.

—No la voy a poner en peligro. Al contrario, el coronel Madison nos protegerá. Además, si conseguimos que ese hombre confiese, podré encerrar a otra mujer y salvar a mi marido de la horca —explicó Shannon.

Tamura evaluó la situación de todas ellas y sintió que se le escapaba la plata que había avariciado en un principio. Sin embargo, Tafari siempre le había comentado que estaba muy contenta de trabajar para aquellos señoritos ricos. Era muy complicado encontrar dueños que fuesen amables con los esclavos. Evaluó todas las posibilidades y convino que su hija no podía irse a vivir con ella, pues no creía que sobreviviese a la crueldad de los hombres que allí habitaban. La balanza se inclinó a favor de preservar un futuro mejor para alguien de su sangre. El suyo ya estaba destrozado. No pensaba arrastrarla con ella al fango. No obstante, se aseguraría de que Tafari quería eso.

—Está bien. ¿Tú quieres irte con ella? —le preguntó. Tafari asintió incómoda—. No me mires así. Es tu vida la que está en juego. En ese caso, hay que marcharse ahora mismo.

—¿De noche? —se sorprendieron ambas jóvenes.

—Sí. Durante el día, Ronald nos descubriría huyendo. Aun así, rizos de oro irá oculta bajo una manta. No queremos que vean que vamos tres. Acercaré la barca y os subiréis a mi señal. No me fío ni un pelo de Ronald y sus hombres.

Capítulo XX

Tamura había acercado la balsa y le había pedido a las chicas que fueran muy pegadas para que parecieran una, por si Ronald las estaba vigilando. Decía que todas las precauciones eran pocas. Ambas debieron sincronizar los andares y, una vez cerca de la balsa, Tafari se agachó, mientras que Shannon se tumbó en el suelo y fue cubierta con una tela. Sin embargo, notó que el agua se colaba por un agujero. Shannon lo taponó con la manta para impedir que se hundieran en medio de aquel pantano. Le aterrorizaba la idea de ser devorada por uno de aquellos bichos que coexistían en esas aguas.

Cuando repararon en la avería, Tafari y Tamura remaron lo más rápido posible, siempre procurando hacer el menor ruido posible. Sin embargo, fueron interceptadas a medio camino por un hombre que levantó un farolillo y les alumbró para ver sus caras.

—¿Quién va a estas horas? —preguntó.

—Tamura e hija. Y déjame pasar, Evans. Ronald no está de muy buen humor y me ha pedido que saque de inmediato a mi hija de aquí.

Shannon se quedó muy quieta, casi sin respiración. Rezando para que no registraran el bote. El hombre alzó la linterna y miró por encima.

—Déjalas pasar. Es cierto lo que dice —dijo otro.

Por fin, Shannon notó que las mujeres movían los remos y se ponían en movimiento. El balanceo sutil creaba hondas en el agua pantanosa, que dejaban un rastro tras de ellas. Shannon tenían la sensación que debajo de la barcaza les seguía uno de esos reptiles dentados que tanto pavor le daban. Tafari tenía que achicar agua de vez en cuando, pues cada vez se hundían más, llegando a estar un palmo más bajas. Cuando llegaron a la orilla contraria, Shannon agradeció más que nunca poder poner un pie en el suelo, entre otras cosas, porque sus ropas estaban chorreando.

—Esto es cosa de Ronald —masculló Tamura furiosa—. Me las va a pagar.

Sabía que luego tendría que repararla. La mujer les apremió y comenzó a guiarlas por tierra procurando alejarse de las casas señoriales. Tamura sabía qué caminos tomar para evitar aquellos lugares más transitados, la seguridad de sus pasos tranquilizaba a Shannon, sin embargo, implicaba dar un rodeo más amplio e, incluso, atravesar praderas silvestres donde sus ropas quedaban atrapadas por las zarzas u otras ramas, entorpeciéndoles la marcha. Shannon no sabía precisar a qué distancia estaban de la casa del coronel, pero ella tenía la sensación de haber andado durante horas a razón del cansancio que notaba en sus piernas. Por contra, cada vez que tomaban una vía más despejada de vegetación, se veían obligadas a acelerar el ritmo, pues Tamura insistía en que Ronald tenía todos aquellos caminos controlados y podían toparse con sus hombres, lo que estaba agotando las pocas energías que había cogido durante su reposo.

Al tomar un atajo situado muy cerca de la casa del coronel, repararon en unos hombres a lo lejos apostados estratégicamente.

—¿Crees que son de la banda de Ronald? —le susurró Tafari a su madre.

—No. Puede ser que la estén buscando a ella —dijo Tamura, señalando a Shannon.

—¿Y qué vamos a hacer? —se asustó Tafari—. El señor Tom me da miedo.

Shannon también buscaba la silueta de Tom, pero desde donde se encontraban era imposible adivinar si uno de ellos se trataba de él. Tamura las hizo volver sobre sus pasos y las guio hasta una cueva que usaban los contrabandistas. Se aseguró de que no había mercancía y volvió a cubrir la entrada con un arbusto.

—Quedaos aquí y no os mováis —les advirtió.

—Y tú ¿adónde vas, madre?

—A buscar ayuda. Yo sé apañármelas sola y será más fácil que no detecten a una persona. En caso de que me descubran, no me relacionarán con la dama. No os preocupéis. Vendré con el coronel.

—Espera, Tamura —le llamó Shannon—. El coronel no te creerá si no le das una prueba de que soy yo. No sé cómo voy a agradecerte toda la ayuda que nos has prestado.

Shannon dejó que Tamura le cortase un bucle dorado y le entregó la cinta con la que sujetaba su cabello.

—Cuando vea esto, sabrá que me pertenece.

Royce no podía dormir. Las lágrimas se le escapaban de los ojos. Su tía no había hecho ningún mal a nadie. Una vida consagrada a él en exclusiva, protegiéndole en los momentos más duros, aconsejándole y recibiéndole siempre con los brazos abiertos sin cuestionarle jamás, incluso cuando se enteró de que se había convertido en un corsario. Su único delito fue querer verlo felizmente casado y con niños. ¿Por qué ese odio tan aberrante hacia él?

Frustrado, agarró la botella de brandy, que no había terminado con Henry y que se había subido a la habitación, descorchó el tapón y le dio un generoso trago. El líquido abrasivo pasó por su garganta dejando un regusto amargo en su boca hasta que cayó en su estómago vacío.

Pensar en Shannon hizo que se le encogiera aún más el corazón. No sabía lo que era amar hasta que ella se le resistió como ninguna. Con sus ataques de celos le había demostrado que lo quería cerca, y en la cama se habían entendido muy bien. Todo iba como la seda hasta esa nota.

«¡Maldita Amber!».

No debió ir. Sin embargo, ya no podía echar marcha atrás. Todo era culpa suya.

Miró la botella con intención de tomar otro trago, pero vaciló. Aunque bebiera hasta quedar inconsciente, eso no lo libraría de la pena tan grande que le asolaba por dentro. Cerró el tapón y desechó la idea de destruirse más. Cuando se le pasara la borrachera, el sentimiento de culpa seguiría estando en el mismo lugar. No tenía sentido ahogar las penas en el alcohol. Como si oyera al joven Sam criticándole, apartó aquel veneno de él.

Al rato, escuchó salir a Henry de su cuarto y hablar con un criado entre susurros. Estaba tan malditamente despierto que si un mosquito hubiera pasado cerca de él lo habría detectado al momento.

—Royce, ¿duermes? —le llamó Henry desde el otro lado de la puerta.

—No. Puedes pasar.

Se secó las lágrimas para que su amigo no advirtiera que había llorado y se pasó una bata por encima.

—Ven conmigo. Abajo hay una mujer que dice que tiene a tu mujer y a su doncella escondidas.

Fue oír aquello y se serenó de golpe. Bajó los escalones con los pies desnudos y observó a la mujer que se retorcía nerviosa su vestido andrajoso en la cocina. La mulata tenía tantas manchas en él y estaba tan llena de cicatrices por el cuerpo, que pensó que era una timadora y se vino abajo.

—No la conozco de nada —le dijo a Henry.

—¿Ni siquiera me va a escuchar? Me está prejuzgando antes de tiempo. Puede que a mí no me conozca porque no voy con trajes de seda, pero sí a mi hija, que trabajaba para usted, ¿le suena el nombre de Tafari? —Royce asintió, al referirse a ella sí había conseguido que le prestase atención—. Pues encontré a su mujer en el pantano. Tosía mucho debido al humo que había inhalado y tenía algunas quemaduras.

—¿Cómo es Anna? —Royce cambió su nombre a propósito para comprobar si se trataba de una impostora.

—Señor, su esposa se llama Shannon —se apresuró a corregirlo sin un atisbo de duda en sus astutos ojos—. Es rubia y sus ojos son igual al zafiro. Muy hermosa. No soy una mentirosa si es lo que está pensando.

Se revolvió el bolsillo y sacó el cabello que le había entregado con la cinta.

—¿De dónde has sacado esto? ¿Qué buscas? ¿Dinero? ¿Es eso? —espetó Royce.

—¡Cálmate, amigo! Déjala hablar —pidió Henry.

—No, no quiero su dinero. Ella me lo entregó como prueba.

—¿Y por qué no te entregó un pendiente o un trozo de tela de su vestido? —preguntó Royce sin poder creer nada de lo que salía de la boca de aquella mujer.

—Los pendientes los vendí, señor. Tenía que curarla y yo soy pobre. Y, además, va vestida como un muchacho. Escuche, ellas me han advertido que no confían en un empleado suyo llamado Tom. Y parece que alrededor de esta casa hay unos cuantos hombres que lo vigilan, coronel —señaló la mujer—. He arriesgado mi vida para venir hasta aquí. No miento. Pueden comprobarlo si me dejan llevarlos hasta ellas.

Al nombrar el tema de la ropa, Royce comenzó a creer que, en efecto, se trataba de Shannon.

—Tengo que comprobarlo, Henry.

—En ese caso, iremos acompañados de varios hombres armados. ¿Dónde las tienes?

La mujer dudó un segundo. Ronald la iba a matar si descubría que las había ocultado en la gruta que usaban para el contrabando. Sin embargo, ya no podía hacer más por ella misma. Lo importante era salvar a su hija.

—Las tengo escondidas en un lugar seguro. Síganme.

Henry pidió que varios hombres fueran a comprobar los alrededores, mientras organizaba otro grupo para rescatar a las dos mujeres. Cuando llegaron a la cueva, Tamura apartó unos arbustos y de la gruta emergieron dos figuras.

—Interesante lugar —observó Henry agudo, comentario que no pasó desapercibido para Tamura.

Royce caminó hasta Shannon y se dejó caer de rodillas mientras la abrazaba por la cintura, dando gracias por haberla encontrado viva.

—Shannon, mi amor, no vuelvas a hacerme esto —suplicó Royce con la voz ronca.

Shannon le acarició el pelo de la nuca y le besó la cabeza con cariño.

—Estás libre. Creí que seguías encerrado...

—Es muy largo de explicar, amor. ¿Cómo te encuentras?

—Ahora muy bien. Ya ha pasado todo.

Aun así, Royce se incorporó y quiso comprobar que no estaba herida. Aunque Shannon no quería dar importancia a sus lesiones, él se enfureció al notar ciertas zonas de su piel enrojecidas. Se volvió hacia la mulata y le agradeció con la mirada lo que había hecho por su mujer.

—Gracias. Quisiera compensarte por traerlas vivas. ¿Qué necesitas? —preguntó Royce a Tamura.

—Espera, Royce. Tafari me ha contado todo lo que ha padecido esta mujer. Me salvó la vida, se sacrificó por su hija, y yo quiero que la contrates a nuestro servicio. Si la abandonamos, puede que la maten los contrabandistas. —Shannon había intimado con Tafari y esta le había confesado la vida tan dura que había llevado su madre.

—Lo que tú quieras, amor mío. Ahora no tenemos casa, pero muy pronto necesitaremos más personal para ayudarnos.

—De momento, se pueden quedar en la mía. Hay sitio para todos —se ofreció Henry.

Aunque Tamura trató de no llorar, se le notó que estaba visiblemente emocionada y, aún más, cuando Tafari la abrazó entre lágrimas de alegría. Ya no tendrían que volver a esconderse para verse.

Royce cogió con posesividad a Shannon en brazos y no la dejó andar. Necesitaba sentirla cerca, besarla a cada rato y aspirar su fragancia, pues aún no se terminaba de creer que estuviese viva.

Henry dispuso ropa limpia para las mujeres y un baño de agua caliente mientras hablaba con sus hombres. Cuando Tamura salió, no se reconocía con ropa nueva y sin mugre. Ahora tendría un techo y comida caliente. No podía estarles más agradecida.

Shannon se reunió con su marido en la habitación que Henry había habilitado para los dos porque, aunque no fuese lo común, Royce se negaba a que durmiesen separados. Lo encontró mirando a través de la ventana y lo abrazó por detrás. La suavidad de su piel y su fragancia a lilas le reconfortaron.

—Royce, siento lo de tu tía. Fui a su cuarto, pero no pude hacer nada por ella —le compartió con tristeza.

—Gracias. —No supo que más decir. Le dolía recordarla.

Aun así, se dio la vuelta y la besó en los labios. ¡Cómo había echado de menos saborear su miel! Ahora que estaba a su lado se sentía completo. Separó su boca de la de ella y admiró aquellos dos luceros como zafiros.

—Te amo, Shannon, mi vida. Una parte de mí casi muere el día que creí que te había perdido. No sé si podrás confiar en mí, pero te prometo que trataré de demostrarte cada día lo mucho que te quiero para recuperar de nuevo tu confianza.

Royce la besó en los labios mientras Shannon lloraba de felicidad, sintiéndose dichosa por aquella declaración tan dulce del hombre que amaba.

—Siento haber dudado de ti, Royce. Yo también te amo. Perdóname. Tengo algo que contarte sobre *lady* Amber.

—Ahora no me hables de ella —gruñó, pero al ver que arrugaba la naricilla, suavizó—: Más tarde, ¿de acuerdo? En estos momentos, te necesito solo a ti.

Le cubrió la boca y recorrió sus labios con la lengua. Shannon ya no era una mujer tímida como antes de casarse. Sabía qué puntos tocarle para darle placer y hacer que se derritiese. Con manos seguras, Shannon comenzó a deslizarlas bajo su camisa y a acariciarle el vientre plano, ronroneó como un gatito cerca de sus pectorales, para después subirle la camisa y morderle las tetillas con una mirada pícara.

—Señora Devereux, eso no está bien —se burló.

—Creí que a mi esposo le gustaba que tomase la iniciativa —contestó con un mohín provocativo.

—Vaya, de modo que tengo a una chica mala por esposa. ¿Te gusta jugar con fuego? Porque entonces tendré que darte tu merecido —musitó con la voz ligeramente enronquecida.

Lo que más le gustaba de ella era que no le importaba probar nuevas posturas. Shannon buscaba el placer tanto como él. Con un azote cariñoso, la pegó a él y le susurró al oído:

—Ponte de espaldas a mí.

Shannon se giró obediente y comenzó a desabrocharle los botones del vestido mientras recorría su cuello desde el inicio de la nuca. Cuando se deshizo de la prenda, observó su cuerpo lleno de curvas y su miembro palpitó furioso debajo del pantalón. Se lo pegó a esa preciosa redondez trasera y comenzó a desabrocharle el corsé. Ella hizo intención de volverse, pero Royce no la dejó.

Cuando sus pechos quedaron libres de ataduras, se los cogió con ambas manos y los masajeó con dulzura. Shannon se arqueaba muy excitada mientras se frotaba desesperadamente a su miembro con las nalgas desnudas. Mientras tanto y sin dejar de besarla por el cuello, Royce pellizcó sus pezones con ardor. Animado por su fogosa respuesta, Royce dejó una mano en uno de sus senos y descendió lentamente con la otra para atender el monte de venus. Le separó las piernas un poco y comenzó a acariciarla.

—Estás muy húmeda —comentó abrumado de placer.

Se quitó los pantalones y comenzó a desvestirse.

—¿Puedo mirar a mi esposo? —preguntó, girándose un poco para devorarlo con una mirada curiosa.

—No. Quédate de espaldas a mí. Agárrate a los postes de la cama que hoy te voy a poseer por detrás.

Necesitaba algo rápido, no podía esperar. La agarró por las caderas y entró de una embestida en su vaina húmeda con el falo erecto. Shannon gimió y se agarró fuerte para no caer. Royce comenzó a moverse sin dejar de acariciar sus nalgas y sus senos. Sus movimientos eran cada vez más frenéticos, poseído por la necesidad de marcarla, hacerla gritar de placer y sentir un goce propio. Shannon se dejaba arrastrar a esa intensidad, pero también le provocaba, le apremiaba a acelerar el ritmo y gritaba su nombre.

Cuando ya no pudo contenerse más, derramó su simiente dentro de ella y gruñó sumamente complacido. La abrazó por detrás y aspiró la fragancia de su pelo. Con ella, tocaba el cielo. Era como estar en el paraíso.

—No me dejes nunca. —Las palabras salieron de su boca con mucha naturalidad. Ya no temía decirle lo que sentía. Estaba enamorado de su esposa.

Shannon se giró para mirarlo y le rodeó el cuello.

—Nunca —prometió.

La ayudó a vestirse y cuando ambos estuvieron con ropa, Shannon palmeó un lado de la cama y lo invitó a sentarse a su lado.

—Royce, tenemos que hablar. Es importante.

Con la cara sombría, aceptó escucharla. Aunque no sabía si podría controlar el malhumor que le generaba hablar de *lady* Amber. No era la conversación que quería mantener tras la pasión que habían mantenido juntos.

—Está bien —cedió—. Perdona si me altero un poco, pero es que es oír su nombre y la rabia se apodera de mí. Me ha hecho mucho daño. Ha intentado quitármelo todo. De momento, no quiero que salgas de esta casa bajo ningún concepto.

—No pensaba hacerlo —concedió—. Pero mientras estuviste encerrado, ocurrió algo que me hizo recordar. Todas esas pesadillas que me asaltaban en sueños eran reales. Si no hubiese caído en tu barco, puede que mi destino hubiera sido otro. Confié mi vida en la persona equivocada. Tom raptó a mi madre delante de mis propios ojos.

Cuando le contó que ella también era bastarda y que *lady* Amber y su madre eran hermanastras, Royce arqueó las cejas con sorpresa.

—¿Cómo es posible? Tenían apellidos diferentes —se extrañó.

—Por lo que he podido recordar, el padre de ambas fue el mismo. El caso es que mi progenitor es William y a quien yo creí que era mi padre, en realidad, le gustaban los hombres y era incapaz de acostarse con una mujer. Sea el arreglo al que llegasen mi madre y *sir* Anthony, *lady* Amber se encargó de eliminarlos por considerarlos unos depravados. Y Tom fue la mano justiciera que los eliminó. ¿Te das cuenta de que él está también detrás de la muerte de tu tía y del incendio? Tenemos testigos. Tafari huyó de él porque lo pilló con una antorcha en la mano. Hay que detenerlos a ambos.

Royce se quedó pensativo asimilando lo que le había contado Shannon. Se puso en pie y dio un par de pasos. No podía negar que los ojos de *lady* Amber y los de su esposa eran muy parecidos.

—En ese caso, hay que contárselo a Henry. Pero no quiero dejarte expuesta a ti. De momento, no vamos a contar que eres bastarda. Omitiremos toda esa parte. —Se sentó a su lado y le apartó un mechón de pelo que se había desprendido de su peinado. Sentía la necesidad de protegerla de las habladurías. No dejaría que *lady* Amber los destruyese aún más—. ¿De acuerdo?

Shannon asintió y le besó la mano con ternura. Si llega a pasarle algo por confiar la vida de su esposa en ese hombre, nunca se lo hubiese perdonado. Cuando lo pillase, iba a pagarlo muy caro. Apretó la mandíbula con fuerza y la abrazó protector.

Capítulo XXI

Tom llegó a casa de *lady* Amber casi sin resuello. Los hombres del coronel Madison habían cogido a varios de los suyos para interrogarlos. Él había escapado por los pelos. ¿Cómo supieron la localización exacta de dónde se encontraban? No habían visto entrar a nadie fuera de lo normal y eso que llevaban vigilando la casa desde hacía días. Por lo visto, *lady* Shannon había escapado del incendio. Confió demasiado en que la droga que le había suministrado en la infusión le hubiera impedido despertarse y, de hacerlo, que hubiese sido demasiado tarde. Debió haber acabado con ella como hizo con la vieja, un error que pensó subsanar interceptándola antes de que alcanzase la casa del coronel. Sabía que iría a buscarle, pues era al único lugar al que acudiría.

No contó con que sería ayudada por alguien más astuto que él. ¡Maldición!

—Llame a la señora, rápido —le ordenó al mayordomo.

Ya que *lady* Amber andaba nerviosa por ese cabo que quedaba suelto. Esperaba que no se demorase mucho. Tenían que huir lo antes posible. Se presentó con un vestido de gasa amarilla y, como si de una princesa se tratase, descendió las escaleras con la majestuosidad que la caracterizaba siempre.

—Espero que tu visita sea para decirme que ya la has localizado —le recordó con una mirada gélida en sus ojos, igual de amenazadora que una daga recién afilada.

—Por desgracia, no. No sé cómo, pero nos han descubierto. Yo he podido escapar por los pelos. Y mucho me temo que pronto vendrán aquí a pedirle explicaciones.

Lady Amber, furiosa, le atizó una bofetada en la cara con violencia.

—¡Estúpido! Debiste acabar con ella. ¡Maldita sea! ¡Es que no voy a poder librarme nunca de ellos! Encima, a Royce le han indultado por falta de pruebas. ¿Qué más necesitan si tenía el cadáver a su lado y las manos manchadas en sangre?

Se cruzó de brazos con una mirada pensativa mientras planeaba el lugar idóneo para esconderse.

—Albert, organiza mi partida. Que mi doncella prepare un baúl con lo necesario. —Volviéndose hacia Tom le hizo una señal para darle instrucciones—: Ve a por un carruaje. Nos vamos.

—¿Adónde nos dirigimos? ¿Se va a reunir con su marido? —preguntó Tom.

—No, imbécil. Nos vamos a otro lugar. Allí sería el primer lugar donde nos buscarían. Vamos a coger un barco y vamos a irnos a Nueva Ámsterdam[4].

—¿Vais a abandonar a William? —se extrañó Tom.

—Sí. Nuestro matrimonio es un escaparate. No le soporto. Hace tiempo que invertí dinero en una casa allí para retirarme cerca del río Hudson. Dicen que es un territorio muy próspero. Además, tengo una cuenta bastante acaudalada. No necesito el dinero de William.

---

[4] Fue un asentamiento fortificado neerlandés del siglo XVII localizado en el valle fluvial del río Hudson, parte de la colonia de los Nuevos Países Bajos de América del Norte, y que se convertiría posteriormente en la ciudad de Nueva York.

Tom pensó que ella ya se habría encargado muy bien de expoliarle al máximo toda la fortuna posible. Era la mujer más astuta y avariciosa que había conocido. Por otro lado, nada ni nadie se le ponía por delante. Si tenía que matar para conseguir sus objetivos, no pestañeaba. Nunca había visto una mujer más fría que ella. Y eso que Tom estaba acostumbrado, pues era un hombre sin escrúpulos que salió de las calles de Londres, un superviviente que no tenía ningún problema con los encargos de *lady* Amber. Para él eran solo trabajo. De nada le servían los ruegos y los llantos. Es más, le molestaba que suplicaran; si iban a morir igualmente, qué menos que mostrasen un poco de dignidad. Sin embargo, todos caían en el mismo error. Por eso prefería matarlos por la espalda y de un golpe seco como a la anciana. Si tenía que torturarlos, para él era una contrariedad, pues le asqueaban los lamentos y los gimoteos. Que Susan intentara convencerlo mediante berrinches y pusilánimes argumentos para que le remordiera la conciencia le hizo ensañarse con ella. Debió comprender que era un asesino desde hacía mucho y que disfrutaba matando.

Preparar el «accidente» de los marqueses de Berkeley fue un trabajo muy fácil. *Lady* Anne siempre fue muy confiada. Nunca sospechó de lo que tramaba para ella *lady* Amber. En cuanto a *sir* Anthony, llevaba unas rutinas tan programadas, que ese día cuando desvió el coche por otro camino ni se enteró. Podría haberse deshecho también de la joven Shannon, pero, claro, *lady* Amber la usaba para chantajear a William: era su moneda de cambio.

Admiró la valentía que demostró la muchacha tratando de escapar de las garras de su destino. Su intención fue no perderla de vista y que *lady* Amber decidiese qué hacer con la joven. Él no se atrevía a tomar la iniciativa sin su permiso, aun cuando podría haberla engañado perfectamente y haberse desembarazado de su cuerpo sin que nadie la echase en falta. Si no se hubiese entrometido ese maldito corsario… Ella ahora estaría criando malvas y no obligándoles a huir.

Llamó a un hombre para que lo ayudase y cuando tuvieron preparado el carruaje, subieron el equipaje de la dama mientras acomodaban a *lady* Amber en su interior. Huyeron armados por si a los hombres del coronel se les ocurría perseguirlos. Esperaban poder burlarlos.

Henry interrogó a los hombres que habían apresado y regresó al interior de la casa justo cuando Royce bajaba las escaleras a toda prisa.

—Tenemos que hablar —dijeron ambos hombres a la vez.

—Tú primero —cedió Royce.

—Después de un buen rato, he conseguido que uno de ellos confesase que trabajaban para *lady* Amber. Vamos a su casa, me temo que tiene mucho que contar y la oportunidad de limpiar tu nombre. Y tú ¿qué era lo que tenías que decirme?

—Mi mujer ha recordado un hecho que presenció de niña: fue testigo de cómo el mismo hombre que provocó el fuego en mi plantación raptó a su madre en presencia de *lady* Amber, y que, tras eso, ambos progenitores sufrieron un accidente mortal.

—Entonces es más grave de lo que pensábamos. Está implicada en varios asesinatos. Vamos, antes de que huya, si no lo ha hecho ya.

Henry organizó a sus hombres y los dividió en dos. Dejó su casa bien vigilada para que las mujeres no estuvieran desprotegidas mientras Royce y el coronel iban con bastantes hombres a caballo a casa de *lady* Amber. Por supuesto, no esperaban encontrarla allí, aun así, se aseguraron de que no había ningún hombre armado esperándolos. Varios soldados entraron por la fuerza y asaltaron la mansión.

—¿Dónde está la señora de la casa? —interrogó Henry a una criada.

—No lo sé, señor, se lo juro.

El mayordomo, que también estaba siendo agrupado con los demás criados, dio un paso con valentía y pidió permiso para hablar:

—No les hagan daño. Ellos no saben nada. Yo escuché hablar a la señora con uno de sus hombres y planeaba fugarse a una casa que tiene en Nueva Ámsterdam. Piensa coger un barco.

Royce frunció el ceño amenazador, pues no se creía ni una palabra. Se acercó a él y le cogió del cuello de la camisa con violencia.

—¿Por qué habrías de querer traicionar a tu señora? ¿No será para despistarnos?

—Con el debido respeto, señor, yo soy fiel a *sir* William, pero a *lady* Amber la quiero tanto como usted, o sea, cuanto más lejos, mejor. —El mayordomo pidió permiso para moverse con libertad y cuando Royce lo soltó, se acercó a la criada que habían interrogado y le hizo darse la vuelta para que descubriese su espalda repleta de moretones—. ¿Ve esto? Pues así es como ella trata a su gente cuando no está el señor.

La huella de maldad que dejaba *lady* Amber a su paso le revolvió el estómago a Royce.

Cuando los hombres de Henry hubieron inspeccionado la casa sin hallar señales de la dama, creyó fiable la información que les había facilitado el mayordomo. *Lady* Amber solo había tenido tiempo para coger algo de ropa y joyas, pero no se había llevado todo. Probablemente, no le dio tiempo si había huido con prisas.

—Vamos. Si van en carruaje, podremos alcanzarlos. Conozco un atajo —indicó Henry.

Se montaron sobre las grupas y espolearon a los animales para que cabalgaran a toda velocidad. La potencia de los animales con aquellas patas tan largas, resistentes y robustas estaba consiguiendo que les ganasen terreno a los fugitivos. Henry se había desviado por un camino menos transitado con la intención de atraparlos antes de que llegaran al puerto y cortarles el paso.

El grupo de hombres tiró de las riendas y se internaron con sus monturas a través de un bosque de coníferas y abetos que rezumaban gotitas de resina y se deslizaban con pereza por sus troncos, un olor muy característico que salpicaba aquella zona boscosa en esa época del año y que atraía a muchos recolectores de aquel preciado producto. La fauna de aquellos caminos no estaba acostumbrada a visitantes y al ruido de los cascos de los equinos, por lo que esto ocasionó que un grupo de ciervos se dieran a la fuga, mientras que un tejón, que deambulaba tranquilamente, se vio obligado a ocultarse bajo un tronco hueco, desde donde olisqueó a los intrusos.

—Preparar las armas de fuego. Si mis cálculos no van mal, puede que al bajar veamos ya el coche—indicó Henry.

El grupo guio a los caballos a través de una ladera rocosa en la que debían ir en zigzag para que los animales no tropezaran. Más abajo, se cernía un camino liso que un carruaje cruzó a toda velocidad.

—¡Son ellos! ¡Vamos! ¡Apresurémonos! —gritó Royce.

Su rocín, un precioso semental negro con las crines brillantes, dio un brinco y salió en post de los fugitivos a toda velocidad tras el coche. Royce apuntó su pistola y disparó consiguiendo derribar a un hombre de un tiro. En la frenética carrera, su montura no pudo esquivarle y le pateó al interponerse en su camino. Los hombres de Henry y los del carruaje cruzaron fuego, obligándoles a aminorar, mientras que el cochero azuzaba las riendas y obligaba a los animales de tiro a correr más rápido.

Henry le apuntó y le disparó en el cráneo. Desprovisto de cochero, los caballos, asustados y sin control, huyeron a toda carrera poniendo en peligro a sus pasajeros. Las ruedas del carro rodaban sobre cantos de piedra y botaban con precariedad, de manera que si los animales no paraban, derribarían el carruaje. Entonces, Tom comenzó a dispararles a la vez que se escabullía del interior usando la puerta como escudo. Se ayudó de una mano para tomar impulso y alcanzó la parte delantera del carro, cogió las riendas y desvió el carruaje por otra ruta.

Llevando al límite la potencia de su corcel, Royce se situó al lado de Tom y dio un salto, aterrizando sobre el pescante. Su enemigo trató de repelerlo pateándole, pero Royce afianzó su cuerpo agarrándose a los hierros con fuerza y comenzó a luchar para hacerse con el dominio de las riendas, para ello, le pegó varios puñetazos a Tom en la cara para derribarlo. Viéndose amenazado, Tom sacó una pistola y, antes de que pudiese dispararla, Royce le golpeó con una pierna en la mano y lo desarmó.

—¡Ríndete! —exigió Royce.

—¡Jamás! Antes tendrás que matarme —le indicó el otro.

Tom le pegó un codazo en las costillas y trató de sacarse una daga de la bota. Los dos comenzaron a forcejear mientras Royce tiraba fuerte de las riendas con un pie para detener a los cuadrúpedos.

Shannon no paraba de dar paseos cortos por la habitación. ¿Y si le pasaba algo a Royce? ¿Y si le herían? No se fiaba de Tom ni de aquella mujer.

No reparó en la presencia de Tafari hasta que su doncella hizo ruido al dejar la infusión que le había pedido.

—Seguro que volverá bien. El señor es un hombre muy diestro. Si yo estuviese en el lugar de ese Tom, tendría mucho miedo.

—Ojalá que así sea —repuso Shannon no muy convencida.

En la bandeja con la tisana, Tafari había colocado un poco de bizcocho de limón que olía de maravilla.

—Lo ha hecho mi madre para usted —le confesó orgullosa.

Shannon se metió un trozo en la boca y paladeó aquel dulce con los ojos cerrados.

—¡Umm! Esto está buenísimo. Tendré que felicitarla personalmente —dijo Shannon.

—Debe cuidarse, señorita, está muy delgada —observó su doncella.

Tras aquel comentario, Shannon se contempló en el espejo y reparó en que, en efecto, su silueta se había resentido. Parecía que el vestido la llevaba a ella y no al revés. Se plisó la falda un poco y decidió maquillarse un poco la cara. Se notaba algo pálida y ojerosa. Y es que con todos los acontecimientos que había vivido en los últimos días no había tenido tiempo de atender su salud. Esperaba reponerse pronto y llevar una vida más tranquila a partir de ese momento. Aunque no lo lograría hasta que esa mujer saliera de sus vidas.

Decidió bajar a la cocina y buscó a Tamura. La encontró discutiendo con la cocinera.

—¿Ocurre algo? —preguntó Shannon.

—Sí, *milady*, Tamura cree que puede darme órdenes en mi propia cocina —se quejó Nell.

—El problema es que no me deja que la ayude. Me pone trabas a todo lo que yo hago. Así no puedo cocinar nada para usted —se quejó Tamura.

—Por favor, Tamura, ambas deberán limar asperezas. Espero que muy pronto podamos mudarnos a nuestra propia casa y allí dispondrá de toda la cocina para usted sola, pero, mientras tanto, habrá de conformarse —suplicó Shannon.

Tamura torció la boca con disgusto y gruñó entre dientes.

—¿Ve lo que le digo? Es muy testaruda —se quejó la cocinera de Henry.

—¿Qué tal si hacen turnos? —propuso Shannon.

—De acuerdo. Me pido primero para cocinar.

Nell resopló y meneó la cabeza. Aun así, Shannon le agradeció la paciencia que demostraba con un gesto con la mano que la mujer interpretó de inmediato.

—Por cierto, Tamura, quería felicitarla por el dulce. Estaba buenísimo —desvió la conversación hacia temas más positivos.

—¡Oh, no es nada! —se ruborizó la mujer muy complacida.

Sin embargo, Tafari aprovechó que se alejaban de los fogones para susurrarle al oído:

—Gracias, *milady*. Mi madre necesita sentirse útil. Ha llevado una vida tan solitaria durante tanto tiempo que le cuesta relacionarse con el resto de los criados. Dele tiempo, verá cómo muy pronto se adapta —se disculpó en su nombre.

—No tienes por qué preocuparte, Tafari. Le estoy inmensamente agradecida. Me salvó la vida y yo jamás olvidaré eso. No dudo de su capacidad para integrarse.

Por la noche, al ver que Royce no regresaba, llamó a su doncella para que la ayudase a desvestirse. Antes de que se metiera en la cama, Tafari se demoró al cepillarle el pelo para tratar de alejar su constante preocupación, infundiéndole ánimos.

Royce empujó la cabeza de Tom fuera del carruaje y cuando este alzó la daga para clavársela, Henry le disparó en la mano. El asesino comenzó a aullar, momento que aprovechó el capitán para lanzarlo fuera del carro y detenerlo.

Henry trabó las manos de Tom a la espalda y se acercó hasta la portezuela del carruaje y gritó:

—¡*Milady*, salga! ¡Está rodeada!

Con suma elegancia, *lady* Amber salió quitándose los guantes de piel de cabritillo sin dejar de mirarlos con fingida extrañeza.

—¿Se me acusa de algo, coronel?

—¿Me lo está preguntando en serio? —se asombró Henry—. Entonces, ¿puede explicarnos de qué huía?

—Que yo sepa, usted empezó primero, coronel —comentó sarcástica—. Como comprenderá, mis hombres han actuado en consecuencia y se han defendido de su ataque. Y, ahora bien, ¿me puede aclarar por qué me detiene?

—Está acusada de asesinato, *milady*.

La morena arqueó las cejas con sorpresa.

—Yo no he matado a nadie. Me temo que comete un terrible error. Y le puedo asegurar que estas falsas acusaciones le costarán su puesto —se atrevió a amenazarle.

Royce se acercó a ella y la observó con desprecio.

—Entonces, ¿por qué hay una testigo que asegura haber presenciado cómo te llevabas a tu hermana *lady* Anne en contra de su voluntad?

La cara *lady* Amber seguía siendo hermética. La frialdad de aquella mujer le asqueaba.

—¿Hermana? Soy hija única, no sé de dónde os habéis sacado semejante información —terció sin dar muestras de inquietud.

—Entonces, ¿tampoco sabíais que *sir* Anthony buscaba compañía masculina y desatendía a su esposa? —continuó Royce sin dejar de escrutarla.

—Me temo que no. —Sin embargo, esta vez Royce notó que vacilaba.

—Déjala, Royce, la señora tiene mucho qué recordar de vuelta a la ciudad. Mandaré un mensajero a buscar a *sir* William, a ver si aprueba que su esposa abandone el domicilio conyugal. Entre adentro del carro, *milady*. Jim, con ella, no queremos que la dama se nos muera accidentalmente de camino a los calabozos —ordenó Henry—. Trábale las manos y átale los pies. A ese hombre —dijo, señalando a Tom— rodéale también el cuello con la soga. Y no dudes en matarlos si se revuelven.

Shannon no se quedó tranquila hasta que los vio regresar al día siguiente. Cuando Royce entró por la puerta, bajó las escaleras a toda prisa y se lanzó a su cuello sin importarle la suciedad que cubría sus ropas.

—¿Qué tal fue todo? —preguntó con ansiedad.

Aquel cálido recibimiento fue muy bien acogido por Royce que la apresó entre sus robustos brazos y la elevó del suelo para que pudiera besarle en los labios.

—Tom está siendo interrogado. Veremos cuánta fidelidad le debe a *lady* Amber. No descarto del todo que tengas que testificar, pero no te preocupes, amor, yo creo que muy pronto se resolverá este delicado asunto y podremos volver a la normalidad. No obstante, tengo que advertirte que Henry pidió hablar con *sir* William Berkeley para que despeje ciertas dudas. Habrá que prepararse para recibirlo. —Le besó la palma de la mano con afecto y tiró de ella hacia el salón.

Saber aquello la llenó de temores, no sabía qué podía esperar de su verdadero progenitor. Apenas tenía recuerdos de él. ¿Y si resultaba que era igual de estirado que lo que había oído decir de *lady* Amber? Una parte de ella le rechazaba por haberla abandonado en Inglaterra a manos de Stephen. Sin embargo, prefirió ocultarle todas aquellas inseguridades a su marido para no preocuparle más.

Capítulo XXII

El día había amanecido con un sol radiante, algo que no iba con los ánimos de Royce y Shannon. Ambos se habían vestido de luto para celebrar el funeral y posterior enterramiento de *lady* Leonore. Shannon subió al carro en profundo silencio y se dirigieron hacia el panteón que había mandado construir Royce con una bella lápida rodeada de ángeles y un bonito edificio, que ahora custodiaría la tumba. Las obras de reconstrucción de la hacienda estaban en marcha, así como la subsanación de los terrenos para recuperar la fertilidad y poder volver a sembrar la planta de tabaco a finales de febrero o principios de marzo. Gracias al tesoro que había confiscado Royce a los españoles sobrevivirían a la falta de ganancias por culpa del incendio. Si todo hubiese ido bien, a finales de septiembre habrían comenzado con la recolección de la planta para iniciar el secado hasta el otoño antes de ponerse en circulación. Todo un proceso que llevaba a obtener diferentes clases de tabaco que eran muy preciados por su calidad como, por ejemplo, el tabaco de hoja negra, amarilla o naranja.

La comitiva iba en silencio. El sacerdote les dio el pésame y dio comienzo a la misa en su honor. El religioso le cedió la palabra a Royce, quien se sacó un papel para recitar unas frases. La voz no se le trabó, a pesar de que en algunos momentos hacía pausas largas. Al término, el cura dio la señal para que comenzaron a hundir el ataúd y Shannon lanzó unas flores por encima para despedirla. Cogió de la mano a Royce y se la apretó para que supiera que le acompañaba en el sentimiento. Tuvo el privilegio de conocerla por poco tiempo y sentía que una mujer tan amable y cariñosa hubiese perdido la vida de forma tan injusta.

Cuando terminaron, Royce echó a caminar muy serio, se despidió del reverendo y se dirigieron hacia al edificio principal. Varios hombres trabajaban afanosamente en reconstruir el tejado. La fachada, anteriormente negra, ya había recuperado parte del esplendor anterior.

—¿Te apetece que hablemos de ciertas mejoras que tenía pensado hacer? —comentó Royce de repente.

—Claro. —Shannon notaba la tristeza en los ojos de su esposo y le cogió la cara con ambas manos para obligarle a mirarla—. Amor mío, no te sientas culpable ni mal por tu tía. Ella querría que tú continuases con tu vida. Estoy segura que desde donde ella esté entiende que trates de darle algo de normalidad a tu existencia.

—Lo sé, pero me duele que yo esté aquí y ella no.

—Royce, por desgracia, nada de lo que hagas la va a traer de vuelta. Es hora de comenzar a construir unos pilares fuertes y armoniosos para nuestro futuro hogar. Es lo que ella hubiese querido para ti.

—Tienes razón. —Cogiéndola de la mano, la acercó un poco más al edificio y le señaló el balcón de su antigua habitación—. Ya sé que lo normal es que los esposos se acuesten en habitaciones separadas, pero me preguntaba si podríamos dormir juntos. Me he acostumbrado a tenerte cerca y no me gusta dormir separados. He pensado hacer dos vestidores que se comuniquen con la habitación, así cada uno tendrá su espacio para vestirse o peinarse.

Shannon se quedó conmocionada ante semejante petición. Le gustaba mucho la idea, aun así, una arruga cruzó su pequeño rostro.

—¿Y qué va a pasar cuando me quede embarazada? ¿Vas a poner cerca el cuarto de la niñera?

—Si es tu deseo, por supuesto.

—¿Y no me vas a rechazar en la habitación? —insistió Shannon.

—¿Por qué habría de hacer tal cosa? —se extrañó Royce.

—Pues porque pronto comenzaré a engordar y ocuparé más espacio —le confió Shannon con una sonrisa traviesa.

Había descubierto que empezaba el día con nauseas matutinas desde hacía algunas mañanas. Comenzó a hacer cálculos y se dio cuenta de que no le había bajado la menstruación.

Royce arqueó las cejas espesas con sorpresa y un brillo cálido se instaló en sus ojos verdes.

—¿Es-estás esperando un hijo? —balbuceó al fin con infinita alegría.

—Sí, Royce. Estoy encinta.

La noticia embriagó a su marido, que le acarició la tripa con mucha dulzura.

—Me acabas de hacer muy feliz. —La besó en los labios y la abrazó. Sin embargo, su cara cambió a una expresión preocupada al rato.

—¿Qué sucede? ¿Por qué esa cara?

—No me apetece que vayamos a ver a *sir* William en tu estado.

—Royce, al bebé no le va a pasar nada. Confiemos en que no sea como ella. —Sin embargo, las dudas la embargaban al igual que a su esposo.

—Bueno, debemos irnos. Henry ya estará en la casa de tu padre —apuntó Royce.

De camino hacia la hacienda de los Berkeley prefirieron observar el entorno cada uno sumido en sus propios pensamientos. Por fin, el vetusto edificio les recibió y bajaron. El mayordomo cogió el sombrero de Shannon y les condujo hasta el salón del té. Dentro ya se encontraban los dos hombres. Shannon se quedó paralizada cuando la cabeza rubia de *sir* William se giró a verlos. Siempre creyó que había heredado los rasgos de su madre, sin embargo, a nadie le pasó desapercibido el increíble parecido de ambos. El impacto se lo llevaron todos, hasta el propio marqués, que se levantó con una mirada de asombro y ternura para saludarlos.

—Encantado de conocerlos. —Acercándose a Shannon, la cogió de la mano y le besó los dedos—. Sois más bella de lo que recordaba. Supongo que tendrás muchas preguntas.

Shannon observó que su mirada se tornaba triste.

—Bastantes, *milord*.

—Vizconde —saludó William a Royce—. Henry me estaba poniendo al corriente.

Royce le acercó una silla a Shannon para que se sentara y se unieron a la conversación.

—El coronel me estaba poniendo al tanto de las maniobras que ha realizado mi esposa a mis espaldas y de las que no tenía conocimiento. Nuestro matrimonio no funcionaba desde hacía años. Al igual que ustedes, fui engañado. No me di cuenta de la clase de persona que era hasta hace bien poco cuando recibí una carta de Stephen informándome de tu desaparición. Me dejó devastado. —*Sir* William cerró los ojos e interrumpió su discurso unos segundos—. ¿Puedo preguntar por qué os escapasteis?

—Stephen no pensaba presentarme en sociedad. Había arreglado el matrimonio con el duque de Pembroke, un anciano. No estaba de acuerdo con semejante decisión. No podía creer que lo hubieseis autorizado —explicó Shannon.

La sorpresa que reflejó el rostro de *sir* William dejaba claro que él no tenía ni idea de semejante trato.

—Mis disculpas. Es cierto que queríamos evitar presentarte en sociedad porque, en cuanto nos viesen juntos, los rumores correrían como la pólvora debido a nuestro increíble parecido y no quería que te perjudicasen. Pero no fue esa la orden que yo di. Dije que invitase a varios candidatos jóvenes, solteros y de buena reputación que yo ya conocía para que tú eligieras al que más te gustase. Es más, le envié una lista de ellos para que concertase un enlace tras tu visto bueno —aseveró furioso—. ¡Será despedido por desobedecerme!

—Pues debería hacer lo mismo con *lady* Harriet, la institutriz que contrató. Se pasó la vida humillándome —añadió Shannon.

El rostro de *sir* William se contrajo de dolor y pesar al comprender su error.

—Siento en el alma haber escuchado a mi esposa, debí seguir mi instinto y asegurarme de tu bienestar. ¿Es cierto que viste cómo ordenaba que se llevasen a tu madre?

—Sí.

Shannon se compadeció del abatimiento que inundaba el semblante de su padre.

—Era el amor de mi vida. Mi primo era incapaz de cumplir con sus responsabilidades en el lecho, y tu madre y yo nos enamoramos perdidamente. Nos descubrió y, lejos de denunciarnos, le pareció bien. Yo no sabía qué pasaba, por qué de repente Anthony empezaba a ponerme pegas, a decirme que no estaba siendo discreto cuando no era así. Anne tampoco me contaba mucho. El día de su desaparición, recibí una carta de Anthony diciendo que había decidido acabar con la vida de ambos.

—¿Tiene la carta en su poder? —intervino Henry.

—Sí. Voy a por ella.

Salió del salón para regresar al rato con un trozo de papel arrugado por las veces que lo había abierto para leerlo.

—Se parece mucho a la letra de su mujer —observó Henry, mostrándole la carta que había escrito a Royce para compararla.

A pesar de que *lady* Amber había tratado de desvirtuar su inmaculada escritura, tenía una forma muy particular de hacer la «p» y la «h» que la delataba.

—En ese momento, creí que Anthony la escribió llorando y por eso esta letra. Quédesela como prueba. Jamás la entregué para no ensuciar más su nombre. Dejé que todos pensaran que había sido un accidente para que no nos salpicara a Shannon y a mí. Tenía que pensar en ambos y no me apetecía una investigación que indagara en nuestros pasados. Ahora me alegro de no haberlo hecho.

—Por eso se personó tan pronto en el lugar del supuesto accidente —concluyó Royce.

—Sí. No podía creer que lo hubiera hecho. Quería salvarla, pero no llegué a tiempo. Anthony y Anne se llevaban muy bien e, incluso, se cubrían para que no descubrieran la verdadera sexualidad de mi primo. El día del homicidio, Amber se apareció casualmente por allí, ya habíamos coincidido en diferentes reuniones sociales, así que cuando se ofreció a llevarme en su carruaje, acepté sin pensarlo. A partir de aquel día se interesó por mi estado y me refugié en ella. ¡Qué tonto fui! Lo tenía todo estudiado. Se hizo la víctima confesándome un ultraje contra ella para que le propusiera un enlace. —William se sacó un pañuelo de seda y se secó una lágrima—. Se aprovechó de mi desolación. En un principio, no lo vi mal, pensé que Shannon necesitaría una madre, pero pronto me di cuenta de que ella no solo había querido separarnos, sino que me alejó todo lo que pudo, intrigando y complicándome hasta los negocios. Siempre fui muy generoso con ella, pero, últimamente, me parecía exagerado el dinero que despilfarraba. No quiero saber nada de mi esposa. Pienso repudiarla antes de que la ahorquen —determinó William.

—¿Has conseguido que Tom confiese la muerte de Susan? —se interesó Royce, dirigiéndose a su amigo.

—Sí. Lo ha confesado todo, no pensaba ir solo a la horca —les compartió el coronel—. Fue él quien te pegó por la espalda en la posada, Royce. También se encargó de matar a la posadera. He mandado a varios hombres a que desentierren el cuerpo. Asimismo, ha confesado el crimen de su tía y el intento de asesinato a *lady* Shannon. Aparte de que no ha podido negar que fue él quien provocó el incendio, pues vuestra doncella le pilló en plena faena. Ambos serán ahorcados por sus crímenes, puesto que, aunque *lady* Amber no fuese la mano que los ejecutaba, era la que los ordenaba. Con esto queda limpio tu nombre, Royce.

—Gracias, Henry. Aun así, me gustaría que no saliese de aquí la ilegitimidad de mi esposa.

—No hay ningún problema. Tenemos pruebas suficientes contra ella, además *sir* William piensa denunciarla por abandono de hogar y desobediencia, ¿no es así?

El marqués asintió con la cabeza. Su intención era limpiar su honor declarándose un esposo engañado.

—No obstante, me gustaría hablar con ella. Necesito saber por qué odiaba a su hermana y por qué se casó conmigo. Supongo que también fue mentira que usted intentó violarla, ¿me equivoco? —solicitó William.

—Jamás la toqué en contra de su voluntad —aseveró Royce, harto de tener que defender su honor a cada rato.

William se volvió de repente hacia su hija y le hizo una seña para hacerle un comentario privado.

—Quiero que sepas que, a pesar de las circunstancias adversas en las que nos hemos conocido, me gustaría bendecir este matrimonio. —Acercándose más al oído de Shannon le susurró—: Me gusta el hombre que has elegido. Parece un buen esposo, atento y protector contigo. Cuídalo mucho.

Shannon asintió con la cabeza y una sonrisa cómplice que le llenó el pecho de orgullo. Había decidido darle una oportunidad a su padre, quería recuperar el tiempo perdido.

—Mi querido *sir* Devereux, no me habéis preguntado por la dote de mi hija.

—No quiero que tome como un insulto lo que voy a decirle a continuación, ya que no me parece el momento ni el lugar para ello, pero ya que lo menciona quiero que sepa que puedo mantenerla perfectamente y que si necesita disponer de ella para subsanar los robos de *lady* Amber, me conformo con tener a Shannon a mi lado. En realidad, mi esposa es el premio.

—No diga tonterías, no sabe de cuánto estamos hablando. Pásese mañana por mi casa y le paso todos los bienes que le pertenecerán a partir de ahora. Y si ya hemos terminado, ¿me llevan a los calabozos? —preguntó William.

—Yo le acompaño —se ofreció Henry.

—Yo también quiero ir —pidió Shannon y levantó una mano para impedir que Royce la interrumpiera—. Quiero escuchar de su boca lo que tenga que decir de mi madre, porque pienso rebatir cada una de sus mentiras.

—Pero, querida, en tu estado no creo que sea lo más conveniente —se resistió Royce.

—¿Estado? ¿A qué se refiere? —le preguntó su padre.

—Estoy embarazada, pero necesito decirle algo, por favor, padre, déjenme ir.

William se volvió hacia Royce ablandado, era incapaz de negarle nada a su hija, y le ofreció un pacto:

—En ese caso, sugiero que vayamos todos y vos escoltéis a vuestra esposa, si estáis de acuerdo.

—Si no hay más remedio… —cedió Royce a regañadientes.

—La cárcel nunca estuvo más llena. Gracias a Tamura pude detener al fin a unos contrabandistas que llevaba tiempo detrás de ellos. Esa cueva donde escondió a tu mujer y su doncella fue la pista que necesitaba —aclaró Henry.

—Se alegrará saberlo. No quería salir fuera de la seguridad de la casa por temor a que tomaran represalias contra ella —comentó Shannon alegre.

Regresar a los fríos muros de la cárcel, no trajo buenos recuerdos ni a Royce ni a Shannon. Un escalofrío le recorrió el cuerpo y su marido la rodeó con un brazo protector por la cintura.

—¿Estás bien? —le preguntó.

—Sí. Solo me acordaba de cuando estuviste aquí. Me parece tan injusto ahora...

El señor Paige se sorprendió al verlos entrar. Los saludó muy intimidado y procuró evitar en la medida de lo posible a Royce, quien lo observaba con la mirada ceñuda.

—¿A cuál de todos los reos desean ver? —preguntó el carcelero al coronel Madison.

—A *lady* Amber.

—Permítame que le pregunte: ¿es un error que una dama tan bella vaya a ser ahorcada, verdad?

—Paige, no te dejes engañar por ella, es una víbora. No sea que sus dientes afilados terminen clavados en tu yugular —le conminó Henry.

Sorprendido, el carcelero cogió las llaves y les abrió la puerta de la celda.

—Vaya, ¿a qué debo el honor de tantas visitas? —preguntó Amber sarcástica.

William se adelantó y tomó la palabra:

—¿Cómo has podido hacer todo eso, Amber? Es que no me entra en la cabeza. ¿Por qué? ¿No te pareció suficiente lo que le hiciste a tu hermana que, también, tenías que dañar a mi hija?

Amber rio con una risa cargada de maldad.

—¿Por qué? Anne era una maldita bastarda, como tu hija. Su madre era la amante de mi padre. Ni siquiera sé cómo el depravado de Anthony se enteró de que tenía una hermana. Anuló nuestro compromiso y se casó con ella. ¡Me quitó lo que era mío!

—¿Por eso te casaste conmigo? ¿Por un maldito título? —se horrorizó William.

—Por supuesto.

—Eres una retorcida. Sabías que amaba a Anne.

—Esa era mi pequeña venganza hacia ella, quitarle todo —escupió con rabia—. Pero no te preocupes, que se lo hice saber antes de que muriera. No sabes cómo lloraba y suplicaba.

—Eres un demonio —chasqueó rápidamente Shannon—. Me dejaste sin madre. ¡Eres una egoísta!

—Tú cállate, bastarda. Si no te maté fue porque eras la única forma de conseguir todo lo que quería de tu padre. Pero tú y todos los bastardos deberíais morir al nacer —siseó Amber furiosa.

El odio que anidaba en su corazón la había convertido en una persona llena de rencor e incapaz de amar a nadie.

—Por eso ¿trataste de deshacerte de mí y me culpaste de violarte? —le preguntó Royce asqueado.

—Claro. Tú solo fuiste el fin para conseguir que William se decidiese a dar el paso y, al mismo tiempo, librar al mundo de tu asquerosa presencia —comentó con una risa depravada.

—Por tu culpa murió mi hermano. No mereces vivir.

Shannon cogió del brazo a Royce para que se controlase.

—No merece la pena que pierdas los nervios con ella, es lo que quiere. Pronto lo perderá todo, hasta la vida. Pagará por lo que ha hecho. Y mientras ella es enterrada, nosotros construiremos una familia feliz —habló Shannon con entereza.

William ensanchó el pecho con orgullo y comentó:

—Mi hija tiene razón. Te informo de que serás repudiada y no tendrás derecho a un enterramiento digno. Yo, al menos, espero tener una verdadera familia a partir de ahora, si es que ellos aún me aceptan en su vida.

—¡Pues claro, padre! Lo estoy deseando —se apresuró a decir Shannon.

—En mi casa siempre será bien recibido, *sir* William —confirmó Royce.

—¡Qué conmovedor! ¡Me dais asco! ¡Fuera de aquí! ¡Debí mataros a todos como hice con Susan! ¡Bastardos de mierda! —gritó Amber como loca.

Paige se sorprendió del genio que había poseído a Amber. Tras la salida de todos los visitantes, cerró hasta la esclusilla para mitigar los gritos.

Cuando salieron fuera de los muros de la cárcel y después de que Henry diese a Paige las órdenes pertinentes sobre la forma de tratar a Amber, montaron en el coche abatidos. Hablar con ella solo había abierto viejas cicatrices. Shannon observó el rostro de su padre y le pareció que nuevas arrugas surcaban su cara. Royce tampoco estaba mucho mejor. Su esposo se había sentado muy taciturno. Shannon no podía dejar que Amber se saliese con la suya. Una arenga para subir los ánimos era lo que necesitaban todos.

—Me niego a dejar que esa mujer nos amargue la existencia. Cuando lleguemos a casa de Henry, le diré a Tamura que prepare unos postres deliciosos. ¿Te quedas a cenar, padre?

Todos aplaudieron la idea y pasaron la tarde participando de temas más alegres y esperanzadores. Cada uno de ellos tenía sueños aún por cumplir.

Epílogo

Mayo del año 1672, Londres

Shannon entró en la mansión de Berkeley llevando en brazos al pequeño Oliver. Debido a las obligaciones navieras de las que era responsable Royce habían tenido que regresar a Inglaterra para potenciar el comercio entre ambos continentes. No podían quejarse, habían sido agasajados por la nobleza y constantemente eran invitados a fiestas. Todos querían oír hablar de las maravillas del Nuevo Mundo y a nadie parecía importarles si eran hijos ilegítimos o no.

—¿Qué tal va la remodelación de la casa de Royce? —le preguntó su padre.

—Ya queda muy poco para que nos mudemos. Royce le ha devuelto el antiguo esplendor a la mansión. Ya hemos decidido cómo queremos decorar la habitación de Oliver y la de sus hermanos cuando vengan —bromeó Shannon encantada.

Estaba de nuevo encinta y aún no se lo había comunicado a Royce.

—Me alegro de verte feliz, hija. ¿Vais a festejarlo?

—Por supuesto. Vendrás, ¿no?

—No me lo perdería por nada del mundo. No se habla de otra cosa —afirmó William.

—Sí, están confirmando su asistencia todas las personas más influyentes de Londres.

Mary entró al oírla hablar y se acercó hasta ella, jugueteó con el niño y se lo llevó con la niñera. Se parecía mucho a Royce. Su pelo era igual de negro, sin embargo, había sacado los ojos de Shannon. Un azul claro que conseguía que todos en la casa se ablandaran cuando hacía un puchero.

—Me voy a dar un baño, padre, estoy agotada.

—Por supuesto, yo estaré en el estudio revisando las cuentas que hizo Stephen en mi ausencia. Os voy a extrañar cuando ya no estéis por aquí. La casa se va a quedar muy triste sin vosotros.

—Vendremos a visitaros a menudo, padre. No os vais a librar tan pronto de nosotros.

Mary le ayudó a desvestirse y observó su tripa algo curvada.

—¿Cuándo pensáis decírselo al padre? —le preguntó la doncella.

Sin la presencia de Stephen y *lady* Harriet, aquella casa había recuperado la armonía de antaño. Su doncella se horrorizó al enterarse de que Tom era un asesino. No podía creer que los hubiese engañado a todos. Tras la marcha de ella, Stephen y *lady* Harriet se habían apropiado de la mansión como si fuera de ellos. Su padre había ido en persona para despedirlos por desobedecer sus órdenes. La cara de los dos fue un poema al enterarse de que *lady* Amber había sido ahorcada. Ambos recogieron sus cosas para no regresar jamás para alegría de los criados.

—Hoy, en cuanto vuelva de esa reunión en la Cámara de los Lores —contestó Shannon.

—Déjeme que os lave entonces el pelo.

Cuando los dedos enjabonaron su cabellera, Shannon relajó los músculos y disfrutó de los masajes.

—He echado de menos tus cariños, Mary.

—¡Ay, mi niña! No sabéis lo que sufrí cuando os marchasteis. Muchas veces me pregunté si habíais llegado bien para encontrar a *sir* William. ¿Vais a regresar a América, señora?

—Sí. Supongo que pasaremos largas temporadas entre los dos continentes. Royce tiene que asegurarse de que la plantación de tabaco da sus frutos este año. Hemos tenido que remodelar dos casas en muy poco tiempo.

—Debería descansar ahora que va a traer otra criatura al mundo.

Shannon salió de la bañera y dejó que Mary la secara. Se pasó una camisola de muselina y dejó que le cepillase el pelo y le hiciera un recogido. Cuando Royce entró a buscarla, la encontró arreglada. Aprovechó que Mary salía para darle un beso en la boca.

—Hoy he tenido un día horrible. Dame alguna buena noticia —dijo Royce, desplomándose sobre la cama para quitarse las botas de montar.

—¿Te sirve que vas a ser padre otra vez?

Royce se levantó y observó la belleza madura de su esposa. Le había regalado un conjunto de joyas que ese día se había puesto para celebrar su aniversario. Los pendientes de zafiro, así como el collar a juego, refulgían con la misma intensidad que sus ojos.

—Parece que fue ayer cuando entraste en mi barco vestida de niño. —Tiró de ella y la obligó a sentarse sobre sus piernas mientras acariciaba su tripa—. Me has hecho volver a vivir con intensidad cada día. Shannon aquí te veo feliz; tu padre se ha instalado y no tiene intención de regresar a América. Tengo que preguntártelo: ¿estás segura de que quieres volver a Virginia?

—Royce, mi lugar es a tu lado. Yo soy feliz donde tú estés. Echo de menos el aire de allí, al coronel Madison y los bizcochos de Tamura.

—Bueno, sé que esto te gusta. Te prometo que no tardaremos mucho en regresar.

—¿Y tú estás seguro de querer irte a vivir a la casa de tu familia? No pareces muy entusiasmado.

—No te voy a mentir. Me trae malos recuerdos, pero no podemos seguir aquí, abusando de la hospitalidad de tu padre. Además, echo de menos navegar.

—Entonces, está decidido. Nos marcharemos después de la fiesta. Ya regresaremos a nuestro hogar cuando nazca el siguiente bebé. Así disfrutaremos de ambas ciudades y de la libertad que nos brindan ambas.

—¿Te he dicho lo mucho que te amo? —dijo Royce, ronroneando cerca de su oído.

Shannon se rio a carcajadas. Sabía lo que quería su marido y ella no se lo iba a negar. Cuando la desnudó, besó su tripa y le sonrió.

—Si estuviera aquí mi tía estaría disfrutando muchísimo con los niños —convino Royce con una sonrisa melancólica.

—Has cumplido su sueño y estoy segura de que lo está viendo desde donde está, amor mío.

Royce la besó. Era un hombre pleno.

FIN

SOBRE MIS NOVELAS

Todas las explicaciones que se hacen referencia en este libro están sacadas de Wikipedia.

Deseo que lo hayas disfrutado y que me dejes una opinión ya sea en Amazon o en *Goodreads*. Espero ansiosa vuestros comentarios y muchas gracias por leerla.

Becka M. Frey es mi seudónimo y todas las novelas que saque bajo este nombre serán para un público adulto y de contenido erótico. Puedes seguirme en Facebook en: Becka M Frey

BECKA M. FREY

VIKINGOS

Hijos de la furia y la pasión

SEÑORES DEL NORTE I

Vikingos: *Hijos de la furia y la pasión* una novela histórica de romance erótico:

Kaira, hija de un guerrero *berseker*, es testigo de la salvaje violación de este a su madre. Como consecuencia de ese trauma se refugiará en las armas hasta el punto de ganarse el apodo de Corazón de Hielo.

Ake ha sido bendecido por los dioses. Convertido en un fiero guerrero que no le teme a la muerte abandonará la aldea que lo vio nacer, pues es sinónimo de recuerdos que quiere olvidar, y se embarcará en un viaje sin retorno para convertirse en el nuevo señor de Skuldelev.

Pero el destino cruzará el camino de ambos y Kaira será confundida con una esclava a la que Ake convertirá en su cautiva. Perturbado por los sentimientos que despierta en él, intentará luchar contra ellos, ya que Ake se hizo a sí mismo la firme promesa de no volver a enamorarse y, mucho menos, de otra esclava.

Un romance que debilitará las barreras que ambos se han autoimpuesto y que desembocará en una pasión arrolladora.

Un viaje apasionante a través de una civilización igual de salvaje que fascinante.

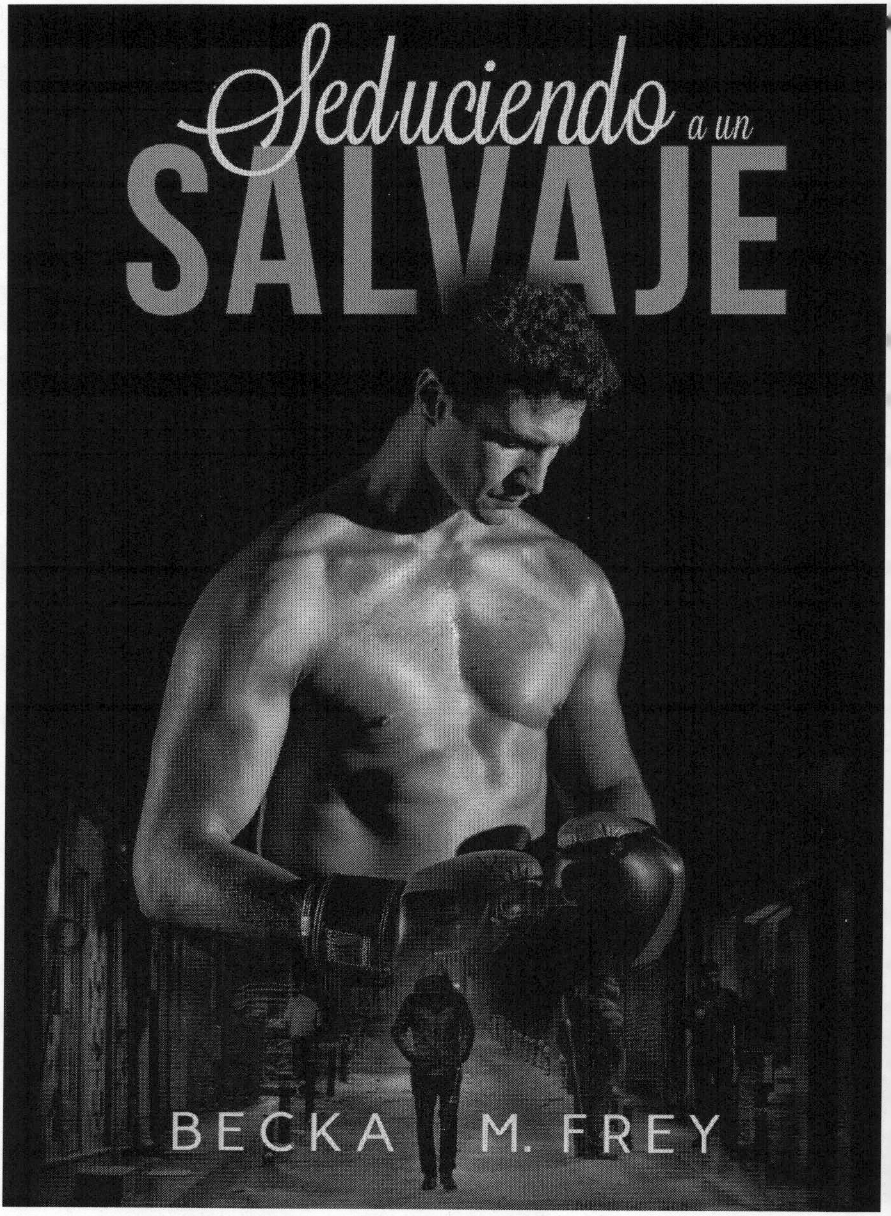
Seduciendo a un
SALVAJE
BECKA M. FREY

Seduciendo a un salvaje una novela erótica:

Desde hace dos años, Bruno acude cada jueves al The Cage Boxing Club de Miami. A pesar de que nunca falta, no se relaciona con nadie, no sonríe, ni siquiera saluda; solo practica boxeo y se marcha.

Lorene es masajista en el gimnasio. Intrigada por averiguar los verdaderos motivos que lo llevan a comportarse así, decide comentarlo con su mejor amigo, compañero y también monitor, y este le advierte con rudeza que no se acerque a él bajo ningún concepto. Lejos de amedrentarla, esa respuesta hace que aumente su curiosidad, aunque ve muy improbable que haya algún tipo de acercamiento entre ellos.

Sin embargo, tras dos semanas sin aparecer por el gimnasio, Lorene recibe un extraño mensaje. Bruno quiere que vaya a su casa a darle un masaje, pero tiene una condición: nadie de su entorno laboral puede saberlo.

Tentada por la propuesta, ya que, al fin, se le presenta la oportunidad que anhelaba, no piensa desaprovecharla. ¿Qué secretos esconde Bruno? ¿Será Lorene capaz de abrirse paso a través del muro que él ha construido y poder conocer así al hombre que hay tras esa fachada de indiferencia?

Pista ¿a medias? Es una novela para adultos de erótica. La segunda parte de Seduciendo a deportistas:

El atractivo y simpático gerente del Hotel Conrad Miami y aficionado al hockey, Zac Brown, tropieza por casualidad con la patinadora Dana Brooks.

La impresión que Dana se forma de él le repele: no le gustan los mujeriegos, engreídos y tan seguros de sí mismos que no están acostumbrados a las negativas.

Dana no es el tipo de mujer que suele atraerle a Zac a primera vista, además, posee muy mal carácter y es antipática, sin embargo, tiene algo que le fascina irremediablemente. Está decidido a que ella le dé una oportunidad y si para eso han de compartir la pista de hielo, que así sea.

¿Qué pasará cuando ambos descubran que ya se conocían y las viejas heridas se abran? ¿Estarán dispuestos a afrontar ese pasado que los marcó profundamente y que los separó?

¿Hasta qué punto llegará Zac para ganarse la confianza de Dana y demostrarle así que las cosas pueden funcionar entre ellos a pesar de las diferencias?

Secretos del pasado, envidias, acoso en las redes, superación ante los obstáculos y una historia de amor sensual y apasionada.

Se recomienda empezar primero con Seduciendo a un salvaje para evitar spoilers, no obstante, se pueden leer de forma independiente, pues ambas son autoconclusivas.

EL
MENSAJERO
DEL MÁS ALLÁ

BECKA M. FREY

El mensajero del más allá una novela para adultos con fenómenos paranormales:

La rutina que devoraba a Arlet (madre, divorciada, sin pareja, con trabajo estable) se ve interrumpida por una serie de fenómenos paranormales en su casa.

Su hija de diez años recibirá la visita de un joven fantasma que trae consigo una serie de mensajes escalofriantes; entre ellos, su muerte.

Tras contactar con un extraño y atractivo espiritista sin pareja ni trabajo conocidos, vivirán una contrarreloj por descodificar los mensajes del Más Allá y evitar la muerte a toda costa. ¿Lo conseguirán?

A veces, el miedo no lo provoca un demonio sino los actos viles de los hombres.

Secretos ocultos, asesinatos, misterios, amor y drama.

Tengo novelas juveniles que, quizá, estas también te gusten bajo mi verdadero nombre, **Begoña Medina**:

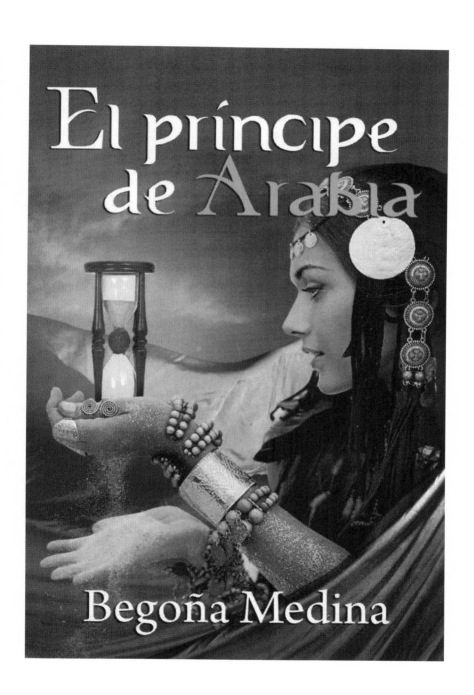

El príncipe de Arabia

Begoña Medina

El príncipe de Arabia te espera.

Sinopsis:

En el colegio Maravillas andan revolucionados por un concurso de una famosa editorial. Fátima ansía hacerse con él. Pero pronto se dará cuenta que escribir un libro no es tan fácil. Decepcionada y frustrada por no encontrar una idea original para sus escritos, agita un extraño reloj de arena mientras expresa su deseo de vivir una aventura. De repente, se aparece en medio de un desierto bajo un sol abrasador.

Y ahí es donde comenzará realmente esta aventura de alfombras voladoras, lámparas mágicas y genios, hechizos y encantamientos. ¿Preparado para sumergirte en este mundo de tules, dunas y secretos?

Una saga de genios de la lámpara que te seducirá con su magia: relinks.me/B076PKRCFX

Y si la quieres leer en inglés, también traducida, *The Prince of Arabia*: relinks.me/B07B6SM6C4

Begoña Medina

Mi dulce infierno

Mi dulce infierno te espera. Una trilogía de ángeles y demonios que te seducirá con su magia.

Fraguado desde el abismo del Inframundo, hay un destino que nada ni nadie podrá cambiar. Las sombras del mal acechan al cielo, pero no todo está escrito.

Maya vive en la Tierra camuflada como una adolescente más. Tras esa máscara artificial, esconde un secreto que le avergüenza: pertenece a una peligrosa estirpe de demonios, LOS INNOMBRABLES. Condenada a vivir bajo la atenta vigilancia de los ángeles, será recluida en el Infierno si pone en peligro a la humanidad.

Una noche se cruza en su camino un misterioso muchacho. Atraídos e incapaces de estar separados, deberán luchar contra ellos mismos y descubrir qué misterios se ocultan para que su relación sea considerada una amenaza.

Link digital: **rxe.me/ZN456R**
Link papel: **rxe.me/1983264296**

SANGRE DE FUEGO

Begoña Medina

Sinopsis:

La vida en el infierno no es fácil para Maya. Su raza no es como ella pensaba y las duras pruebas que debe de pasar la están desestabilizando. Gedeón es su único apoyo, pero también está pagando un alto precio por ello.

Mientras tanto, en la Tierra, Nico está destrozado por la indiferencia de Maya y se hunde en la agonía y la soledad. Sus camaradas, desesperados, tratan de animarlo sin resultado. Una mujer tratará de consolarlo en secreto, hasta que ciertos acontecimientos hagan que Nico busque la manera de mantener contacto con Maya averiguar qué sucede en el infierno y, además, reavivar las brasas que aún prenden en sus corazones.

En Amazon tengo publicado cuatro relatos junto a otros escritores:

40 relatos de terror (Tempestad en Medio de la Noche): <u>40 relatos de terror</u>

40 relatos de amor (El Lazo Roto): <u>40 relatos de amor</u>

Dragones de Stygia (Hay vida más allá): <u>Dragones de Stygia</u>

Sensaciones divinas (La valkiria): <u>Sensaciones Divinas</u>

¡TE ESPERO!

SOBRE LA AUTORA

Becka M. Frey es el pseudónimo que usa Begoña Medina para sacar novelas exclusivamente para adultos, una línea de novelas eróticas que espera que os gusten.

Para encontrar a la autora, puedes contactarla en:
Gmail: beckamfrey@gmail.com
Facebook: Becka M Frey

Made in the USA
Middletown, DE
04 May 2021